在血櫻樹下親吻妳的淚

風說

獻給兩個她和一棵櫻花樹。

獻給如向日葵般明亮的她，本人永遠不會知道，但沒關係。

獻給我的靈魂之友，謝謝她在寫作時帶給我很大的鼓勵，一路陪伴血櫻直到完結。

獻給3月29日在河邊看到的那棵櫻花樹，她是本篇故事的靈感來源。

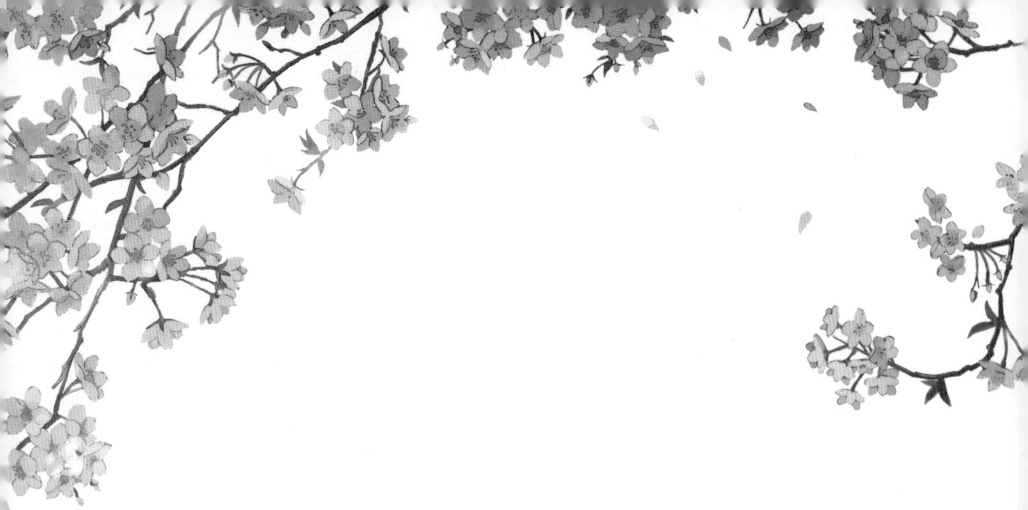

目錄

第一章

1

叩叩，叩叩叩。

溫奈用食指指節敲了敲房門，在前兩下和後三下稍微停頓了一會。

前兩下，是早安。

後三下，是起床了。

她將耳朵靠向房門傾聽裡面的聲音，十秒，或許更久。

門板後毫無動靜。

她猜測夏朦一定還在睡夢中，她好奇是什麼夢，總能讓夏朦眷戀不已，連她的敲門聲都聽不到。

希望夢裡有她。沒有她也沒關係，是個好夢就好。

溫奈也想讓夏朦再多睡一下，但再不久後就要開店，她希望她們還有時間可以一起吃頓悠閒的早餐。

叩叩叩，叩叩。

前三下是，起床囉。

後兩下是……

她默念了擅自幫夏朦取的暱稱，有點懊惱地收回手。就算對方聽不到，但若是在心裡叫得太習慣，說不定有一天會不小心說出口。那個暱稱太過親暱，見不得光，只能悄悄藏在角落，讓她偶爾獨自品嚐。

「我起床了……」濃濃的睡意捲著語尾，慵懶得帶點早晨才有的沙啞，像是在撒嬌。

房內傳來的聲音讓溫奈回過神，她輕輕勾起笑，想像夏朦閉著眼坐起身的模樣，髮絲微亂，臉上是不是還殘留著淺淺的枕頭壓痕。

「不要又躺回去喔。」她笑著提醒。

「好……」

又等了一會，聽到房內傳來如羽毛般輕柔的腳步聲後，溫奈才轉身走下樓梯，邊走邊用掛在手上的黑色髮圈綁了個馬尾。

摸黑走進店內，伸手在牆上摸索，找到開關按下，鐵捲門緩緩升起，金色光芒從底下流瀉而進。隨著鐵捲門完全被拉起，陽光穿透玻璃門，為店內帶來柔和的自然光。溫奈舉起手伸了個懶腰，揚起笑容迎接早晨。

她一向習慣早起，也喜歡叫夏朦起床，偷偷地用敲門聲傳遞一些小小的心思。對方不知道也沒關係，藏在心裡就足以讓她感到幸福。

按下音響的按鈕，播放夏朦最喜歡的古典樂——李斯特的「鐘」。跳躍的音符最適合迎接那抹朦朧的身影，用明亮的樂曲去喚醒沉睡於美夢的心靈。

溫奈才剛往咖啡機倒入水，就看到夏朦走下樓，手裡抱著一直放在房裡、早上偶爾會帶來店裡曬太陽的蒲公英。現在盆內還未長出黃花或可愛的毛絨圓球，只有綠葉茂盛生長。

夏朦今天也身穿細肩白色連身裙，素雅清新，白瓷般的纖細手臂毫無防備地裸露在外，鎖骨也清晰可見，落於骨頭凹陷處的陰影總讓她不小心看得入迷。

「早安。」少了睡意的聲音和夏朦本人一樣空靈透徹。

「早，今天早餐想吃什麼？」溫奈打開冰箱，彎腰查看食材問道，反射性往藏在保鮮盒後的玻璃罐裝清酒看去。

那是她為今天準備的，想在會出現超級月亮的滿月之夜和夏朦一起賞月。當然，下酒菜的品項她也想好了。

「嗯……」

「起司蛋餅還是火腿三明治？」

知道夏朦拿不定主意，她直接拋出提案，方便夏朦二選一。

「火腿三明治。」

「收到。」

溫奈拿出吐司放進烤箱，同時準備裡面的配料。作為早餐店兼咖啡廳的好處就是，每天都能依照心情去選早餐。

拿了兩人專屬的馬克杯擺放於咖啡機下，調成兩倍濃縮後才按下按鈕。她和夏朦都喜歡喝濃縮咖啡，所以必須調整平時提供給客人的濃度設定，等一下開店時還要記得調回來。

等著咖啡和吐司，她看向已經開始忙於照顧花草的夏朦。蒲公英被擺到窗台旁，吸收外頭的溫暖。店內幾乎看不到多餘的空間，能擺的角落都被各種植物占據，第一次來訪的客人甚至會誤以為走進花店。

溫奈不懂植物，花只認得玫瑰、櫻花、杜鵑等比較普遍的花朵，只長綠葉的植物在她眼中更是看起來全都一樣。那盆還未開花的植物也是多虧有夏朦告訴她，她才知道之後將會長出她熟知的蒲公英。

其實開店時還沒有這麼多植物，但夏朦在路上看到因為搬家或照顧不來而被丟棄的盆栽，都會忍不住帶回店裡。

「她們在哭，不管是啜泣還是嚎啕大哭，都沒人聽得到。」

陪夏朦抱著各種盆栽回來的路上，夏朦總是這麼說，紅著眼心疼地看著病懨懨的葉子。

溫奈什麼都聽不到，無論再怎麼努力側耳傾聽，植物給她的都只有一片寧靜。

她相信那是一種特別的力量，只有溫柔、心思細膩的夏朦才擁有的力量。但聽不到沒關係，至少她能陪著夏朦，把大大小小的盆栽搬回店裡。

為了在有限的空間裡擴展植物們的家，溫奈親手做出符合夏朦要求的層架，刷上和裝潢相同的玫瑰白擺放於玄關旁。她還記得夏朦看到成品時的燦爛笑容，還有那可愛的小酒窩，辛苦製作而造成的肌肉痠痛在那一刻全被治癒。

現在也是，只要看著嬌小纖瘦的身影被不知名的花與綠葉包圍，她就不禁幻想這裡是只屬於她們的仙境，沒有閒雜人等打擾，每天都過著寧靜清幽的生活。

烤箱傳來「叮」的電子聲，溫奈先將咖啡擺上桌，才動手製作兩人的三明治。吐司烤得金黃酥脆，依序放上生菜、番茄和火腿，最後抹上薄薄一層草莓果醬，對切後裝盤端上餐桌。

一人一半，感情不會散。

她很喜歡這句話，也希望她們之間的感情，會經由日積月累的「一人一半」，變得更加牢固。

抬頭確認店內時鐘，她們還有充足的時間，可以讓吃飯速度緩慢的夏朦慢慢享用早餐。

「做好了，來吃吧！」她喚道。

夏朦整齊的直長髮隨著回頭的動作飄動，透著光，淺棕色的柔軟細髮散發淡淡金光，白皙的肌膚也襯得透亮。
啊……
她總是忍不住在心裡感嘆。那份純淨的美好，彷彿女神般神聖莊嚴，讓她甘願永遠追隨在對方身側，奉獻出自己的所有，不奢望更親密的關係。

2

放下手上的澆花器，夏朦到廚房洗去沾附於手上的土，才坐到溫奈對面。溫奈微笑看著夏朦先端起咖啡啜飲一口，再用纖指拿起三明治小口咬下。
夏朦的胃口很小，似乎和植物一樣只需要陽光、空氣和水就能存活。但只要是她做的食物，夏朦都會好好吃下，也許吃不完全部，還是會試著努力，讓那些經由她雙手所料理的食材成為夏朦身體的養分。
夏朦照顧植物，她照顧夏朦。而她？只要夏朦在這間店裡就是她的動力源泉。
「今天植物們的狀態好嗎？」
「很好，除了荼蘼，她好像生病了，最近都沒什麼精神。」
夏朦擔心地回頭，溫奈不知道是哪一盆，但可以猜得出是夏朦剛才花最多時間照料、擺在地上的大盆栽。裡面僅有綠葉，那是她們最近剛從附近回收廠開車載回來的植物。

「需要去找植物醫生嗎？」

花市裡有植物醫生，別人去花市都是買花，她們則是帶植物去看醫生。雖說其實不須大費周章整盆搬去，只要有照片和描述，植物醫生就能大致診斷出原因。不過為了不漏掉任何小細節，夏朦還是習慣將盆栽帶去，就像帶心愛的寵物去看醫生。

「假日帶去看看好了。抱歉，盆子那麼大還要妳幫忙搬過去。」夏朦為麻煩到她感到抱歉。

「沒關係，沒有那麼重，而且別忘了我們還有小推車可以用。」

和嬌小的夏朦相比，溫奈高出至少有15公分，這樣的身高從小就被叫男人婆，到現在有些客人還是偶爾會拿她的身高開玩笑。但怎麼笑都沒關係，她不在乎，反而慶幸自己有這樣的身高優勢可以幫到夏朦的忙。

況且，她希望能在夏朦面前表現出帥氣的一面，男人婆這個綽號對她來說反而是種稱讚。

「妳慢慢吃，我先去準備。」

夏朦吃著三明治邊點頭，臉頰嫩薄的皮膚微微鼓起，就算都是小口小口吃。但鼓起的臉頰還是像隻吃栗子的小松鼠般可愛。

她們從兩年前開始一起經營這家店，她負責做料理和財務管理，夏朦則負責飲料、外場和照顧植物。生意普通還過得去，她不需擔心赤字導致經營困難，因為這棟兩層建築是她過世的父母留給她的遺產。她從畢業前就已經和夏朦約好，畢業後要開一間她們兩人的早餐店。

「奈奈，幫我吃。」夏朦端著還剩一半的三明治站在她面前，看來心情明顯受到荼蘼的影響，身體狀態不太好。

也只有在拜託她做什麼事時，夏朦才會親暱的喊她奈奈，對方也知道她只要被撒嬌一下就會答應。

溫奈擦乾雙手，兩口解決剩下的三明治。

夏朦瞇眼微笑：「謝謝。」

可愛得讓她想伸手摸摸夏朦的頭，可惜這個想法才剛冒出，夏朦已經離開廚房，走到玻璃門前，將牌子翻轉到「OPEN」那面。

按照慣例，遠方穿著西裝的大叔快步走近，玻璃門被開啟，大叔把外頭微溫的空氣也一起帶進店裡。

「早，今天也很準時呢。」溫奈爽朗地向鴿子大叔打招呼。

她一看到他的身影就開始預熱平底鍋，準備等一下煎蘿蔔糕，豆漿也早已從冰箱裡拿出。

「早，今天也不想去上班啊！只有來這裡吃早餐才有動力去公司。朦朦也要好好吃早餐啊，奈奈做的料理這麼好吃，要多吃一點才會長肉。」鴿子大叔像在自己家似的，坐到最習慣的老位子。

他是每天的第一位客人，紀錄已經維持整整一年，本人似乎打算繼續蟬聯下去。她和夏朦都私底下叫他鴿子大叔，因為他總像鴿子一樣咕咕咕咕說個不停，不過雞婆的個性並不令人討厭，有種鄰家大叔的親切感。

「妳們有沒有在看新聞？最近發生好多起小孩失蹤的案件，到現在都還沒抓到犯人，妳們也要小心。」夏朦將豆漿和蘿蔔糕端到鴿子大叔的位置，他又開始話家常。

「我們已經不是小孩了。」夏朦微笑回應。

「說不定犯人看到妳也會忍不住想誘拐。總之妳們兩個女孩子要小心，現在這個社會越來越危險了……」見蘿蔔糕端上，鴿子大叔滿足地深吸一口氣。「謝謝，好香……就是這個味道，一天的開始沒有奈奈的蘿蔔糕就提不起精神啊！」

鴿子大叔兩三口解決蘿蔔糕，仰頭喝盡剩下的豆漿，快速付了錢後就又快步離去。話停不下，身體好像也停不下，今天的鴿子大叔照常忙碌。

「鴿子大叔還是那麼忙呢。」夏朦整理好桌上的空盤和空杯，眺望著門外遠去的身影說道。

「這樣也好，他不是常說自己閒不下來嗎？有很多事要忙就不會覺得無聊。」

「鴿子大叔以後退休，一個人生活不知道會不會寂寞。」

鴿子大叔的妻子十幾年前因病過世，到現在都是一個人獨自生活。

夏朦難掩悲傷神色，共情感太強總是容易陷入低落的迴圈之中。溫奈走出廚房，一手接過杯盤，另一手放在夏朦頭上揉了揉。

「不會，他還可以來我們這裡吃早餐，不會寂寞的。而且即使退休，他還是可以去做其他工作，說不定可以推薦他去參加守望相助隊，他應該會有興趣。」

今天夏朦沒有噴她送的香水，只有髮稍傳來淡淡的清香。她們都不喜歡太刺鼻的人工香精，習慣用天然洗髮精和沐浴乳，包括洗衣精也是所有品牌中味道最柔和的一款，所以身上不會有太突兀的香味。

但她卻常送夏朦各種由花萃取的香水，當然是選擇兩人都可接受的淡雅香氣。她只希望可以用香味加深那太過透明的身影，讓那輕得彷彿要飄起的雙腳可以好好踏在實地。

夏朦也會照她所期望，偶爾在虎口上擦一點，有時是薰衣草，有時是檸檬草，有時是梔子花。她喜歡嗅聞從夏朦身上傳來的花香，那讓她感到安心。

夏朦點頭回應，但微笑已經從臉上消失，雙眸裡哀傷進駐，飄然轉身回到植物旁，拿起澆花器繼續替其他盆栽澆水。

溫奈的掌心還殘留著髮絲的觸感，她怔怔盯著掌心，無聲嘆了口氣，拿著空杯盤走進廚房清洗。

3

七點到八點這段時間最為忙碌，很多人會來她們的店吃早餐，除了上班族之外，偶爾也會有提早出門，就是為了一睹夏朦身影的男學生。

像現在邊吃著起司蛋餅，邊一臉癡迷盯著夏朦的平頭男孩。

注意到男孩的目光在夏朦雙肩和脖子後的肌膚流連，溫奈隨手拿起掛在樓梯牆壁掛勾上的薄外套，等夏朦走進廚房倒飲料，趁機用外套保護那片白皙不再被血氣方剛的雙眼玷污。

「很熱。」

「妳穿太少，會感冒。」

聽到溫奈這麼說，夏朦便不再回嘴，乖乖穿上薄外套，為面露失望的平頭男孩端上冰紅茶。

夏朦體溫偏低，怕熱，常常感覺不到寒冷，不小心感冒時都由溫奈照顧，所以就算覺得熱，也會聽她的話多加件衣物。但夏朦大概沒想到，有時不僅只是關心，裡面還隱密藏著小小私心。

過了中午，客人總是只有小貓兩三隻，通常都不會太忙，讓她們兩人可以稍作休息。

溫奈拿出音響裡的ＣＤ，重新選了另一張專輯放入。比起李斯特的高昂，下午比較適合舒伯特的清新，好讓看書的年輕女子能輕鬆享受午後時光。

溫奈沒事可做，走到夏朦身旁蹲下，一起看眼前的小月桂樹。這盆月桂樹剛被那名年輕女子訂走，正等夏朦為月桂樹做最後的修剪。

被丟棄的盆栽們在夏朦細心呵護下都能健康成長，如在外流浪的小貓小狗們，找到新家，獲得應有的照顧，就能重新擁有美麗的姿態。而只要客人喜歡，願意用心對待，都可以免費帶她們回家。

「生命不能用金錢衡量，不能拿她們做生意。我只是把她們撿回來照顧，等待有緣人來帶她們回家。」夏朦曾這麼說過。

一開始夏朦堅持不收費，最後在熟客的勸說下，才擺了個仙人掌造型的存錢筒，讓大家可以自由捐款，支持夏朦的救助行動。

「月桂樹一定很高興吧。」

溫奈仔細觀察月桂葉生長的模樣，一點細節都不放過，將夏朦的心血印在記憶裡。她收集了很多植物，標註夏朦告訴她的名稱，全都記在回憶的圖鑑裡。

「嗯，她很高興喔，就要去新家了。」

「多虧了妳，她才能找到新家。」

「希望她能永遠住在下一個家裡，不會再發生讓她難過的事了。」

現在的月桂樹枝葉茂密，怎麼都想不到最初來到店裡時，只剩幾片枯黃的葉片，勉強與枝枒連接著。

說到「家」這個關鍵字，讓夏朦又露出落寞的表情。

溫奈很早就沒了家和家人，對現在的她來說，這棟房子就是她的家，而夏朦是她自己在心中認定的家人。

夏朦的家不像她那麼單純，雖說家家有本難念的經，但夏朦的「家」令她沒辦法不生氣。她很想和夏朦說，不要再想那個家的事，只把她當作唯一的家人就好。但知道不可能，所以就只是想想。

纖細的手指愛憐輕撫葉片，夏朦邊對月桂葉輕聲說話，邊緩緩轉動盆栽，對每片葉子送上祝福。溫奈喜歡看這如儀式般的舉動，她打從心裡覺得，只要獲得夏朦的祝福，就能擁有幸福。

年輕女子抱著月桂樹離開時，夏朦將親筆寫下的照顧事項遞給女子，女子道謝接過，保證會好好照顧月桂樹，如果有任何問題會再來詢問。

夏朦站在店門外目送月桂樹離開，凝望女子的背影好久好久，直到完全消失才走進店裡。太陽曬得夏朦的臉頰有點紅，眼眶，似乎也有點紅。

溫奈慶幸現在剛要入春，若是九月，這樣的情緒會維持一整個秋天。

「奈奈，可以畫月桂樹給我嗎？」

濃濃的鼻音輕聲響起。雖然夏朦早就知道會得到什麼回答，每次都還是會尋求她的應許。

「嗯，妳要幾張我都畫給妳。」

「一張就好。」

「好，那就一張。」

無人的店內，夏朦輕輕倚著她的肩，讓柔和的曲調填滿她們之間的沉默。溫奈在腦中重新複習月桂樹的模樣、綠葉的反光，還有夏朦注視月桂葉溫柔的雙眸。

溫奈的腦海中也有名為夏朦的圖鑑，繪著一顰一笑、轉身時飛揚的頭髮、虛無飄渺的清香，還有最常出現的憂傷神情。

她希望那本圖鑑會成為她的永恆，和心裡那份悸動與仰慕一起伴隨她度過每個春夏，每個秋冬。

「聽說今天是滿月。」夏朦突然提起。

「是啊，今天是滿月，據說是月球最靠近地球的日子。」

「因為月球想更接近地球一點，所以努力縮短彼此之間的距離嗎？」

「我不知道，也許只是月球的心血來潮，靠近地球一些，很快又拉開距離，讓地球不小心誤會月球的心思。」

「月球這麼壞心嗎？」

「也不是壞心，只是不知道自己的舉動會帶給地球那麼大的影響力。」

才剛說完，溫奈覺得自己好像毀壞孩子美麗幻想的大人，說什麼世界上沒有聖誕老公公之類煞風景的實話。

夏朦悄悄移開身子，溫奈的肩突然一輕。其實原本也沒有多重，卻令她悵然所失。

被夏朦發現了？

發現她在影射她？

月球就如夏朦，一個稍微親暱的小動作都會讓她感到期待，可惜很快又會回到平常的距離。

也許月球真的有點壞，明知道地球的心意，卻假裝沒發現，貪求地球給予的寵溺，卻不賜予地球渴望的約定；將它的心握在手裡嬉戲，隨心所欲接近又飄離。

不，她在心裡搖頭，反駁這恣意妄為的怨言。不是這樣的。

夏朦沒有力氣承接她的情感，那骨架太小，那顆心太過虛弱，那彷彿一折就斷的手腕連一公克的愛都無法好好收起。

所以不能說破，不能說穿。這是要藏在心裡一輩子的秘密。

沒關係，沒關係，現在這樣就好。她說服著自己。

這是她每天的例行公事，催眠自己已經滿足。只要她的月球繼續繞著自己轉，忽遠忽近帶來的心情起伏都微不足道。

對，夏朦不曾離開，自從她們認識的那天起，緣分就不可思議地牽起彼此的手，直到今天，仍在彼此觸手可及的位置。

她曾想過，或許這就是命運。夏朦，就是她這一生註定只能遙望的月球。

4

純白基調的店面能維持得如此潔淨，都是多虧溫奈每天細心的打掃。她沒有潔癖，只是不希望和夏朦相似的白受到灰塵污染。

夏朦現在佇立於店門口，仰望高掛於空的圓月，單薄的身子只披著白天溫奈讓她穿上的薄外套。溫奈晾好抹布後走上二樓，從自己的房間裡拿了條毛毯下來，打開玻璃門走近那道白色身影，用毛毯將夏朦牢牢裹住。

入春了，但晚風還是刺骨。

夏朦的雙手雖然沒有顫抖，也冷得令她心驚，她決定待會要溫熱清酒，暖暖這不懂得照顧自己的人，讓夏朦恢復人該有的溫度。

「謝謝。」

「先進來吧，在裡面也看得到。魚我烤好了，趁熱吃。」

「今天吃烤魚啊。」

「不喜歡？」

「喜歡。」

溫奈微笑回喜歡就好，牽起冰涼的手回到店裡。外面的月亮的確比平常放大了許多，明亮的白光襯得表面的黑影更加顯眼。

當她端上溫好的清酒，夏朦果然如她所預期般驚喜。她自己直接就著原本的玻璃杯喝，夏朦的則是特別倒進清酒瓶裡，一旁附上小巧可愛的酒杯。

「好久沒喝酒了。」夏朦讓溫奈幫忙倒酒，垂眼看著清澈無色的液體斟滿杯子。

「偶爾喝一次也不錯，犒賞平時的辛勞。妳也一直都很辛苦，每天無微不至地照顧植物們。」

夏朦淺笑不語，很淺很淺，一瞬即逝。

大小不一的酒杯輕碰，清酒下肚，夏朦臉上很快就浮現淡淡的粉紅。夏朦脂粉不沾，白淨的臉上也只有此刻才看得到色彩。

夏朦動筷夾起魚肉放入口中，又望向被框在窗裡的月亮，遲遲沒有再吃下第二口。

溫奈也不催促，獨自吃著晚餐，讓夏朦靜靜賞月。

烤魚表皮鹹度適中，肉質細緻，但現在卻吸引不了坐在她對面的人，那雙眼眸彷彿受到月亮蠱惑，只記得眨眼什麼都忘了。

淚水滑落，夏朦的身影看起來又稀薄了些，那些淚水總是會洗去夏朦僅有的色彩，讓透明的悲傷住進。

以前曾問過夏朦為什麼看月亮會流淚，夏朦說，不知道，大概是因為月亮沒辦法和太陽共享同一片夜空，只要一個人醒著，另一方就會入睡。

第一次聽到時，她不懂夏朦總是對各種自然變化感到憂愁，後來溫奈才了解，夏朦所擁有的情緒，九成都是透明的憂傷，沒有為什麼，與生俱來的特質就是如此。

她沒有因為覺得麻煩而逃跑，反而深受吸引，夏朦的柔弱激起她的保護欲，她想好好保護她，不讓她受到來自外界一絲一毫的傷害。

放下筷子，溫奈拿起擺在一旁的畫圖本和色筆，改坐到夏朦身旁。夏朦沒有轉頭看她，但將身體朝她傾去，和白天不同，這次將大部分的重量都依附在她身上。

溫奈很奸詐，在夏朦最脆弱時引誘對方倚賴自己，在夏朦看起來最透明、透明到幾乎要消失時，用人類該有的重量確認夏朦仍在她身邊。

她一直很擔心，深怕夏朦總有一天會受不了人類的悲傷情感而選擇離去。月球的哭聲很安靜，靜到她不時時刻刻待在身旁就有可能錯過。

溫奈拿出淺綠色筆在空白紙張上勾勒出記憶中的綠葉。這個動作成功吸引夏朦的注意，眼淚如潺潺流水沒有停止，但倒映於雙眸中的月亮消失，轉換為逐漸成形的月桂樹。

她的手腕繼續靈活動作，盆栽裡的枝葉開始生長，從最初枯萎的模樣一點一點被她的雙手拉拔向上，注入生氣，用不同深淺的綠疊出栩栩如生的陰影。

溫奈將畫好的月桂樹撕下，遞給枕著她手臂的夏朦。衣服因淚水留下深色水漬，她不介意被當成手帕的替代品，只要能為夏朦擦去淚水，什麼都好。

「奈奈總是這麼厲害，連細節都可以記得那麼清楚。」夏朦看著畫喃喃地說。

「記憶力大概是我唯一的專長了。」

她沒有多補充自己是為了什麼，才這麼用心記住所有和夏朦有關的事。

「奈奈有很多專長，會做好吃的料理、會打掃、很可靠、很開朗，不像我。」

「妳也有很多專長啊，會照顧植物、知道她們最需要什麼、很溫柔、很細心。不用開朗沒關係，我可以把我的微笑分給妳。」

「跟三明治一樣一人一半？」

「那妳也得吃完那一半才行。」她輕笑。

「嗯，我會努力看看。」

「魚不吃了嗎？涼了不好吃，我去幫妳加熱。」

溫奈才正想要拿起烤魚的盤子，就因夏朦的輕喚停住動作。

「奈奈。」

「嗯？」

聲音帶著酒氣，更柔更甜了些，聽到這個聲音，就算夏朦要她摘星都會忍不住答應。

「我們再一起去看櫻花好嗎？櫻花應該快開了。」

「當然好，我們可以帶妳愛吃的去野餐，和去年一樣。」

「血櫻，今年也會是白色的？」

「去年是，今年大概也會長出白色的櫻花。」

「這樣啊……」

她大概知道夏朦在想什麼。

血櫻為什麼叫血櫻，這個問題。

明明靄靄如雪，卻被冠上不祥的血字。她曾好奇問過住在附近的熟客，他們只說那是種下櫻花樹的人所取的名字。

不是品種，而是那棵樹的名字。

可惜血櫻已經是一百多年的老樹，最初用雙手種下她的人，早已不在世上。故事沒有被流傳，只剩血櫻本身屹立不搖，年年盛開雪白的花瓣。

也因為名字帶著不祥的氣息，沒有人去賞櫻，總覺得觸霉頭，剛好讓不介意的她們獨享絕佳的賞櫻地點。

血櫻離她們的店不會太遠，在開車半小時左右就能抵達的小山坡上，去年去了好幾次，多虧了血櫻，她們的春天增添了許多美好的回憶。只是去了那裡，不免又會讓夏朦哭得梨花帶雨。

大概是因為知道自己去了又會忍不住流淚，夏朦才特別用撒嬌的方式問她。溫奈不討厭眼淚，反而是夏朦自己常常感到內疚，認為愛哭的個性給她添了麻煩。

「希望櫻花開得慢一點，活得久一點。」夏朦望著滿月說，彷彿在向月亮許願。

希望夏朦的願望能夠實現。

溫奈也凝視著柔和的月光，悄悄許下心願。

5

大概是昨晚喝多了，早上溫奈站在夏朦房門外敲了許久才得到回應，回答她的聲音明顯在和睡意拉扯。她也想讓夏朦多睡一會，或乾脆打開房門，鑽進那充滿清香的柔軟被窩，和夏朦共享同一個美夢。

但今天不是公休日，店還是得開，等待熟客們的到來。

「我先去做早餐喔，妳慢慢來。」

為了能準確傳達自己的意思，她對著門開口，而不是以敲門聲代替。

「好……」

其實溫奈早上不是被鬧鐘叫醒，也不是自然醒，而是被暴雨吵醒。激烈雨珠落在屋簷，吵得她不得不在鬧鐘鈴響前睜眼。她在心裡埋怨著不懂得看時機的怪天氣，強迫她與在夢中笑得開懷的夏朦分離。

果然是夢，也只有在她的夢裡，夏朦才會露出那麼快樂的表情，小手不鬆不緊牽著她，兩人一起在有著可愛小房子和花海的鄉間小路散步。

夢裡的她們去了歐洲旅遊嗎？她邊下樓邊想。

她完全不記得她們聊了什麼。其實聊了什麼不是那麼重要，只要有那除去所有哀傷的微笑和握在手裡的手，夏朦哪裡都不去，讓她一直牽著就好。只要這樣，就是一個非常非常幸福的美夢。

溫奈一直很想帶夏朦出國玩，一起去看世界各地的美麗風景；尋找更多夏朦會喜歡的美食；認識以前不曾看過的植物。雖然現在的生活也只有她們兩人，但若能出國，感覺就會像夢裡一樣，非常純粹，只有她們「兩人」。

她多嚮往能獨享與夏朦的兩人世界，不願意將心愛之人的一分一秒分享給任何人。

鐵捲門升起，暴雨形成簾幕將店面籠罩於其中。在現在這個季節，這樣的天氣是正常的嗎？

溫奈站在玻璃門前看著霧濛濛一片的景色，悶熱的濕氣讓她感到有些煩躁，莫名的不安像外頭粗暴的雨點打在她身上。她找不到原因，只能像逃難似的回到廚房。

如果連她的心情都遭受暴雨影響，可想而知夏朦今天會有多低落。從冰箱拿出蛋、甜椒和起司，她準備做一個色香味俱全的歐姆蛋給夏朦當早餐。

雖然不管是歐姆蛋還是其他任何料理，甚至是她自己本身，全都沒辦法帶給夏朦好心情。不能消除夏朦瘦小的身體裡裝著的巨大痛苦，對於生而為人卻無法承受過多情緒的無奈事實。

「要是能成為一朵蒲公英就好了。」

夏朦總是懷抱著永遠無法實現的小小夢想，每次每次，都一個人安靜地流淚，心裡這樣想著。溫奈會知道，是有一次她終於忍不住，將那連一點啜泣聲都聽不到的夏朦攬進懷裡，那句話如隨風而去的蒲公英飄到她的耳邊。

她遇過最脆弱又最堅強的人，大概就是夏朦了。脆弱得幾乎要消失，卻又是那麼堅強，繼續以人類的姿態努力呼吸著。

聽到細微的腳步聲，溫奈抬頭往樓梯看去，先是穿著白色涼鞋的腳出現在視線，再來是彷彿在黑暗中也會發亮的小腿。纖細的雙腿停下，抱膝而坐的動作讓她終於看到整個人，夏朦面無表情凝視著暴雨，眼淚落下，像是要跟天空比賽誰的淚水更多似的沒有停止。

放下裝著早餐的盤子，溫奈手拿煮好的咖啡走到樓梯口，拾階而上，將溫熱的馬克杯放在夏朦冰冷的手裡後，心疼地順了順對方的頭髮。

淅瀝雨聲蓋過早晨的李斯特，但幸好，香氣不會因此淡去。溫奈拿手帕輕輕拂去夏朦臉頰上的淚痕，小心控制力道，不在肌膚上留下一點紅腫。

結果最後夏朦還是沒有吃下她精心準備的早餐，她先用濕毛巾幫夏朦冰敷雙眼，確認看不出曾哭過的痕跡，才匆忙解決涼掉的歐姆蛋。她不是怕別人發現夏朦脆弱的一面，只是想保護夏朦遠離各種閒言閒語。

下雨天最麻煩的是客人帶進來的雨水和髒污，她擺了傘桶在店外，又在門口鋪上專為下雨天準備的腳踏墊，還是不免留下灰褐的鞋印。溫奈只能在客人較少的空檔趁機拖地，維持店內的整潔。

鴿子大叔很了解溫奈喜歡店內一塵不染，特別在腳踏墊多踩幾下才走進店裡。今天鴿子大叔難得遲了十分鐘，被另一個上班族搶走第一名的寶座。

「以前就算下雨我都還是第一名，要不是那些警察盤問了那麼久，我肯定還能繼續保持紀錄。」鴿子大叔有點氣憤，看來他很在意自己已經不是紀錄保持者。

「警察？發生什麼事了嗎？」溫奈問。

「就我之前跟妳們說的那個事件啊！最近又有一個小孩失蹤，而且就住在我家附近，以前我還有跟那個孩子打過招呼。很有禮貌的孩子，希望他平安無事……最近的社會越來越可怕，妳們真的要注意，平常鎖好門窗，奈奈妳也要照顧好朦朦。」

「我會的，謝謝提醒。」

溫奈瞄了夏朦一眼，夏朦正在幫那位上班族結帳，他雖然不是每天都來，但也常來吃早餐。和鴿子大叔不一樣，每次都點不同的餐點。

「我家也有小孩，本來都讓他坐校車去幼稚園，現在都由我老婆接送，這樣比較放心。我們小時候哪有那麼多壞人，還不是自己走路去學校，現在真的差很多。」上班族也忍不住開口。

「你們這樣還算好，有些父母工作忙到沒辦法接送，也不知道是工作重要還是小孩重要。」鴿子大叔碎碎唸著，直搖頭感嘆。

「錢再賺就有，但小孩只有一個，每個都該是父母的心頭肉啊。」

「唷！小伙子說得好！你肯定是個好爸爸！」

短短的交談讓鴿子大叔心情很好，用過早餐後，踩著輕快腳步走進暴雨之中。

不過看那撐著傘還是被淋得一身濕的狼狽身影，就算心情再好，也會瞬間被澆熄吧。溫奈在心裡感嘆，邊用抹布擦拭剛開門時被風掃進來的雨水。

6

因為暴雨的關係，今天客人少得可憐，在鴿子大叔離開後只有兩名上班族來吃早餐，兩人都對天氣抱怨連連，無奈的是，只要政府沒宣布放颱風假，還是得乖乖去上班。中午過後沒有客人，外面雨勢太過兇狠，大概連路人都不敢進店躲雨，就怕衣物的水分會造成店內下起另一場小雨。

溫奈坐在植物區對面的座位，放空大腦望著夏朦的背影發呆。夏朦手拿小鏟子，正在幫植物換盆，不過思緒似乎也在神遊，才放了一半的土就停下，過了好一陣子才又舀了些許的土放進陶盆，花了整整一個小時才完成小檸檬樹的搬家工程。

本來想去幫忙，但夏朦搖頭婉拒溫奈想要接過小鏟子的手。有時夏朦很頑固，想要自己完成的事不會讓別人插手。

「要喝冰咖啡休息一下嗎？還是要喝冬瓜愛玉？我昨天剛煮冬瓜茶，想說難得，也搓了愛玉，妳不是喜歡愛玉嗎？」見夏朦脫掉工作手套，她馬上趁機推銷自己的拿手飲品。

「好。」

小小聲的「好」讓溫奈雀躍起身走上階梯，等了一個小時，終於等到夏朦的聲音。

冬瓜愛玉放在二樓的冰箱，一樓的冰箱裡已經塞滿開店要用的食材，沒有多餘的空間擺進1公升的冷水壺。二樓除了她們兩人的房間，也有小廚房和電冰箱，偶爾不想下樓時可以直接在二樓煮飯，悠閒渡過運動量極少的一天。

踏上二樓，她注意到夏朦的房門沒有關緊，可以從縫隙中看到微弱的燈光。她猜想也許是夏朦早上趕著下樓忘了關，便朝夏朦的房間走去。

最初在選房間時，她把位於走廊盡頭的房間讓給夏朦，因為那間房間裡有一個小陽台，可以讓夏朦擺放盆栽。不過可惜最近屋簷上藤蔓叢生，怎麼除都除不完，導致陽光無法順利照進，夏朦只好每天輪流帶很需要日照的植物下樓，讓她們能順利行光合作用。

上次進夏朦房間是什麼時候了呢。溫奈推開門時默默想著。

夏朦的房內也是一片雪白，白色書桌、白色檯燈、白色寢具、白色衣櫥，衣櫥打開也是清一色的白。床上的棉被沒摺，維持著下床前的模樣，彷彿是夏朦褪去的殼。她不覺得邋遢，反而覺得有些可愛。

準備關掉檯燈，溫奈注意到桌上擺著一本相簿，伸手想打開。觸碰到相簿前，她下意識往門口看去，確認房間的主人沒有突然回來。

翻開相簿一頁頁瀏覽，裡面大部分都是風景照和植物、動物的照片，數不清的植物、天空、小貓、小狗，翻到比較後面才有人物照。

溫奈看到戴著草帽和太陽眼鏡的自己，那是她們難得參加學校活動，和系上同學一起去海邊玩時拍的照片。她還記得那時被夏朦稱讚說好看，在心裡得意了很久，慶幸自己想要帥而戴上太陽眼鏡。

裡面還有和其他人的合照，不過因為都是由夏朦掌鏡，所以在人群中找不到白色的身影。但比起和別人的團體照，她更想要和夏朦兩人單獨的合照。

好懷念，明明才畢業兩年，卻有種學生時代已經離自己十分遙遠的感覺。

相簿裡雖然不是沒有家人的合照，但她不確定那些人能不能算是夏朦的「家人」。擁有法律上的關係，應該算是家人。可是如果少了表面的連繫，純粹只是無關緊要的陌生人罷了。

當然，那群對鏡頭笑得開懷的「家人」之中，也沒有她最愛的人兒。

夏朦總是不在任何照片裡，卻將這些照片如此珍惜地保存起來，就像比起自己的存在，更珍惜別人。

又翻了幾頁，一張沒有放進夾層裡的照片隨之飄落，溫奈彎腰撿起，那是一張老舊的家庭照，背後寫著一行日期，字很小，鉛筆的筆跡已經變得模糊，無法辨認。

注意力對焦在年輕夫婦牽著的小女孩身上，小女孩年紀雖小，但她可以從五官裡看出夏朦的影子。她也認得那位年輕爸爸的模樣，她前年去幫夏朦搬家時和對方說過幾句話，去年也見過一次。只是這張照片拍攝於二十年前，那張曾經俊俏的臉孔多了數條皺紋，眼睛也不如以前炯炯有神。

而那位年輕的媽媽，秀氣纖瘦的模樣和現在的夏朦如同雙胞胎姊妹，就算不曾見過，也能一眼認出那就是夏朦的親生母親。

但那美麗的倩影沒出現在最近的家族合照裡，因為夏朦的親生母親，已成為永遠只留存於這張老照片裡的回憶。

她知道夏阿姨六年前過世，才過一年夏叔叔又再娶，夏朦的家裡多了新的「家人」。新的「媽媽」和「妹妹」，還有許多新的「親戚」。

會不會是昨晚的月亮讓夏朦突然想念起夏阿姨？月亮總是會誘發人們的思鄉之情，就算是樂觀的她，也不禁有點想念自己的父母。她凝視老照片想著。

溫奈將照片夾回相簿裡，闔上後悄悄放回原位，關掉檯燈，再輕聲走出房間。

夏朦不是什麼事都願意和她分享，她就算發現了，也只能裝作什麼都不知道，耐心等待未來某天，夏朦會想開口傾訴。

走到小廚房打開冰箱，溫奈拿出冰涼的冬瓜愛玉，確認昨晚有記得把今晚要吃的螺旋義大利麵拿到冷藏退冰後，快速下樓回到店裡。

希望夏朦不會因為她在樓上停留太久起了疑心。她不擅長對夏朦說謊，雖然夏朦不會問那麼多，但如果真的被問起，她一定會支支吾吾答不出來。

溫奈下了樓，卻沒在店裡找到夏朦。

「夏朦？」她將冷水壺放在廚房，出聲呼喚。

往植物區一看，工作手套和小鏟子都擺在工具箱裡，小檸檬樹也乖乖待在原位，但就是沒有她在尋找的人。腦中突然浮現鴿子大叔曾說過的話，不安占據她的大腦，胸口悶得幾乎使她抓狂。她又環視了店裡一圈，還是沒人。

「夏朦！」出聲大叫的剎那，她瞥見傾盆大雨中有個模糊的影子。

當溫奈辨認出那就是她在找的人，急忙抓起傘桶裡的傘衝進雨裡。大雨打在傘面上，每一下都重得她快拿不穩傘柄。涼鞋踩著積水的路面，傳出啪嗒啪嗒的聲響，濺起水花，直接灌進鞋裡。她終於趕到那道白色人影身旁，為夏朦擋住雨勢的攻擊。

夏朦沒有注意到溫奈，也沒有發現狠狠打在身上的雨點突然停止，持續低頭凝視地面，空洞無神的雙眸令溫奈心涼。溫奈話還沒問出口，目光順著夏朦的視線向下看去，令她瞬間噤聲的畫面闖入眼簾。

7

一個小孩躺在水窪中，撐開的兒童雨傘滾落在旁。不遠處還躺著另一個小小的黑影，雖然渾身浸濕毛髮服貼瘦得見骨的身軀，依然能看得出是隻小貓。

沉重的雨滴不斷落在他們身上，他們卻沒有任何反應，任由匯集的雨水在周圍形成汪洋，讓他們慢慢隨之墜入泥土氣味的海底。一人一貓都失去意識，靜靜地躺著，即使雨勢再大、視線再模糊，都能看得出不對勁。

水窪裡不單是混濁的泥濘，還有持續流淌的血紅。

刺眼的紅很快就被打散稀釋，若不是血不曾停止，溫奈也不會發現事情遠比她預想得更嚴重。

溫奈想將傘柄塞入夏朦手中，但夏朦彷彿是斷了線的人偶，一動也不動。她只好將傘隨手一丟，抱起小孩和小貓，勉強抽出一隻手，硬是拉著夏朦跑回店內。一踏進店裡，她便將小孩和小貓放在兩張併起的桌上，好方便等一下檢查他們的傷勢。

她很想叫渾身溼透的夏朦去洗熱水澡，但現在的夏朦怎麼喚都沒反應，她只好先將人扶到椅子暫時安頓，以最快的速度衝上二樓拿浴巾、毛毯和醫藥箱。

面對幼小孩童和自己最愛的人，溫奈一瞬間慌了，不知道該先幫哪一邊。內心其實很想趕快幫夏朦擦乾，但孩子受了傷免疫力又不好，還是先用浴巾包裹濕淋淋的孩子。

傷口的鮮血在白色桌面留下涓涓細流，溫奈試圖查看被頭髮蓋住的傷口，檢查除了頭部還有哪裡受傷，卻發現孩子不太對勁。從剛才抱著衝進店裡時，懷裡的小身體就軟綿綿如布偶，沒有任何反應，眼皮覆蓋下的眼珠毫無動靜，也感覺不到呼吸的起伏。

她顫抖地伸出手探了探孩子的氣息，感覺不到呼吸；將耳朵貼近孩子的胸口，聽不到規律的心音。孩子身旁的小黑貓則是氣息微弱，在溫奈想辦法要幫助牠時，小小的身軀卻終於支撐不住，嚥下最後一口氣。

怎麼回事？

當她意識到眼前的兩個小生命都成了冰冷的屍體，她明明沒淋得全濕，卻覺得剛觸碰到孩子和小黑貓的部位冷得令她發抖，受到驚嚇的心臟也幾乎要停止跳動。

好不容易從震驚中清醒，強迫自己消化可怕的現實，溫奈突然想起不知道在雨中站了多久的夏朦，她連忙拿起另一條浴巾將那顫抖的身子緊緊包住，見顫抖仍然沒有停止，又裹了一層毛毯在外。她心疼地撥開黏在蒼白臉龐上的髮絲，夏朦的雙眸依舊無神，肌膚冰冷，似乎像是失去靈魂，嚇得她險些尖叫。

「夏朦！」她喚著夏朦的名，緊緊將人抱在懷裡。深怕不好好抱緊，那縷無助迷失的靈魂也會離她而去。

「奈……？」

細微的聲音從懷裡傳來，溫奈的雙耳一捕捉到盼望已久的反應，立即拉開距離，蹲下身看向終於回神的夏朦。

「我在，我在喔。」她柔聲說道，雙手覆上夏朦的手，想將自己的體溫傳送給對方。

夏朦茫然望著她，漸漸聚焦的雙眸瞬間被恐懼占據，淚水快速蓄積，滿溢而出。不是過去無聲的流淚，啜泣聲連同嬌弱的身體一起俯身撲進溫奈胸口。儘管驚訝，溫奈還是反射性抱住，手輕柔拍著夏朦的背。每一次的顫慄，都直擊她心臟最柔軟的地方，痛得她幾乎快要昏厥。

「奈奈……怎麼辦……奈奈……」

衰弱的喃喃細語搔癢她的耳際，夏朦一聲聲反覆唸著她的名字。

「妳慢慢說，發生了什麼事？」

聽到溫奈的問句，夏朦突然變得激動，頭埋在她胸口一個勁的搖頭。

「我不知道……我不知道，我只是想要阻止他欺負小貓……小貓就快要被打死了……他就、他就……往後仰撞到地面……我來不及拉住他……」

夏朦像是突然想起什麼，猛然從她懷裡抬頭。溫奈本來想擋住夏朦的視線，但為時已晚，夏朦已經注意到躺在桌上的孩子與小貓。

雙眼瞳孔緊縮，夏朦絕望地摀臉，搖頭如風中落葉，破碎的話語斷斷續續從指尖流瀉。

「我不是故意的……為什麼他們……我只是想救小貓，想拿走那孩子手裡的樹枝，可是他一直不放手……為什麼……」

溫奈再次抱住幾乎要崩潰的夏朦，她從僅有的線索裡拼湊出事件的經過，了解到原來這是起悲傷的意外，同時也是已成為現實的悲劇。

幼童的頭部與頸椎都較為脆弱，很不幸的，撞的位置不對，就可能喪命，像那可憐的男孩。但就算是過失致死，她都不認為夏朦敏感的心承受得起刑罰，更何況在親手奪走生命的那刻起，夏朦同時被傷得千瘡百孔，再也無法恢復完整。

她必須陪在夏朦身旁，確保夏朦不會因為心裡的破洞跨越一直以來不曾跨過的界線，好好地、穩穩地，踏在平地活著。就算深知這是不可饒恕的罪孽，她也願意為了自己愛的人成為罪人。

溫奈突然想起孩子接連失蹤的案件，一個想法浮現於她的腦中。

她很冷靜，再冷靜不過了。

「我知道妳不是故意的，別擔心，都交給我。」溫奈看著那雙哭紅的眼，細聲安撫夏朦自己哪裡也不去，夏朦才點頭放開緊抓住衣服的手。

快速走到開關旁放下鐵門，她先是把小孩和小貓的屍體包在浴巾裡，用封箱膠帶黏好，防止搬運時不小心滾出。

她在腦內快速擬定計畫，先拿鐵鏟和手套打開後門奔進雨中，放進後車廂並挪出空位後才又回去帶屍體。

夏朦不安地看她忙進忙出，抓了她的衣角停住她的動作。

「妳要做什麼？不會是要……」夏朦的視線飄向溫奈懷裡被包得密不透風的屍體。

「別怕，我們必須這麼做，不會有人知道。」

「可是……」

「放心，我都會處理好。」

現在情況十分緊急，她沒有太多時間去說服夏朦，也幸好受到過度驚嚇的夏朦還處於混亂狀態，沒有強力阻止她的行動，呆愣在原地，目送她抱著屍體再次衝進雨裡。

本來溫奈想將夏朦留在家裡，趕快暖暖身體，別因為感冒病倒，夏朦體虛，一個小感冒都會成為重病。但夏朦緊抓著她的衣角不讓她走。她只好開口問：「妳也要去嗎？」

見夏朦默默點頭，她拿了自己的大衣蓋在夏朦頭上，摟著人跑到車旁，迅速開了副駕的門讓夏朦上車。溼透的衣服還來不及乾又吸飽了水分，緊緊黏在身上，不僅弄濕了車座椅和腳踏墊，連車裡都充滿雨水的氣味。

即使緊急，溫奈仍舊保持鎮定，不忘鎖上後門，經過剛才事發現場暫時停車，撿回地上一大一小的雨傘。她注意到水窪裡的確躺著一根樹枝，想著也許是小孩欺負小貓的武器，於是也一起撿起放進小雨傘裡帶回車上。

濕漉漉的手直接握上方向盤，雨刷大力左右搖擺，試著在滂沱大雨之中為她指引清晰的道路，可惜才揮乾不到0.01秒，更兇猛的雨勢緊接落下擋住視線。溫奈覺得這場大雨彷彿是個牢籠，將無助的她們困在裡面，遮住未來本該有的明亮，奪走她們幸福平凡的小小日常。

8

一路上溫奈只專注於前方道路，若是有任何閃失，都可能連累到副座的夏朦。這種可以媲美颱風天的雨天不該出門、不該開上山路、後車廂更不該有屍體。她唯一慶幸的只有兩件事，夏朦沒有受傷，還有她當初買車時決定買小型悍馬，在這種情況下開上山路比一般轎車來得安全。

當車經過血櫻所在的小山坡旁，她不禁擔心起這場暴雨會不會打斷櫻花樹的枝枒，現在離完全盛開還有一小段時間，應該可以不需擔憂花朵被打落。

這種時候她竟然還有心思想這個，她在心裡苦笑。她滿腦子都是夏朦的事，幾乎把夏朦當成自己的全部，無論時間地點，看什麼東西都會聯想到兩人的共同回憶。

在平地奔馳了許久才看到另一座山的入口，溫奈轉動方向盤讓悍馬爬坡上山，傾斜的角度、每一次的拐彎都讓她膽戰心驚。雨勢沒有停止的跡象，天色逐漸轉黑，再過不久就要入夜。雖說黑夜可以隱去她犯罪的身影，但天黑之後也會讓山路變得更危險，她必須抓緊時間，用最快的速度處理好所有事情。

悍馬努力爬坡，即將接近山頂，溫奈將車停在稍微平坦的空地，打算等一下徒步上山尋找更合適的棄屍地點。雙手離開方向盤，她這時才有機會轉頭面對整路靜默不語的夏朦。夏朦的頭髮已經半乾，淚痕遍布雙頰，眨著大眼膽怯地看向她。

「待在車上等我。」

夏朦這次沒有開口說要跟，聽話點頭。

「我會盡快回來，鎖好車門，看到陌生人來千萬不要開門。」她叮嚀。雖然這種深山根本不會有人來，但還是要預防萬一。

溫奈深呼吸調整心情，做足心理準備後，戴上工作手套打開車門。淋著雨從後車廂抱出屍體，勉強空出手拿起鐵鏟和兒童雨傘，繼續沿著山路往上走去。

當她走到自認不會有人注意的地方，便離開山路切進旁邊的樹林。雨水不斷干擾她的視線，她必須不時抬起手臂用衣物抹臉才能繼續前進，儘管身上無一處乾燥，至少能起到和雨刷差不多的作用。

溫奈從不覺得淋濕的衣物有那麼重，現在卻沉重得讓她每一步都走得很吃力。手裡的負擔也是，越是行走，屍體重量似乎也跟著加重，她以可笑的姿勢扛著孩童的屍體，以防手撐不住而掉落。尤其天雨路滑，地上全是鬆軟的泥土，讓她更難以行動。

邊努力記住來時的方向，邊尋找合適的地點。就算沒有犯罪經驗，她也知道在雨天埋下屍體有極大的風險暴露在外，所以她必須找一個不會被雨水侵蝕的地方。

有那種地方嗎？

她在心裡嘲笑自己的有勇無謀，一心只想著要幫夏朦湮滅證據，卻高估了自己的能力，自以為萬能，可以解決夏朦的所有煩惱。

她多想成為英雄，不是無私散播大愛給全世界的英雄，是成為夏朦專屬的英雄。也許稱為英雄有點太過，她的行動還是帶著目的與私心，但所有的目的都只有一個，內心的渴望也就只有那一個——夏朦。只要夏朦待在她身邊，不要受傷，她就十分滿足了。

溫奈很想暫時停下腳步喘口氣，但快速流逝的時間不允許她佇足休息。努力在雨中掃視無止盡的樹林，尋找一絲希望。現在的她非常需要奇蹟，而奇蹟似乎真的降臨於她身上。

在雨水模糊的視線裡，她隱約看到一個山洞。

像是在黑夜行走許久終於見到光亮的人，溫奈直直往山洞的方向奔去。她拚命向前跨步，希望增加自己的速度。雨聲蓋過自己心臟的鼓動聲，只感覺得到胸口正瘋狂被敲擊。

一吸氣，連雨水也一起吸入鼻腔，她險些嗆到，狼狽地咳了幾聲，途中還被突出的樹根絆倒，她努力維持平衡才沒有跌進泥濘裡。就算這樣，她還是緊抓著屍體。

磕磕絆絆奔跑了許久，她終於抵達山洞，裡面的空間意外寬廣，越走到深處便全是乾燥的泥土。她將屍體輕放在一旁，拿出手機，打開手電筒往地上照去，確認埋屍的地方，將燈光固定在岩壁上的凹陷處後便開始挖洞。

往下挖深，將多餘的土往旁堆去，反覆的機械動作和焦急緊張的情緒加速了動作，她很快就挖出一個足以放進屍體的大洞。猶豫了幾秒，她還是把屍體從浴巾裡拿出，輕輕將小孩和小貓放進洞裡，兒童雨傘和裡面的樹枝則挨在一旁，她雙手合十哀悼，才著手將大洞填平。

對不起。對不起。對不起。

她邊填邊在心裡對他們道歉，但她沒有哭，因為夏朦已經替她流盡所有悲傷。攬過龐大的負面情緒是一件很耗費精力的事，那她就負責當堅強的那一方，去面對現實，苦差事都交由她來做。

用鏟子輕輕拍打土地，確認沒有凹陷也沒有突兀的鼓起，接著她重新撒上周圍的碎砂石，盡量讓一切看起來像什麼事都不曾發生過。邊消滅自己的鞋印邊倒退走出洞口。她匆匆忙忙踏上回程的道路，希望能儘早回到車裡，好讓夏朦放心。

希望夏朦不會擅自出來找她。

就算有手機，她也不太清楚自己到底花了多少時間在埋屍，但樹林已被黑夜環繞，這讓她更加著急。夏朦一個人在車上會不會怕？現在夏朦是不是正在流淚？會不會擔心她發生什麼意外？

溫奈從一開始的快走到最後用盡全力奔跑，雙手大力擺動，手電筒的燈光也隨之搖晃，陰森的樹林彷彿鬼魅四伏，再大膽的人也不禁會感到毛骨悚然。但她不害怕，反而回想起過去的往事。

大學運動會時她曾參加百米賽跑，那時夏朦在人群中專注盯著她的身姿、為她加油。因為有了那雙清澈眼眸的溫柔注視，她很順利的拿下第一名。不只是在比賽當天，平時的訓練也是，若沒有夏朦，她也不會單純為了比賽那麼認真。

也是從那時候開始，溫奈才漸漸發現自己對夏朦有著不一樣的情感。那時的她，還只是青澀的大一，不過就算到了現在，她的情感仍舊維持著當初的稚嫩，不曾成長。

她沒有迷路，順利跑出樹林，沿著下坡小跑很快就看到她的悍馬。溫奈走到副駕駛座旁敲了敲窗，示意夏朦開鎖，將鐵鏟放回後車廂後才回到車內。

才關上車門，連人都還沒坐穩，夏朦直接撲進她的懷裡，也不顧她滿身髒污泥水，夏朦好不容易半乾的衣服又被她身上不斷滴落的水珠弄濕。

「我以為妳再也不回來了……我好怕妳出了什麼事……」夏朦嗚咽地說。

溫奈對夏朦主動抱她感到驚喜，不過她也能理解獨自被留在車上是多麼害怕。她並不後悔把夏朦留在車上，本來就找不到任何正確且完美的解決方法，比起帶著夏朦一起棄屍，留在車裡才是最能保護夏朦的決定。

「抱歉讓妳擔心了，我們回家吧。」

既然身上的衣服已經髒了，溫奈乾脆回抱，吸進一口參雜著雨水的髮香，獲得數秒的親暱。隨後讓夏朦坐好，並順手替夏朦繫上安全帶。

「嗯，回家，我們趕快回家。」夏朦喃喃自語。

現在夏朦口中的家，就是只有她們兩人的家。她心裡感到喜悅，對夏朦倚賴自己的舉動和可愛的話語心動不已。

她發動引擎開車下山，祈禱著暴雨能洗去她們兩人所有的行跡，沖刷所有犯罪的證據。

這一天，她最愛的人犯下了罪，而她甘願成為共犯。不只為了夏朦，也為了她自己，唯有最愛的人在身旁，她才能感受到活著的喜悅。

為了她所戀慕的女神，她雙手奉獻自己的所有，思想、身心、時間，都將完全屬於她最愛的人，哪怕是永遠得不到回報。

9

溫奈一手撐著傘，一手護著夏朦往後門走去。傘往夏朦傾斜，好將對方保護於傘下，雨都打在溫奈的左肩，身體凍到麻痺程度，好像已經對雨免疫。剛才已經淋了那麼久的雨，多淋這一小段路不算什麼，最重要的是，不能讓好不容易半乾的夏朦再度著涼。

她們像是被雨追趕似的逃進店內，離開前忘了關燈，一進去就看到白色桌面上的血漬，還有鞋子在地板上踏出的髒污。溫奈反射性捂住夏朦的雙眼，直接領人走上樓梯，夏朦也乖順任她擺布，等她放好一缸水溫適中的熱水，脫下層層裹在身上的大衣、毛毯和浴巾。

在鋪著白磚的浴室裡，熱水的蒸氣讓鏡子蒙上一層霧，也讓夏朦看起來有些虛幻。溫奈一直覺得夏朦像是不小心落入凡間的女神，滑嫩得不可思議的肌膚透著細細的藍色血管，從髮絲到腳尖，無一處不像精心雕琢的藝術品。她想起各式女神石膏像，比起那些沒有氣息的硬質石膏，夏朦更符合她對女神的定義。

也因為是女神，人類的心對夏朦來說太過沉重，所有情緒都是種負擔。透明的眼淚洗去夏朦身上的色彩，淡去屬於她的香氣，或許當眼淚流盡，夏朦就會重回天上繼續當個不受拘束、無欲無求的神祇。

但現在的夏朦不再是往常的純白，白裙上的污漬和血跡、潔白小腿上的污泥都讓那份聖潔受到污染。溫奈以為自己會希望夏朦一直都是乾乾淨淨的漂亮模樣，可是不知道為什麼，她有些著迷於白裙上的血紅，那像是一朵朵豔紅的玫瑰，毫無顧忌地在夏朦身上綻放。

女神因犯下了不可饒恕的罪孽而墜落，變回和她一樣的人類，妖豔綻放的血花宛如綁住夏朦的重力，幫她拉住那總是若有似無的身影。

溫奈弄濕毛巾，讓夏朦坐在浴缸邊緣，抬起她的小腿輕柔擦拭，髒污逐漸轉移到毛巾上。細心將夏朦的四肢擦淨後，她提醒夏朦不要泡太久會頭暈，才闔上浴室的門。明明泡澡時就會洗去那些污漬，但溫奈還是想親手為夏朦除去，就像分擔罪孽的儀式。

如果可以，溫奈甚至想幫她的女神淨身，不帶塵俗情感，純粹以一個追隨者之姿，為她的女神解開血腥的枷鎖。

背對著門板無聲嘆息，聽到水花聲後溫奈才離去，將剛才淋過雨的浴巾、連同自己身上的衣服丟進洗衣機，只穿著內衣回到自己房間，套了件寬鬆的短袖和短褲。洗衣機就在廚房旁邊，中間也沒有窗戶，不需擔心走光。

換了雙拖鞋走下樓，溫奈開始用清潔劑和抹布清除桌上已經乾涸的血漬，鮮血凝固後會變成深褐色，失去新鮮時的光澤。也許就像在告訴人類，不該讓它們離開人體，血液的作用應該是維持生命，必須珍惜。

她噴了很多清潔劑，反覆用力擦拭好幾遍，深褐色才逐漸變淡。在她的努力下，桌面幾乎變得和原本一樣雪白，但不知道是不是她的錯覺，她總覺得還是能清晰地看到那攤曾經屬於孩子的血漬。

夏朦，會沒事嗎？

最初空洞的眼神著實讓她心驚，現在雖然已經恢復平靜，但她沒辦法鑽進夏朦的心裡，查看裡面傷口是否潰爛，破洞的地方是否會帶來太大後遺症，導致最後終究還是走向毀滅。

她做了賭注，她賭有她的陪伴，夏朦會撐過罪惡感的譴責；賭她埋下的孩子也會被大家認為是失蹤的孩童之一。風險多高？賭注的成功機率有幾成？她從來沒有信心，也沒去細想。順著本能行動的結果是，她親手埋葬了屍體，在這裡清理最後的證據。

外面暴雨仍不停歇，大概會下到明天。

當最後一點痕跡被她粗暴擦去，她頓時感到無力。放鬆後疲憊感席捲而來，身體氣力盡失動彈不得，連要抬起一根手指都累得她直喘氣。

那孩子和小黑貓躺在土裡的模樣、土堆一點一點覆蓋他們，直到最後一點肌膚都看不到的瞬間，突然都顯現於腦海中。罪惡感撞擊她的太陽穴，橫衝直撞得又竄進她的心頭。

溫奈頓時曉得，只要她還活著，每一晚她都必須承受相同的罪惡感。這不像任何傷口會有痊癒的一天，她到死都會一而再，再而三想起那兩個小小身影。他們明明還小，卻被迫和這個世界提早道別，永遠沉睡於漆黑的山洞裡。

要說是誰的責任，好像也找不到絕對的對與錯。但就算只是場意外，都不能改變奪取性命的事實。光是埋屍的她就感覺到如此痛苦，那壓在夏朦身上的會是多沉重的鉛塊？

她想像罪惡感化為形體，形成生鏽的鎖鏈，將那嬌小的身軀重重綑綁。鐵鏽會掉落覆蓋於身，成為無法逃脫的外殼，堵住所有可呼吸的毛孔，如同被埋在土裡的屍體。鐵鏈則會磨破細緻的皮膚，鮮血流淌、深入肉裡，留下醜陋的痕跡。

想到這，她猛然起身，三步併兩步跑上二樓。浴室門還關著，從門縫可以看到亮光，她不假思索地衝向前大力敲門。

「夏朦？妳還在裡面嗎？沒事嗎？」

裡面沒有回音，溫奈焦急得直接轉動門把。門鎖著。她全身上下所有的細胞瞬間被不安占據。

咚咚咚，咚咚咚！沒事嗎，回答我！

「夏朦，回答我！」

她瘋狂敲著門，拍到手都紅了也不願停止。

拜託，不要離她而去。

拜託，不要留下她一個人。

正當她想去找能敲開門鎖的工具，門「喀」的一聲開啟，她迫切想見的人就站在她面前，身上裹著浴巾，頭髮還滴著水。

溫奈想也不想直接將人緊緊擁入懷裡，明明告訴自己要忍住不哭卻在此刻潰堤。她再也忍不住，萬一做了一切努力，她最愛的人還是選擇離她而去，那她該何去何從？夏朦靜靜地待在她懷裡，沒有出聲問她怎麼了，也沒有抬起雙手回抱。

她透過浴巾感受到夏朦的體溫，緊貼的身軀似乎能聽到彼此的心跳。溫奈終於察覺到不對勁，她拉開彼此的距離，從頭到腳查看了一遍，這才發現到夏朦手裡拿著修眉刀。

溫奈的喉嚨像是被人掐住般無法喘息，雙眼圓睜，瞪著刀鋒上些許的紅。她將視線從夏朦的右手轉移到空無一物的左手，左手手腕上有著一道細微的紅痕，像是不小心被紅筆劃到一樣。

但她知道那不是什麼紅筆，而是血，是不該離開皮膚、屬於夏朦的血液。

10

溫奈一把搶過修眉刀，也不管自己是否會被劃傷，只要越早讓那該死的刀片離開那隻手越好。夏朦瑟縮一下，肩膀縮起的動作讓鎖骨的形狀更加突出，但她沒時間欣賞美麗的線條和可盛水的凹陷。

她從來沒有這麼憤怒過，一把火狠狠焚燒著她，眼看火舌就要波及眼前面露膽怯的夏朦，她左手用力往門板一敲，門板承受不住她的怒火，直接凹陷進去。木屑扎進拳頭，痛覺像冷水澆熄了她的怒氣，心被火燒空的她突然跪地，這個動作嚇得夏朦也跟著蹲下。

「朦，不要離開我好嗎？我會一直陪著妳，24小時，365天，不分日夜我都能陪在妳身邊，渡過每一個難熬的夜晚。所以拜託不要這樣對我好嗎？妳不在了我該怎麼辦……」她卑微地向夏朦哀求著。

她從來不覺得自己這麼可憐，她忘了，夏朦的性命一直都掌握在夏朦自己手中。過去她曾在夏朦身上感覺到類似的絕望氣息，但都淡如一縷輕煙，僅存在一瞬，隨即消失。溫奈甚至不敢提起那個詞，深怕一說出口就會成真，她的女神就會趁她不注意，用不同方法逃離人間。

她很可憐，是一個被微小幸福擄獲的傻子，不求深愛的人愛她，只求對方留在這世上。就算夏朦說要離開她，到一個她再也找不到的地方，雖然會難過，只要知道夏朦還好好活著，她也會答應。獨自承受心如刀割的難耐，默默思念著，日復一日，不會停止。

「對不起，我不會再這麼做了。奈奈別哭，對不起……對不起……」夏朦傾身環住她，在她耳邊呢喃。

溫奈感覺到夏朦的手輕拍她的背，就像每一次夏朦低落難過時她所做的。一下，又一下，中間的間隔是多麼溫柔細膩，不能過長也不能過短，規律如同節拍，心裡唱著旋律。希望能藉由掌心傳遞進對方身體中的明亮旋律。

溫奈不知道現在夏朦心裡是否也在哼唱著旋律，但那間隔、節奏都和自己心中的歌如此相像，也許就算不唱出口，節拍也早已住進夏朦的身體裡，刻印在記憶上，成了習慣。

浮躁、恐懼、憤怒全都在夏朦的輕拍中消失，她早就在第一聲對不起時……不，早在夏朦願意開門時就原諒夏朦。說原諒有點奇怪，因為她根本沒有生氣的權利。她只是一個卑微的追隨者，當女神真的厭倦了一切，她再怎麼苦苦哀求、用盡所有力氣嘶吼也都傳遞不到對方耳裡。

可是夏朦說了「我不會再這麼做了」，她可以相信嗎？可以把這句話當作是她們的約定嗎？她不敢問出口，就怕會得到不想聽的回答，或是一陣沉默。

「對不起，嚇到妳了吧。」溫奈很後悔做出捶門的暴力舉動，抬頭就能看到門板上的凹陷，時時刻刻提醒著她剛才多麼失控。

夏朦搖頭：「妳的手很痛吧，我幫妳擦藥。」

她一手捶門，木屑刺進手裡，另一手搶走修眉刀，刀片劃傷手掌。她也不懂為什麼自己這個阻止的人反而傷得更重，不過只要夏朦沒事就好。她不在意自己手上的傷，比較想趕快將夏朦手腕上的血痕蓋住。那道紅太刺眼，刺眼到她無法直視。

「妳先去穿好衣服，身體好不容易才變暖又要冷了。」

陪夏朦走到房間門口，她在外面，倚著牆，等夏朦換好衣服。或許是想讓她安心，房門半掩沒有完全關上。這一天經歷了太多對心臟不好的事，溫奈覺得自己都要變得神經衰弱，一夜老個四五歲也不奇怪。

夏朦很快就走出房門，身上穿著一件白色睡裙，沒有任何裝飾、素雅的白最適合她，任何圖案和蕾絲都是多餘，只會在視覺上帶來干擾。

「剛才的裙子沾了血，大概洗不掉了，我之後處理掉。」聽到溫奈這麼說，夏朦將換下的裙子遞給她。

「妳先下去，醫藥箱在樓下，我待會幫妳擦藥。」

夏朦微微皺眉，指了指她的雙手：「妳才比較需要擦藥。」

「好，那等我幫妳擦完藥，妳再幫我包紮好嗎？」

聽到她這麼說，夏朦這才滿意的點頭走下樓。

看著已經滲透進布料的血漬，溫奈想像事發當時，夏朦大概曾嘗試要救受傷的孩子，但卻絕望地發現孩子早已沒了呼吸。對可以聽到植物微小聲音的夏朦來說，是不是也能聽到人類和其他動物斷氣時的聲音？她很好奇那會是什麼樣的聲音，雖然她這輩子都無法聽到，但能肯定的是，那絕對不是會令人感到心情愉悅的聲音。

溫奈打開自己房間的門，拿了衣架將裙子掛好，手指輕觸柔順的布料，撫摸乾涸的血花，透過觸覺試圖感受夏朦當時的情感波動。

她突然改變主意，她會丟掉包裹過屍體的浴巾、清除所有不小心留下的血跡和沾到車身的泥濘，但就是不想處理掉這件會被作為證據的裙子。沒錯，這是事件的證據，同時也是她和夏朦成為共犯的證據。

共犯。溫奈在心裡反覆默念這兩個字，明明是個充滿禁忌的詞彙，卻又甜得令她幾乎要為此成為瘋子。

又瘋又傻的她關上房門，走下樓梯來到店裡，看到夏朦正拿著拖把試著除去地上的髒污，但家事總是溫奈在做，對於打掃一竅不通的夏朦拖了許久還是弄不乾淨。

「還沒擦藥就在亂動。」溫奈輕輕搖頭，微笑接過拖把，將人帶到椅子上坐好。

她拿出醫藥箱裡的酒精棉片替夏朦消毒，因為怕弄痛夏朦，盡量很輕的拂過，但酒精遇到傷口多少還是會帶來些許刺痛。看到夏朦皺眉她也不禁皺眉，儘管令她心疼，卻同時也希望夏朦能記住這次的疼痛，履行那句如約定般的話語。

擦上薄薄一層藥，再用ＯＫ繃貼住紅痕後溫奈覺得舒服許多，但只要ＯＫ繃還在她就會重新想起那份恐懼。希望之後不會留疤，留下疤痕對她來說也是種折磨。

醫生與病患的角色交換，換夏朦幫她消毒傷口。被劃傷的傷口橫跨手掌，還好不算太深，但必須用繃帶包紮才能牢牢固定。紗布一圈又一圈包覆溫奈的掌心，她沒有將視線放在自己的手上，而是注視著專心幫她包紮的夏朦。

低垂的眼睫似羽扇，隨著眨眼輕顫，彎彎的弧度很美，尤其尾端的揚起，彷彿是天神用畫筆勾勒出的完美線條。專注的雙眸裡只映照著她，她多希望每天都可以讓夏朦幫她包紮，為了此刻，她甚至願意每天受傷。

另一隻手裡的木屑被夏朦用小夾子一根根挑起，那是需要耐心的作業，耗費了不少時間，到最後一根肉眼幾乎看不見的小木屑被夾出後，夏朦也忍不住打了個小小的呵欠。

「去睡吧，再不去睡明天就有熊貓眼了。」

溫奈送夏朦回房才在門口互道晚安，還好明天是公休日，她們不需早起開店。輕輕幫夏朦關上房門，她再次回到店裡，完成最後的打掃。雖然已過了十二點，但至少所有痕跡都在今夜之內被清除乾淨。

坐在椅子上休息，溫奈的視線自然放在翠綠的植物上。那些植物目睹了一切，希望她們不會怪罪夏朦，希望她們能體諒曾經解救她們的夏朦，不過只是想幫助另一個小生命罷了。

前幾天看起來沒有精神的荼蘼今天還是沒什麼精神，不到六日假日花市不會營業，只能委屈她再等一下。

她記得夏朦曾說過，荼蘼會開出很可愛的小白花，會擁有和現在不同的面貌。她也很期待能看到花開的那一天，當然也期待蒲公英長出可愛的白色毛球。

聽著外頭的雨聲，她疲憊地走上二樓浴室，放掉浴缸裡還有些微溫的水，難受看著最後一滴水消失在排水孔後，才快速沖了澡，在半夜三點終於鑽進被窩入眠。

11

猛然睜開雙眼，溫奈只看見一片漆黑，外頭還下著暴雨，不過和打落在屋簷的聲音不太相同，有點怪，卻說不出哪裡怪。她不知道自己為什麼站著，也不知道自己身在何處，往牆面摸去想要開燈，手指觸碰到的卻是粗糙的質感，她不禁被預期之外的觸感嚇到。

伸手往口袋摸去，得救似的拿出手機，連忙打開手電筒往周圍一照，她終於發現自己站在哪裡。

是那個洞穴，那個她到死也不會忘記的洞穴。

洞穴裡很乾燥，飄散著泥土的味道，她戰戰兢兢地將燈光向下照去，先是看到鐵鍬，光線往旁移去，照亮還未填滿的大洞。

小孩的身體幾乎被埋沒，唯獨帶著嬰兒肥的小臉裸露在土外，鼻子上沾了零星的塵土，深色的泥土顯得皮膚病態得蒼白。就算她知道孩子已死，還是有種他只是在沉睡，等一下就會醒來的錯覺。

必須趕快埋起來！

無論是什麼情況，就算一切都詭異得令她發毛，她都沒有忘記自己必須守護夏朦，立刻轉身，打算彎腰拿起地上的鐵鏟。

但才移開視線，一陣冰冷緊緊握住她的腳踝，那抹冰涼從腳向上蔓延，瞬間遍布全身。她瞪視漆黑的洞穴，不敢往下看去。

「姊姊……」

稚嫩的嗓音從底下傳來，明知視線不該往下瞧，她還是如著了魔般低頭。

小孩上半身趴在洞口，小手緊抓著她的腳踝，仰頭對她微笑。

「來陪我好嗎？」

純白的眼球裡沒有瞳孔，本該止住的血液又涓涓流下，從頸部沿著小孩的手臂直至指尖，濃稠的滑溜感彷彿蛆蟲，攀附她的腳踝爬上。

她想尖叫卻叫不出聲，因為她發現自己不知何時已經被埋在土裡，全身被土壓得動彈不得。白眼球的小孩拿著幾乎和他同高的鐵鏟，嘻笑鏟起土倒在她身上。泥土掉在她想呼救的嘴裡，滿嘴的泥土不斷往喉嚨深處落下，塞得她幾乎窒息。

意識突然一閃，飛到一個連她本人也遍尋不著的地方。不知道空白了幾秒，她再度猛然睜眼，恢復自由的身體順利坐起，冷汗從額上、背上滑落，濕黏的感覺令她不自覺想起剛才爬上腳踝的鮮血。她搖晃踏下床將所有燈光打開，走到浴室沖了澡，換了一套睡衣才又躺回床上。

剛才的夢魘太過真實，心臟還是以高速狂跳。轉頭瞄向櫃子上的電子鐘，四點半，她才睡了一個半小時，但她已經了無睡意，深怕一入夢就會被埋在土裡的小孩拖下坑裡掩埋。

她這時才真正意識到棄屍的恐怖，就算人不是她親手殺的，仍要永遠背負著埋屍的罪惡感，每日每夜被惡夢吞噬。可是就算她知道必須承受罪惡感啃咬內心，即使時光重來她還是會做出相同的選擇，而且也絕對不會讓夏朦跟去。

夏朦，她還好嗎？

溫奈忍不住擔心起只隔了一道牆的夏朦，她們兩人的床如鏡面反射般靠著彼此，這是她的小小心思，在布置房間時刻意將床靠在同一面牆，讓她可以想像她們緊鄰而眠。

暴雨已停止，夜很靜，她側耳傾聽牆後的聲音，想著夏朦現在是不是在哭，會不會也和她一樣因惡夢驚醒。如果是這樣的話……如果現在夏朦很害怕的話……那她……可不可以過去陪夏朦一起睡？

一個人也許會害怕，一個人承受或許會太累，那如果是兩個人一起，所有的恐懼、痛苦是不是都能一人分擔一半呢？

過去都不曾像現在這麼迫切渴望著夏朦，她想念那淡淡的清香，想念抱起來會有點痛的纖瘦身體。體溫冰涼也沒關係，她會用自己的體溫溫暖夏朦，有了溫度，也不會再讓她想起抓住腳踝的冰冷小手。

她心裡打算，如果一聽到啜泣聲就馬上跳下床，敲敲夏朦的房門，問她可不可以進去。敲門，要敲幾下比較好？三下，兩下？兩下，兩下？

叩叩叩，叩叩？一起睡，好嗎？

叩叩，叩叩。別怕，我在。

還是……

叩叩，叩叩？愛我，好嗎？

最後的暗號只是她的妄想，以朋友的身分待在夏朦身邊這麼多年，越了解夏朦就越清楚這是唯一的禁句。她不能利用現在的關係索求夏朦的情感，那只會讓她成為一個無可救藥的卑鄙小人。

維持現在這樣，就好。

她再次催眠自己，將因為夜晚倍感孤寂的心收回，繼續安靜吸收所有微小聲音。但她沒有收集到自己想聽的聲音，她不知道該高興還是失望，也不知道她要怎麼去確認夏朦是不是又在無聲落淚。

沒有哭聲，就失去可以去找夏朦的理由。她將額頭貼上牆面，想像夏朦的呼吸，也想跟著用相同的節奏吐納。她細數著每一次的吸氣吐氣，心臟不知不覺逐漸回到正常，夢境殘留在腳踝的冰冷觸感也淡去許多。

溫奈將手也貼上牆面，牆有些冰涼，和夏朦有點像。她拱起手背，一下又一下無聲地拍著，想著夏朦如果睡不著，是不是可以稍微感受到她輕拍背部的手，隨著節奏靜下心入睡。

拍著拍著，手漸漸慢了下來，腦裡仍輕哼著旋律，像是對自己唱了安眠曲般，溫奈安心地合上眼皮。

叩叩。

敲門聲從外頭傳來，將溫奈熟睡的意識喚醒。她睜開眼，看到熟悉的天花板，沒有窗戶的房間裡依然昏暗，但瞄向緊閉的房門，可以從門縫中看到來自外頭的光。

「奈奈，起床了嗎？」夏朦的聲音在敲門聲停下後傳進房裡。

平常夏朦叫她只叫奈一個字，現在卻從早上就親暱地喚她奈奈，是發生了什麼事？還是她仍在做夢？夏朦在……是否代表她成功逃離惡夢，正奔向有夏朦在的美夢？

溫奈下床開門，夏朦已經換好衣服站在門口等她，一見她開門就露出淺淺的微笑。小酒窩出現在頰上，很甜很甜，甜得她忍不住想上前親吻，看看是不是也真的那麼美味。不過她偷偷在身後捏了自己的手，發現不是夢後極力忍住衝動。

「怎麼了嗎？該是吃早餐的時間了？」她剛才急著下床開門，連時鐘都來不及看。

「沒關係我不餓，只是看妳一直還沒起床有點擔心。」夏朦搖頭說。

「現在幾點？」

「剛過十二點。」

十二點？

她已經好幾年沒睡超過十二點，就算沒設鬧鐘最晚也是九點就醒，昨晚做了那麼恐怖的惡夢，還能進入那麼深層的睡眠裡，她覺得有些不可思議。

「我現在就去煮午餐，餓了吧？」她想起她們兩人從昨晚就沒吃東西。

發現自己超過十二個小時沒有進食，肚子才突然向大腦傳遞飢餓訊號。但夏朦還是搖頭，似乎真的不餓。

「我不想吃。」

溫奈擔憂地看進夏朦的雙眸，眼睛下有著淡淡的陰影，看來昨天真的沒有睡好。夏朦以前只是吃得少或沒什麼胃口，不曾說過不想吃。胃口再小，只要是人都必須進食，無論發生什麼事、心情好壞與否，這是身體為了維持運作的本能。

「多少吃一點，還是我煮稀飯？清淡一點比較好入口。」

見夏朦的表情，似乎是在說不能不吃嗎。溫奈突然發現，這是夏朦另一個折磨自己同時也折磨她的方法，不管是不是刻意，還是心理無意間造成身體的影響，都不容得她忽視。

12

梳洗後下了樓，溫奈拿出保存在冷凍庫裡的熟飯放進電鍋蒸，蒸軟了再放進鍋裡熬煮成稀飯。為了幫夏朦補充營養，費盡心思加入瘦肉、芋頭、蛋和高麗菜，爭取夏朦每吃進一口都能攝取濃縮過的精華。

鐵門雖然拉起，但今天是公休日，所以沒有完全升到頂端，也乾脆的拿下門口的牌子，以防客人誤以為還在營業。休息歸休息，植物們還是需要陽光，每天行光合作用是她們唯一的工作。大雨過後在地上留下不少水窪，但有精神抖擻的太陽照耀大地，水窪肯定會連同昨夜所有痕跡一起被蒸發。

夏朦蹲在荼蘼前，荼蘼的葉片上沾著水珠，剛才夏朦已經幫需要水分的花草澆水，還未恢復健康的荼蘼也不例外。溫奈發現夏朦沒帶蒲公英下來，在荼蘼上所花的時間也比之前還多，注視著盆栽的模樣就像在心裡和荼蘼說話。她不知道夏朦和荼蘼說了什麼，但黯淡的眼神讓她知道夏朦現在非常低落。

那也沒辦法，才過了一晚，那件事無時無刻都在兩人的腦裡叫囂著，突顯它的存在感，不讓她們擅自遺忘。

溫奈添了一碗稀飯連同湯匙端上桌，她的肚子已經餓到準備開始啃食自身的肉，好平息那份難耐的飢餓感，不過她的優先順序還是夏朦在前，拍拍夏朦的肩，告訴她稀飯已經煮好。看夏朦拿起湯匙吃下第一口，溫奈才回到廚房添了自己的稀飯坐到夏朦對面。

芋頭和高麗菜的香甜沒有讓溫奈失望，所有食材被她特意切成小塊，瘦肉也弄得更碎，易於吞嚥，又能將香氣融進化開的米粒之中。相較於她大口進食的動作，夏朦像隻怕燙的貓，只舀一小口，卻分了好幾次才吃完。她悄悄數著湯匙數，希望夏朦能吃多一點。

還沒數到第三口，溫奈注意門口站著一道人影，她警覺站起身，下意識擋在夏朦身前。剛睡醒就費盡心思要讓夏朦進食，竟然忘了查看新聞是否又有小孩失蹤，或是在山上挖出遺體的報導。她在心裡罵自己愚蠢，大意會釀成大錯。等看清那道人影的樣貌後，雖不是她害怕看到的警察制服，但也不是她樂於見到的人。

穿著夾克的中年男子在外探頭探腦，因為陽光的反射讓他看不到店內，雙手框在眼睛周圍遮擋光線，想看他要找的人是不是在店裡。

為什麼偏偏是現在？溫奈很後悔拉開鐵門，讓那個人知道她們在店裡。什麼時候不挑，偏偏今天來，不過這次不是用電話聯絡，是否要為那個人給點掌聲，至少還有專程來到店門口。

「誰來了嗎？」夏朦的聲音在身後響起。

「嗯，妳等我一下。」

雖然知道藏不住那個人來的事實，但至少讓她先去打個「招呼」。打開門鎖走出店門，還沒等中年男子說話，迅速反手關門。溫奈擋在門前，像個守著城門的護衛。她面無表情打量眼前的男子，距離上次見面已經是一年前，她當然沒有忘了他總是三月左右才會出現，大多是打電話，而每一次的到來都毫無預警。

「朦朦在嗎？」夏叔叔理所當然地問。

朦朦，他有什麼資格這麼親暱叫夏朦的小名？夏叔叔一開口就惹惱她，她不喜歡聽夏叔叔這樣叫夏朦，就算是夏朦的親生父親也不行。

「夏叔叔這次好像來得比去年還早，夏朦今天不太舒服，有什麼話我來傳達就好。」她極力想減少兩人的接觸。

「朦朦不舒服嗎？有沒有去看醫生？」沒有包含特別關心和擔憂的語氣，純粹只是普通人會有的客套問句。

「不是很嚴重，我會照顧她。請問有什麼事？阿姨的忌日應該是四月初。」

「關於忌日，今年我想提早去掃墓，改成下禮拜六，可不可以讓朦朦請一天假？我可以補貼薪資，或是需要找幫手來的話我也可以去找⋯⋯」

「不用麻煩。為什麼今年要特別提早？」

「這個嘛……」夏叔叔沉默了幾秒，似乎難以啟齒。「我在月初剛好爭取到有薪假，要帶家人出國，日期不小心撞到。妳不要跟朦朦說，就說我有事，需要提早掃墓就好。」

她費盡了一番力氣才忍住不露出鄙視的表情。出國玩？她沒想到會是這個理由。

「好，夏叔叔再見。」

她直接用道別下達逐客令，夏叔叔也沒有堅持要見夏朦，爽快轉身離開。其實夏叔叔不需擔心，她根本不可能告訴夏朦提前掃墓的真正理由，她捨不得看到夏朦因為那可笑的理由哭泣。

轉身回到店裡，剛好對到夏朦疑惑的眼神。碗裡的稀飯沒有減少，看來從她出去後就沒有再動過。

「爸爸怎麼不進來？」見她坐下，夏朦馬上問道。

溫奈也知道自己擋不住整個玻璃門，沒有要隱瞞來者就是夏叔叔的事。

「叔叔還有工作，只是順道來傳話，說要提早到下星期六去掃墓。」

「為什麼要提早？」

「我也不太清楚，叔叔只說有事。」

「是喔。」

夏朦落寞垂眼，透明的淚水無預警掉下，一瞬間就被稀飯吸收。一滴落下，緊接著又一滴墜入。沒有說出真相夏朦還是哭了，明明該是看慣的日常，心痛的感覺卻沒有減少半分。

「奈奈，今年可以陪我去掃墓嗎？啊……可是星期六要開店……」

「臨時休息一天沒關係。只要妳願意，我每年都陪妳去。」

「謝謝，如果我哭了妳要記得提醒我，不能讓媽媽討厭。」

溫奈遲遲說不出好，喉嚨乾澀得難受，只能用點頭代替。其實她一點都不想說好，也不想點頭，她想告訴夏朦不要忍耐，像平常一樣就好，但想要當個好女兒的夏朦怎麼可能聽得進去。

她不太清楚這時夏朦口中所說的媽媽是指親生母親，還是夏叔叔再娶的繼母。夏朦不稱繼母為阿姨，也是叫媽媽，聽說是夏叔叔要求的。也許夏朦沒有特定指哪一個媽媽，而是媽媽「們」。

「奈奈，為什麼死亡總是離我們這麼近，我們身旁總是有生命受苦、死亡，我還活著沒關係嗎？」

「沒關係，沒關係喔。時間到了就得離開，大家都一樣，我們也是，只是還不到命運女神幫我們寫下的終止符而已。」

「命運女神是作曲家嗎？」

「或許是吧，祂會安排每個音符的高低起伏與節奏，有些人是大調，有些人是小調；有些人的樂章很短，有些人則是擁有好幾個樂章。」
「那個小孩呢？」
「他……也是被命運女神接走了，他的終止符早就被寫好。」
「小貓也是？」
「小貓也是。」
「沒辦法改寫？」
「沒辦法，沒人拿得到、也沒人看得到命運女神的樂譜，只能當個聽眾乖乖聆聽。而且也沒人敢改吧。」
夏朦一聽不禁輕笑，喃喃說著「也是」，用手背抹去臉頰的淚，舀了勺稀飯放進嘴裡，微微皺眉：「變鹹了。」
「我幫妳換一碗吧。」才剛要伸手接過加了淚水的稀飯，夏朦搖頭拒絕。
「沒關係，還是很好吃。」
聽到夏朦的稱讚，她終於能放鬆剛才因為生氣而緊繃的神經。她微笑看著夏朦又吃下兩口，起身走到音響前按下按鈕，讓下午的舒伯特為她們帶來些許慰藉。
作曲家……嗎。
作曲家聽起來好像很浪漫，但命運女神不過是個性格惡劣的神祇、惡作劇專家，總是將她們玩弄於祂的手掌心，喜歡看到她們受苦。就連她的女神也無力違抗，只能乖順隨著被寫好的旋律前行。

也許只是錯覺，溫奈覺得今天的夏朦有點不太一樣，雖然仍是落淚，但與她的距離似乎近了一些，在事件發生的隔天還能看到夏朦的微笑，也是她預期外的驚喜。

溫奈喜歡這個變化，也希望夏朦能永遠喚她奈奈，就算不是請求時的撒嬌語氣，就算只是叫好玩也好，只要是夏朦的呼喚，她都會不厭其煩地好好收進心裡珍惜。

第二章

1

公休日的隔天，她們的小店照常營業，溫奈這次沒有忘記一早就查看網路新聞。就算知道是遲早的事，看到新增一例兒童失蹤案件還是讓她渾身一震。儘管店內沒有客人，心裡有鬼的她還是下意識左右張望。那個當下她立即在心裡喝斥自己，不能慌了手腳，若是在別人面前必定會被起疑。

反覆深呼吸後，她繼續往下閱讀報導的內容，失蹤的孩子年僅八歲，因為雙親都有工作在身，放學都是自己坐公車回家。沒想到暴雨那天他下錯了站，公車上的監視器沒照到從後門下車的孩子，公車司機竟然也沒印象孩子在哪站下車。孩子從此沒了消息。

新聞上描述的特徵都和那孩子相符，紅色上衣藍色短褲，腳上穿著藍色小雨鞋，撐著一把藍色小傘。當她看到孩子的照片，紅撲撲的小臉、髮型、伸手對鏡頭比YA的模樣，縱使再怎麼不想面對事實，一切都已成了定案。就是那孩子，她親手埋下的孩子。

溫奈看到最下方有影片連結，點了播放鍵，孩子的母親泣不成聲，父親則是悲痛說道：「要是能多花點心思在孩子的安全上就好了。」

底下不少留言除了大罵誘拐犯沒良心、不是人，也譴責父母只顧著工作，沒有考慮到小孩的安全，竟然讓這麼小的孩子獨自坐公車回家，再高的月薪都換不回自己的孩子。

溫奈關掉新聞，呆望螢幕許久，直到螢幕進入待機模式變得一片漆黑。她看到自己的倒影，眼裡充滿憂傷與悔恨。

沒了親人的她，怎麼會不知道失去的痛苦。

過去的她失去父母含淚度日，現在的她間接奪走別人家的孩子，就連最後一面都不讓他們見，無法好好道別。多殘酷，但在矛盾的情緒裡，她有一部分還是默許了如此殘酷的自己。她有屬於她的理由，或許偏激，或許已經不再正常，但這都是她的選擇。她埋藏六年的扭曲愛情，似乎會把她塑造成一個惡魔。

店門開啟，鴿子大叔重回第一名的寶座，滿面春風向正在修剪植物的夏朦打招呼。溫奈晚一步才加熱鍋子，從冰箱裡拿出蘿蔔糕和豆漿。

「早啊！奈奈！妳看天氣多好，前天下了一整天的大雨真是煩死了，撐傘也沒用，才走不到五分鐘就全身濕，一進公司就看到大家都變落湯雞。哎，什麼怪天氣。幸好那天還有吃到奈奈的早餐，妳們年輕人都說那什麼來著……啊對啦！小確幸！最近才新學到的詞，還蠻好用的。」隨即一個人大笑了起來。

不過鴿子大叔才笑沒多久，突然臉色一變，口氣嚴肅：「可是那天又增加一起失蹤案件，就是專門綁架小孩的犯人，很可怕，竟然趁下雨天犯案。不過不管有沒有下雨，警察還是連一點線索都找不到，我都要懷疑警察的辦案能力了。很不想說警察無能這種話，但……唉……妳們真的要小心，現在這個社會越來越不安寧，尤其妳們又只有兩個女孩子。」

夏朦端上豆漿時鴿子大叔還在咕咕咕的碎念，溫奈不禁投以擔心的目光，意外的是，夏朦的表情裡看不出任何破綻。夏朦對鴿子大叔微笑，眉眼間蕩漾的笑意令她悸動，那份清新和煦的透明感仍在，可是卻多了她說不出的魅惑氣息。

「奈奈會保護我，對吧奈奈？」夏朦轉頭看她，那雙會說話的眼眸裡只有信任。

她點頭，鴿子大叔也點頭稱好：「對對，奈奈妳要撐住，我們的朦朦就靠妳了。」

溫奈沒有在心裡小小吐槽那一句「我們的朦朦」，呆愣著，沉溺於那雙她最愛的淺色眼眸，她彷彿就要溺水，淪陷於那散發著花蜜般香甜的笑意之中。

她第一次差點把鴿子大叔的蘿蔔糕煎到燒焦，不過鴿子大叔也沒注意到今天的蘿蔔糕比平時更脆了些，只顧著在嘴巴空下的空檔，跟夏朦有說有笑的聊著植物，離開時還帶走一盆小山蘇，說要放在辦公室綠化環境。鴿子大叔不忘在仙人掌存錢筒裡投入紙鈔，溫奈似乎看到一張藍色大鈔消失在投錢口。

平常夏朦雖然會招呼客人，但都處於被動，笑容也僅是禮貌微笑。但今天的夏朦開朗許多，不只耐心聽鴿子大叔天南地北的亂聊，回應的次數也明顯增加，跟她美夢裡曾握著她的手，在小徑散步的夏朦有點相似。

「太好了，鴿子大叔說會好好照顧山蘇，奈奈，今天也可以畫山蘇給我嗎？」

「當然，要畫幾張都可以。」

夏朦聽到她答應，微笑再次綻放，開心回答「一張就好」。溫奈不太能理解夏朦改變的原因，夏朦的心就像層層包圍的迷宮，裡面錯綜複雜，想要進入中心的人都會不小心迷失在蜿蜒的道路，不斷碰壁。但她好喜歡好喜歡這樣的夏朦，讓她有種在做著白日夢的感覺。

她又偷偷捏了自己的手臂，會痛，不是夢。瞄向夏朦左手手腕，手腕上的ＯＫ繃已經消失，傷口本來就不深，不仔細看幾乎看不太到，但曾親眼目睹傷口滲血的她還是看得到殘留於肌膚上的痕跡。倒是她自己的手，手掌內的那道傷口雖已結痂，還是得每天擦藥。

如果她晚了一步，會發生什麼事？如果夏朦不願開門；如果屬於夏朦的鮮血染紅浴缸裡的水；如果她撬開門進去時夏朦已經倒在地上許久；如果……

溫奈盯著自己的手，醜陋的深紅色結痂橫跨掌心，硬是劃開掌紋，成了讓一切失序的闖入者。她不討厭這個傷疤，最好留在她身上一輩子，證明自己曾代替夏朦挨了一刀，阻止了那許許多多的如果。榮譽的勳章，大概就是這麼一回事吧。

夏朦將杯盤收到她身旁時，她聞到了檸檬草的清香，那是她上個月送給夏朦的生日禮物。每次她去專櫃選香水時總是會花很多時間在挑香味，還有問店員每種花的花語。

應該沒有客人像她一樣，那麼在意隱藏於植物裡的秘密話語，所以當店員遇到不知道的花語時，就會和她一起拿出手機上網查資料。

買香水的過程很有趣，久而久之她也認識了香水專櫃的店員小姐，每次她帶著精挑細選的禮物離開時，店員小姐都會為她的戀情說聲加油。雖然對方並不知道她喜歡的人是同性，也不知道她們永遠不會有朋友以上的關係，甚至不知道她根本沒有打算要告白，對方一直認為，她只是太膽小還不敢說出口而已。

膽小，如果只是因為她太膽小該有多好。她不是不敢，而是不能。

不過她都只是對店員小姐微笑，沒有道謝。因為她不需要加油，她只要悄悄將自己的心意隱藏在香水之中，這樣就足夠了。

檸檬草，開不了口的愛。

她就像檸檬草，沒有吸引目光的花朵，沒有誘人的香氣，就只是一束翠綠，懷抱著暗戀不斷成長。

夏朦知道那些香水裡隱藏的話語嗎？

溫奈悄悄希望夏朦會發現，又希望不會被發現。畢竟雖然沒有化作言語說出口，也確確實實交給夏朦，讓自己的情書噴灑於修長白皙的肩頸，用香味一次又一次確認夏朦的存在。

夏朦的笑靨讓香氣變得更加濃厚，她有點醉意，過於幸福的暈眩感占據她的大腦。

現在的夏朦，好像人，沾染著人類的氣息，生動、耀眼。

也許就是現在，月球難得離地球最近的日子，觸手可及。沐浴在那冷色光芒之下的她，視線和思緒只能緊緊追隨著月球，甚至連罪惡感都能暫時忘卻。

2

戰戰兢兢過了好幾天，每一次打烊拉下鐵門時，溫奈都慶幸今天也沒有警察前來盤查。她去確認過事發現場，當天下雨，辨別不出小孩曾臥倒的地方，地面經過雨水充分洗刷，已經不見任何聯想到鮮血的紅。

到了每週第二次的公休日，荼蘼的情況還是沒有好轉，兩人決定帶荼蘼去假日花市詢問專家。夏朦坐在副駕駛座，頻頻回頭看向固定在後座的盆栽，似乎不放心荼蘼獨自坐在後面。儘管溫奈保證會注意車速，看到有坑洞也會盡量減速，不過夏朦還是很擔心會翻倒。

「荼蘼沒有跟妳說她怎麼了嗎？」溫奈問。

夏朦能和植物溝通，知道她們最需要什麼，就算不是植物專家也能透過聆聽植物的聲音了解她們的狀況，但這次好像連夏朦都束手無策。

「荼蘼她不太跟我說話，一直都很安靜，好像在拒絕我的照顧。」

「也許是生病了，希望植物醫生能治好她。」

「嗯，希望可以。不過她為什麼不願意跟我說話呢，唯一能聽到她的聲音的人就只有我啊。」

今天的夏朦失去了前幾天和煦的光芒，像是月亮被烏雲遮住，怎麼瞧都找不到美麗的身影，連點光暈都感受不到。

溫奈不知道該回答什麼，什麼都聽不到的她沒辦法加入夏朦和植物間的對話。雖然靜靜在一旁看也很幸福，不過有時還是會不小心吃醋，覺得植物們和夏朦獨自建立了一個看不見的小圈子，不帶惡意，但她還是只能待在圈子外。

將車停在花市附近的停車場，溫奈從後座抱出盆栽，把荼蘼放上小推車，和夏朦一起穿過公園前往花市。一路上都能看到帶著孩子去公園玩的父母，有些玩著拋接球，有些則在草地野餐，遊樂設施也充滿小孩的歡笑聲。

看到那些活蹦亂跳的孩子們，她瞬間後悔自己為什麼要把車停在公園下方的停車場，雖然離花市最近也最方便，但看到這些孩子不僅會勾起那個事件的痛苦回憶，那些幸福美滿的家庭也會如利刃，深深刺進夏朦的心。

往走在身旁的夏朦瞥去，果然看到哀傷的神情。溫奈想蓋住夏朦的雙眼，不要再讓夏朦羨慕那些「家」才能帶來的愛和幸福。

一時的鬼迷心竅，溫奈悄悄移動放在把手上的右手，覆上那隻幫她一起推小推車的手。冰涼傳上掌心，沁入傷口的結痂。夏朦察覺到觸碰轉頭看她，眼裡已經積蓄了淚水，卻因為在外面而極力忍著不要掉淚。

所以她才想去一個人都沒有的國外，像夢裡的鄉村小徑，在那裡夏朦想掉淚就掉淚，不用害怕別人看，也沒有多餘的人干擾她們的心情。

「我沒事。」夏朦喃喃自語，與其是在對她說，比較像在說給自己聽。

別人的天倫之樂在她們眼中只有諷刺與嘲笑，她們只能依偎彼此，互相說著沒事、會沒事的，繼續在悲哀的現實裡掙扎。

假日的花市一向人滿為患，不過裡面的小孩少了許多，孩子們對花沒有太大的興趣，只會吵著問父母好了沒、可以去吃飯了嗎。踏進花市裡，被植物們包圍的夏朦總算稍微恢復精神，這裡的攤販個個都是綠手指，雖說是為了維生的必備技能，不過植物也能因此受到無微不至的照顧。

夏朦不時停下腳步看看盛開的花朵，偶爾會在蝴蝶蘭面前佇足，或是仰頭凝視往四面八方彎曲生長的空氣鳳梨，溫奈也不催促，靜靜地陪著夏朦欣賞植物。比起美術館，夏朦更喜歡看花，每一朵花都是生命的藝術，和藝術一樣擁有獨一無二的美。

她還記得夏朦說過，藝術都有可能被複製，但花不會，就算是櫻花，每一朵小花也都有各自的特別之處，無可代替。

聽到時她有點訝異，覺得沒有人會去細看，櫻花正是因為滿滿盛開於樹梢，讓樹覆蓋夢幻的粉或白所以令人驚嘆。可是夏朦就會，她會很認真注視每一朵花，像是在感謝她們誕生於這個世界。

花市從入口到最尾端的距離遙遠，攤販一攤接著一攤不斷延伸，兩人從來都沒有走到盡頭過。她們在滿是草本植物的攤販停下，這裡不只賣植物，也擺放著各式盆栽、培養土和肥料。熟識的攤販老闆一看到兩人馬上對她們招手，穿過被植物占據的狹窄通道朝她們走去。

「好久不見，今天帶了誰來？」

「前一陣子撿到的荼蘼，她好像生病了，都沒什麼精神。」夏朦像是帶自己的孩子來看醫生，代替荼蘼說明病情。

「我看看喔。」

老闆蹲下，以各個角度觀察荼蘼，翻過葉子查看，又摸了摸盆裡的土。荼蘼就如夏朦所說，葉片全都垂頭喪氣，失去了植物該有的光澤。

「只是澆太多水而已，一個月三、四次就好，土太乾再補充水，注意不要讓盆底積水。」老闆像醫生一樣很快就找出問題點，開出口頭處方籤讓夏朦可以對症下藥。

「原來如此，謝謝，好怕她生病，再也不會好。」

「植物雖然要細心照顧，不過有時過度的照料也會讓她們感覺到壓力，澆水和施肥都要注意不能過量。不過沒想到竟然也有妳照顧不來的花，因為是『荼蘼』的關係嗎？哈哈，開玩笑的，應該不是吧。」

對於老闆輕快的玩笑話，夏朦笑而不語，垂眼凝視盆裡的葉子，沒有再說話。

為什麼老闆那樣說？溫奈對荼蘼完全不了解，本來想問夏朦問什麼，但她出聲喚了幾聲夏朦都沒反應，她猜想大概是心裡在想著別的事，就也不再打擾。

之後再自己去查好了。她心想，打算好好來認識一下荼蘼這種植物。

回途的路上夏朦整個人又陷入平時的哀傷氛圍，沒有餘力欣賞花朵，連腳步都變得輕飄，要不是一手搭在小推車的把手上，也許會忘了要向前邁步。

怕弄丟夏朦，溫奈一手推著推車，一手握起夏朦搭在把手上的手。花盆其實沒有那麼重，單手就已足夠。她緊緊握著夏朦，不顧別人會用什麼樣的眼光看她們，無論在他人眼中，她們看起來像朋友、戀人或家人，只要夏朦不會在她顧著向前的同時，因為停留原地而消失，這才是最重要的事。

3

小孩失蹤事件越演越烈，自從那場意外發生後，短短幾天內又新增兩起失蹤案，到目前為止失蹤人數已多達十人。犯人魔爪範圍極廣，不是集中於某個區域，而像到處去旅遊的同時順便抓個小孩回去。

犯人至今沒有向受害者家屬要求贖金，憑空消失的小孩們像是被神隱般，無聲無息地消失。

即使警察全力追查，過多的失蹤人數和來自社會的輿論都成為他們的壓力，不要說嫌疑犯，連半點線索都沒找到。很多人在抨擊警察的無能，甚至要求政府給個解釋，為什麼辛苦賺錢繳稅卻養出這些稅金小偷。

家長們有了危機意識，大部分都選擇親自接送，或是合資出錢包車、雇用保全，好保證自己孩子的安全。

當溫奈聽熟客說警察調查到這區，四處撒網收集線索，便不時往門外瞄去。她已經在心裡演練過無數次，遇到警察盤查時要怎麼回答。也和夏朦套好話，若被問到那天的不在場證明，兩人都要一致回答在店裡顧店。店裡店外和事發現場附近都沒有裝設監視器，雖沒有不在場證明，但也沒有任何證據可以懷疑她們的行蹤。

畢竟暴雨的那天大部分人都應該待在家裡，只有她們互相作證、給不出更有利的不在場證明也情有可原。

而且她們開店的位置算是鄉下，鄉下的警察都不想攬麻煩事上身，連交通違規的罰單也懶得開，發生重大事件能閃則閃。能抓到犯人固然是功績一件，要是一不小心抓錯了人，自己的名聲不但會受到波及，還會失去人們的信任，沒辦法像以前一樣和附近歐巴桑歐吉桑悠閒聊天度日。另外，最令人頭痛的就是來自上頭的罰則，鐵飯碗誰想丟，沒人想為了邀功而笨到涉險。

星期五下午，警察終究還是踏進店裡。當時有兩組客人，帶月桂樹回家的年輕女子和友人，和一群媽媽朋友們。兩組都是熟客，也算是點頭之交，一看到警察進門馬上議論紛紛，完全不擔心說話聲打擾到對方。

聽到警察是來調查小孩的失蹤事件，媽媽們個個凶神惡煞，用眼神譴責還未抓到兇嫌的警察。在媽媽們兇惡的目光洗禮下，兩位巡邏警察尷尬地走向溫奈，硬著頭皮執行任務。

溫奈早在警察進店門前就看到顯眼的制服，也對夏朦使了眼色。在煮奶茶的夏朦微微震了一下，她捏了捏夏朦放在檯子上的手，表示自己都在身旁，不用擔心。

「不好意思打擾妳們營業，可以占用妳們一點時間嗎？」警察自知自己立場微妙，用字遣詞十分謹慎，深怕一不小心惹更多麻煩上身。

她冷靜點頭，努力控制自己的表情維持正常。夏朦原本在她身旁，為了同時進行調查，被另一名警察請到靠近植物的角落談話。

這只是例行盤查，只要保持冷靜就能成功躲過警察的雙眼不被懷疑。溫奈在心裡叫自己鎮定，不管面對什麼問題都不能亂了陣腳。不是為了自己，是為了夏朦。一開始的問題比她想像得還要簡單，只問有沒有看到什麼可疑人物。沒有看到可疑人物。這是實話，她可以放心回答。在警察低頭做紀錄時，她迅速朝夏朦的方向瞄去，夏朦看起來和平常一樣，身體沒有顫抖，講話也無任何異狀。

接下來警察拿出數張照片，是那些失蹤的孩子們，他們露出活潑開朗的一面，對著鏡頭微笑，或是擺出可愛的姿勢。她一張張翻過，當忘都忘不了的臉孔映入眼簾，腦中還是浮現那張埋沒在土裡的小臉。心臟不受控地瘋狂跳動，不過她沒有停下翻閱的動作，按照先前的速度若無其事繼續看下一張，直到看完全部，再將一疊照片交還給警察。

「都沒有看到過嗎？」警察再次詢問。

她讓自己的雙眼直視對方，忽視搥打心臟般的疼痛與罪惡感的叫囂，她堅定搖頭，露出有些遺憾的表情。這才是普通人的反應，對失蹤的孩子感到痛心，為被害者的家屬感到同情。

警察不疑有他，對溫奈的配合表示道謝，雖然百般不願還是朝媽媽們走去。她在心裡鬆了口氣，但還不能完全鬆懈，詢問夏朦的警察還沒結束調查，手裡拿著照片一張張問夏朦是否看過。才看到第一張，夏朦神色有異，細微動搖在眸裡閃爍。溫奈心一驚，走出廚房往他們的方向走去。

如果被發現的話，她該怎麼辦？要怎麼從配有槍枝的警察手裡逃走？她下意識確認園藝工具盒裡放著的小鐵鏟和剪刀，若有什麼萬一，可以順手拿來當武器使用。

眼看警察朝夏朦伸手，溫奈的呼吸差點停止，幾乎要奔去擋在兩人之間，用自己的身體保護手無寸鐵的夏朦。但警察伸出的手在碰到夏朦的肩膀前就已停下，似乎十分驚慌，雙手僵在空中不知所措。

溫奈仔細一看，夏朦眼裡噙著淚水，無聲落淚。另一名警察注意到異狀大步前來，一看到夏朦在哭，一掌往大概是部下的年輕警察頭上用力拍去。

「叫你調查不是叫你惹哭人，在幹什麼。」

「不是……我沒有……」年輕警察表示無辜。

「還狡辯！去去去，去問其他人。小姐對不起啊，原諒這小子好嗎？他那張臉就是那麼兇。」警察隨即轉頭對溫奈說：「不好意思打擾妳們做生意還弄哭人，我們很快就結束，這件事不要告訴別人好嗎？我回去會好好教訓他。」

溫奈點頭走到他們身旁，摸了摸夏朦的頭，讓她可以靠著自己取得安全感。較年長的警察陪笑說聲感謝，繼續回去詢問媽媽們。那群媽媽像是抓到大好機會，爭相說著她們多擔心自己家的孩子，警察應該盡守職責，做好人民保母，她們才能安心生活。

還好警察來的正是時候，有這群媽媽們幫她們引開注意力，集中攻擊的砲火讓警察們巴不得盡快離開店裡，比起盤查，他們更像是被審問的犯人。

低頭看向還在落淚的夏朦，她也慶幸女人的眼淚總是能賺取同情，她的女神落淚時惹人憐愛的模樣，任誰看了都會感到心疼與自責。

雖然她不喜歡男人普遍認為女人軟弱、總是輕易就哭，用眼淚當武器。但在這種情況，她樂於接受這樣的偏見。溫奈雙手搭在夏朦的肩上，輕推著對方走到樓梯口，看警察們投來歉意的眼神，面無表情點頭示意，目送白色的身影悠悠踩上階梯。

等警察踏出店門已經又是二十分鐘後的事，媽媽們連平日帶小孩的怨念也一併抒發，與事件無關的芝麻小事也全都拿出來投訴，等年紀較長的警察好不容易抓到空檔，連忙插話說要繼續去執行任務，才落荒而逃似地遠離機關槍的掃射範圍。

4

平安撐過警察的盤問，溫奈心裡輕鬆不少。雖然知道屍體還是有被發現的可能，也不能保證完全沒人目擊悍馬在暴雨中駛上深山，但至少現在警察覺得她們與事件無關，算是暫時解除危機。

越接近星期六，夏朦的話也越少，前幾天的開朗彷彿只是場美夢。

同樣失去家人的她知道那份痛苦，就算時間的流逝會讓人覺得自己正在慢慢走出傷痛，可是那全都是錯覺，說是幻覺也不為過。從被遺留在世界上的那刻開始，心臟的其中一塊，就連同血肉一起和家人死去。壞死的肉沒有再生的可能，從心臟剝離掉落，留下一個洞，傷口就像忘了怎麼凝血，忘了要結痂，持續緩緩地淌血。

這就是她和夏朦的生活，用已經不再完整的心臟活著。

溫奈已經提前在粉絲專頁上發布臨時休息的貼文，當天一早也在鐵門上貼了公告，才回到店裡等夏朦下樓。忌日當天夏朦不願進食，這已經是六年來的習慣，她不勉強夏朦，為了表示弔念，自己也跟著斷食一日，只準備了兩人的咖啡，外加養生的枸杞茶帶出去喝。

夏朦還沒下來，她走到植物區，蹲在盆栽前凝視逐漸恢復健康的荼蘼。的確就如植物專家所說，減少了澆水的水量、注意不讓盆底積水後，情況便有所改善。雖然離朝氣蓬勃還有點遠，不過現在需要做的就是耐心等待。

她突然想起自己還沒查荼蘼的資料，本想拿出手機打開搜尋頁面，才一轉頭就看到不知道何時也蹲在她身旁的夏朦。連半點腳步聲都沒響起，她著實被嚇了一跳。

「久等了，我們走吧。」夏朦對她說。聲音虛無飄渺，感覺光是說這句話就用盡所有力氣。

溫奈伸手順了順近在眼前的淺色長髮，夏朦乖乖任她摸頭，但表情沒什麼變化。溫奈微笑站起身，牽著夏朦走出後門。

沒關係，她最不缺的就是笑容，她來替夏朦微笑，希望夏朦看著她也能感受到些微的喜悅。

氣象本來預告今天會下毛毛雨，不過氣象都只能當作參考，不但沒下雨，天空還晴朗到可稱為炎熱的程度。最近的天氣真的很怪，明明該是風和日麗的春天，激烈的變化卻接連襲來，生活在地球，無法與大自然力量抗衡的人們也只能無奈承受。

她打開悍馬的副駕讓夏朦上車後才繞回駕駛座，擦拭後照鏡時，她發現自己又該去染髮，黑色髮根在棕髮裡顯得突兀，暴露了她只不過是用人工染劑改了髮色，並不是天然的棕髮。

其實她不是不喜歡黑髮，但為了更接近夏朦，她費盡心思尋找可以改變的小細節，好讓自己能和夏朦擁有更多相似處。可惜她無法接受裙子，也不適合白色系，所以最後只好在頭髮上下功夫。

最初她拿著夏朦的照片跟設計師說要染成相同的顏色，但嘗試模仿出的顏色讓她大為失望，甚至覺得污辱了夏朦純淨的天然髮色。

在太陽下看起來是朦朧淡金的淺褐，柔順長髮披在身後，微風吹拂如搖曳芒草，那輕柔的夢幻，也許試圖複製本身就是件錯誤。

她放棄了複製，試了很多種棕色，最後選了檀棕：比夏朦的髮色再深一些、但仍屬於亮色系的棕色。那時她們都還是學生，夏朦看著不斷改變髮色的她也沒說什麼，會選檀棕只是因為夏朦的一句「很適合妳」，她就選定那是她這輩子的髮色。

不知道夏朦還記不記得。

溫奈趁停紅燈時偷看身邊的人，夏朦正閉著眼假寐，但從眼皮的微震可以看出就僅是闔上，讓意識暫時沉澱於哀傷。或許因為等等就要去見媽媽，正整理自己的心情，將眼淚收納於心，不輕易將它們放出。一身純白短袖連身長裙和平時相比正式許多，讓夏朦看起來像尊精雕細琢的洋娃娃，靜得似乎沒有心跳，沒有氣息，她甚至有股衝動想碰醒夏朦，好確保眼皮下的雙眸依然透徹。

將悍馬停在墓園的停車場，溫奈早就看到夏叔叔的車，裡面沒人，大概已經先去墓園打掃。溫奈負責背兩人的水瓶，看到夏朦肩上的小側背包也順手接過，直接放進自己的後背包裡，讓夏朦可以專心抱著要獻給媽媽的花束。

還未到正午氣溫就已經高達32度，這對怕熱的夏朦來說十分難受。溫奈撐起洋傘為夏朦遮擋烈日的照射，突然想起她一直有放防曬乳在車上以備不時之需，連忙又拿出車鑰匙打開車門，要夏朦坐回副駕。

夏朦將花束暫時放在駕駛座，聽話地抹開手臂上的防曬乳。溫奈也倒了些在掌心，覆上夏朦白皙的後頸，死白的液體融入細嫩的肌膚，她仔細抹勻，不讓任何一點不屬於夏朦的白殘留於上。夏朦微微垂頭讓她方便塗抹，頸骨如竹節分明，一節節而下的觸感令人上癮。

她的指腹離開頸項，像個過度保護孩子的家長，連臉也仔細塗上防曬。這次她用更輕的力道推勻，前兩指指節輕柔描繪夏朦臉部的輪廓，削瘦的瓜子臉，細細的柳眉，直挺的鼻樑，每一寸肌膚都帶著無盡的憐愛與敬意去觸碰。虔誠地，敬仰地。她小心翼翼不讓心中的情感滿溢而出，在這哀傷的日子，不能被她自私的愛意干擾。

夏朦見溫奈停手，接過防曬乳，準備換自己幫對方擦。溫奈急忙搖頭婉拒，以夏叔叔在等為藉口，直接將防曬乳丟回置物箱關上。她的情感已經因為剛才的觸碰有點失控，必須在此停手，以防她禁不住衝動，直接帶人上車揚長而去，阻止夏朦與夏叔叔、「媽媽」和「妹妹」碰面。

撐著傘和夏朦一步步走向墓園，雖然還未抵達，但已經可以看到排列於山坡上的墓碑。夏朦一路上都垂眸凝視抱在懷裡的花束，幾乎沒有看路。夏朦很少買花，一年只買這一次。她知道夏朦其實不太想帶花來，因為放在這裡的花最後只會乾枯凋零，卻還是不得不買。

夏阿姨生前曾對夏叔叔和夏朦說過，如果她死了，忌日不要帶菊花，一定要帶白色康乃馨。

菊花只會讓人想到死亡，很觸霉頭，就算自己過世也不希望家人被壓抑的氣息包圍。

不只這個條件，夏阿姨還說每年忌日全家都要去看她，誰都不能少，所以夏叔叔才會在每年的這個時候來找夏朦。

溫奈沒見過夏阿姨，可是卻深深厭惡那個人。她應該要感謝夏阿姨生下夏朦，將如此美好的生命帶到這個世界，但她做不到。

在某次的忌日，夏朦對她說了很多關於親生母親的事。也許無法鉅細靡遺描述出夏阿姨是個什麼樣的母親，但光是收集生活片段就能拼湊出一個人的模樣，看得出個性和思考方式，也看得出待人的態度。這也讓她發現，夏阿姨雖然身為親生母親，卻沒有給予夏朦該有的關愛。

白色康乃馨代表母親對孩子純潔、連綿的愛，她不認為夏阿姨有資格要求夏朦用白色康乃馨祭祀。她很想毀壞那無瑕的白，染上不潔的雜色，替夏朦大聲拒絕就算已不在人世，還自私控制著夏朦的「母愛」。

5

兩人走到夏阿姨的墓前，夏叔叔正拿著掃把清掃落葉，可以看到不遠處的大樹下站著一高一矮的人影——夏叔叔再娶的妻子，和妻子一起帶來夏家的女兒。這個墓園不像一般墓地都是祖墳，而是在骨灰下葬之地立一個石雕的精緻墓碑，再寫上逝者的名字。

不用說這也是夏阿姨的決定，比起靈骨塔的小小塔位，她更想被葬在西式的墓園裡。

夏叔叔看到她們走來，擦了擦汗對她們揮手，慈祥的微笑像是想扮演一個好爸爸。

「朦朦身體好點了嗎？」

溫奈忘了之前用這個理由來搪塞夏叔叔，在夏朦困惑出聲前搶著回答：「已經好多了。」

「真是不好意思啊，朦朦一直受妳照顧了。她媽媽如果知道也會很高興的，即使自己不在，也有人陪在朦朦身邊。」夏叔叔欣慰的看向墓碑。

夏朦將花束放在墓前，接過夏叔叔遞去的布開始仔細擦拭墓碑，擦過一遍，在水桶裡洗淨後又擦第二遍。每一次，都像在為母親淨身般輕柔小心。溫奈則戴上工作手套幫忙除草，越早做完就能越早離開，她怕夏朦的身體會不敵烈日的熱浪而昏倒。

即使待在同一個空間，夏叔叔和夏朦幾乎沒有對話，兩人大概都不知道該說些什麼，平時沒住在一起也沒聯絡，早就失去共同話題。只有很偶爾，夏叔叔像是要化解尷尬氛圍，隨口問問最近店裡生意如何，有發生什麼事嗎，是不是還在照顧植物等問題。兩人的關係甚至還不如熟客親近。

「以前妳不是也很喜歡種花嗎？現在還是吧？妳媽媽也最喜歡花了，尤其是康乃馨。」夏叔叔看著花束懷念從前。

也最喜歡「花」？

溫奈忍住想開口反駁的衝動，在心裡冷笑。沒想要去了解夏朦真正喜歡什麼，就擅自認為夏朦也和夏阿姨一樣，只喜歡外表華麗的花朵，聽在她耳裡簡直是天大笑話。

哪裡一樣，無論是什麼植物，夏朦都會平等以對，給予相同的呵護，但夏阿姨對只長綠葉的植物完全沒興趣。夏朦對她說過，夏阿姨曾把百合丟了，只因為花期已過，盆裡只剩綠葉。當時夏朦看了不忍，之後趁夏阿姨不注意，偷偷撿回來照顧。

看那紅得幾乎要出血的雙眼，溫奈輕拍夏朦的背，希望能稍微紓解對方正在強忍的悲傷。夏朦沒有因此看向她，光是控制自己的情緒就已經用盡全力，頭腦和心都疲憊得無法下達其他指令操控身體的動作。

「不能哭，會被媽媽討厭。」

第一次聽到時溫奈很是驚訝，她不曾覺得夏朦天生的哀愁和敏感的心思是種缺點，但夏阿姨似乎並不是這麼想。在夏朦還在上幼稚園時，就會被大聲喝斥動不動就掉淚的行為，到最後直接忽視夏朦的眼淚，極度排斥自己的孩子總是如此憂鬱。

夏阿姨只願接受幸福完美的家庭——溫柔體貼的老公，文靜開朗的女兒，除此之外，沒得商量，沒人能破壞她夢想中的城堡。這是聽過夏朦的回憶後，溫奈所得到的結論。

所以夏朦為了討好媽媽，總是隱藏自己的心情，關起真正的情感，想哭則躲在爸爸媽媽看不到的地方偷哭，只希望能當個媽媽「想要」的女兒。每當夏朦假裝開朗，夏阿姨就會展現出母親的溫柔，和夏朦聊天、帶她一起出去玩、甚至會親手幫她梳頭髮。

夏朦最喜歡媽媽幫她梳頭髮，媽媽總是對她那一頭長髮引以為傲，也會自豪地和親戚說夏朦遺傳到自己的美貌。夏阿姨年輕時的確很美，那張老照片留下了證據。但可惜，兩人雖然外貌皆落雁沉魚，夏阿姨卻沒有一顆同樣純粹的心。

儘管必須偽裝，夏朦還是渴望家人的愛。她藏起真實的自己，成為媽媽會喜歡的女兒，享受表面的親情，可是實際上，真正的她永遠得不到所需的包容與接納。她默默承受痛苦，懷抱著小小的期待，想著也許她繼續等待，總有一天就能等到。

結果夏朦等了又等，最後等到的，是夏阿姨的噩耗，還有死前留給夏朦的話語：以後媽媽不在了，還是要和爸爸一起守護這個家，繼續當他們的乖女兒。

夏阿姨的遺言成了解不開的詛咒綁住夏朦，她乖乖遵守，爸爸卻因為遇見了另一個「真愛」再婚，組成一個沒有她的新家。原本的「家」已經消失，就算爸爸一年只來看她一次，就算那個新家沒有她的位置，就算她在乎的人誰也不在乎她，她還是默默地等著。

溫奈好想對夏朦說太傻了，傻得令她心疼。而愛上夏朦的她也好傻，從小就生長於不斷被否定的環境裡，得不到愛，夏朦也失去了愛自己的能力。沒辦法愛自己的人沒有心力去愛人，這是溫奈在長年暗戀之中學到的事。

可悲的現實，殘酷的命運，但她不在乎。

她不是夏朦的白馬王子，不能給夏朦解除詛咒的吻，也不能抹去過世之人深植心裡的位置，但她能接受沒有經過偽裝的夏朦，承接所有情緒與淚水，她有信心自己能成為陪伴夏朦迎接末日的人。

世界上沒有一個詞可以貼切形容她們的關係，但沒關係，溫奈相信她們之間比任何關係都還要緊密。

夏叔叔雙手合十靜默了一陣子，似乎沒有要久待的意思，拿了手帕擦去汗水後，收拾掃把和水桶就要離開。不知該說在烈日下連對亡妻的愛意都隨著耐心一起被融化，還是夏阿姨在他心裡早就沒有新家人來得重要。

「機會難得要不要一起去吃個飯？妳也很久沒跟媽媽和妹妹說話了吧。」夏叔叔親切地提議。

往大樹下看去，「媽媽」和「妹妹」站在樹蔭裡瘋狂搧扇子，從剛剛就開始用不耐煩的眼神催促夏叔叔。夏朦也往她們看了一眼，眼看就要順著夏叔叔的話點頭答應，溫奈反應更快，也不顧自己的行為是不是太過無禮，直接拒絕：「等一下夏朦還有事，就不打擾了。」

有事，不就是夏叔叔最愛用的藉口？這不是他的專利，她也可以用相同的模糊藉口來拒絕。而且剛才夏叔叔說了「媽媽」和「妹妹」，在夏朦親生母親的墓前稱自己的再婚對象為媽媽，不知道夏阿姨若是聽到會作何感想。

夏阿姨完美的「家」已不復存在，不過其實早在夏阿姨離開人世那刻起，就再也沒有能力抓住血親。自己的老公成了別人的老公，自己的女兒也成了別人法律上的女兒。

夏朦有點訝異地看向她，似乎不懂為什麼她要拒絕。夏叔叔也不挽留，對夏朦說了聲保重身體，很乾脆地轉身離開。「媽媽」和「妹妹」等不及要回到車上，連跟她們點頭打招呼的基本禮貌都直接省略。

注視著夏叔叔一家三口的背影，直到再也看不到影子，夏朦才突然回神似的看向溫奈。

「抱歉，只是看妳不太想去的樣子。」溫奈道歉，但內心一點歉意也沒有，她認為這是再正確不過的決定。

「嗯……爸爸他們大概也不希望我去打擾吧。」夏朦垂眼，聲音聽起來有些沮喪。她不知道夏朦是因為沒辦法去而感到沮喪，還是因為夏叔叔離去時，那太過瀟灑的轉身。

「要回去了嗎？快要中午了，之後氣溫會更高。」溫奈問，她依舊擔心夏朦的身體狀況。

「奈奈，再陪我一下下好嗎？我想再跟媽媽說一下話。」

溫奈點頭，後退了幾步，留給夏朦和夏阿姨獨處的空間。到了現在，夏朦會對夏阿姨說什麼呢？溫奈很好奇，也好奇如果人死後真的會變成幽靈，現在夏阿姨是不是也在墓前看著自己的乖女兒，遵守她的期望，一滴淚也不掉地悼念她。

6

溫奈知道夏朦並不討厭新的「媽媽」和「妹妹」，如果討厭，就不會把她們的照片放在相簿裡。她在猜想，失去親生母親的痛和本來以為再也得不到的母愛，是不是轉移到新來的「媽媽」身上。夏朦非但沒有反對爸爸的再婚，還願意親近她們，只是對方看起來並不想接受新的家人，不管是新的女兒還是姊姊。

「她們就這樣走了，也沒打招呼。」

看夏朦什麼也沒說，溫奈忍不住替夏朦生氣。為什麼夏朦的「家人」都沒有家人該有的樣子，夏朦只是需要他們的一點關注、一點重視和一點愛。一點「真的」愛。明明並不是難事，那些人卻不願付出在她眼裡沒有半點價值的情感。不是親情的問題，也不是她想私藏夏朦，她當然希望夏朦能得到更多的愛，但問題是，依照她對那些人的認識，她知道，就算給了那麼一點，也不過是種施捨或虛情假意。

「因為今天很熱吧，天氣熱人都會變得比較不耐煩。」夏朦輕聲回答。

她心疼夏朦有點被曬紅的皮膚，連忙撐起一個雨傘範圍的陰影擋住陽光，再次將夏朦納入她的保護之中。溫奈瞥了眼高空那顆火辣辣的火球，她沒有擦防曬，剛才拔草陽光刺痛皮膚，回去肯定會痛好幾天。但她再痛都沒關係，如果讓夏朦曬傷，她會無理取鬧得連太陽都恨。

真的，高溫會磨耗人的耐心。

熱浪襲來，景色有些融化，色彩都變得模糊不清。環顧滿是墓碑的墓園，她埋下的孩子彷彿在下一秒就會從某處爬出。雞皮疙瘩爬上手臂，她想盡快帶夏朦離開遍布死亡氣息的地方，感覺再多待個一秒，她們就會誤闖陰間的入口，成為另一個世界的住民。

汗水浸濕襯衫，黏在背脊的觸感很不好受，踏出墓園，她拉著夏朦到大樹下稍作休息，拿出裝有枸杞茶的水瓶遞給夏朦。夏朦仰頭喝下，溫奈看著水通過喉嚨的足跡，視線上移，欣賞下巴的線條。

她喜歡觀察夏朦的一舉一動，全都收錄於她的「夏朦圖鑑」之中。她很少看到沁著汗的夏朦，連鎖骨附近的肌膚都看得到晶瑩汗水，在敵不過地心引力的拉扯時，緩緩流下。

如果是平常，她肯定會拿出手帕幫夏朦擦汗，也許是天氣太熱的緣故，她覺得這樣的夏朦有著不同於平日的魅惑感。

都是因為太陽，因為太陽讓她對她的女神有非分之想；都是因為太陽，讓總是溫柔的她也暫時一起融化。

雙唇因水分而濕潤，夏朦小小喘氣，對沒有運動習慣的夏朦來說，每次來掃墓都是趟艱辛的路程。但這段路不能不走，就像有人曾說，喪禮和忌日不是為了逝去的人而辦，而是為了還活著的人。也許是為了讓生者接受失去的事實，舉辦儀式，讓自己慢慢習慣沒有心愛之人的生活，才不會乾瞪著心臟裡淌血的傷口不知所措。

每年這樣走，或許未來某一天，傷口會奇蹟似的復原也說不定。

啊，又是天馬行空的胡思亂想。溫奈很乾脆得又把錯怪在太陽身上。

接過還未蓋上的水瓶，她的雙唇覆上同一個地方，讓飄著清香的茶水滋潤喉嚨。她這些狡猾的邪念都像情竇初開的中學生，只能透過曖昧的小動作滿足自己的渴望，獨自享受那份甘甜。

夏朦沒有注意到她的心思，抬頭仰望為她們帶來涼爽陰影的大樹。偶爾吹來的熱風使樹葉搖擺，隙縫間的光線跟著晃動，碰巧灑落於夏朦所站之處。

斑駁光點照亮仰頭的夏朦，那一瞬間，溫奈彷彿看到羽翼從潔白身姿的背後伸展，同樣的純淨、聖潔，幾乎就要拍翅往光芒飛去。她不自覺地伸手握住夏朦的手腕，將人拉離陽光下，回到她所在的陰影裡。

她好怕，剛才的夏朦好像就要離她而去。她用指腹摩娑著纖細的手腕，疤痕已經淡到看不見，可是那道疤痕帶來的恐懼未曾消失。

「不要真的變成女神飛走好嗎？」她呢喃。

「就算命運女神要擅自寫下我的終止符，我也要反抗到底。」夏朦以為她在開玩笑，也以輕鬆的語氣回答，聲音終於不再虛無飄渺。

是因為剛才的枸杞茶消除了熱氣，還是大樹帶來的光點讓人暫時忘卻哀愁，夏朦的嘴角終於微微上揚。

「妳要當第一個反抗成功的勇者嗎？」

「很想啊。」

夏朦微笑，淚水也跟著滑落，大概是一放鬆，忍耐許久的情緒像反噬一樣湧現。溫奈沒有出聲提醒，讓透明的淚繼續沖刷夏朦的色彩。這裡已經不在夏阿姨的掌控範圍內，夏朦想哭多久就哭多久，哭到天荒地老她也願意陪著。

回程路上，疲憊撐了一整路的夏朦歪頭陷入沉睡，車裡的冷氣終於讓兩人身上的熱氣稍微散去，心情也變得平靜許多。溫奈拉下副駕駛座前的小遮陽板，希望能讓夏朦好好睡一下。打開古典樂的廣播，正好播到輕鬆悅耳的卡農，她便不再換上CD，讓悠揚的琴聲成為夏朦的搖籃曲。

趁停紅燈時，她喝下最後一口咖啡。曬了一個早上的太陽，加上爬坡和除草等運動，她也不禁感到疲倦。她捨不得用醒腦的流行樂吵醒好不容易入睡的夏朦，只好臨時找了最近的閘道開下交流道，去便利商店補充更多的咖啡因，好熬過接下來的路程。

駛進杳無人煙的小鎮，找了許久才看到一間便利商店，如綠洲似的佇立在老房子之中。她看了夏朦一眼，儘管不想打擾那規律的呼吸聲，但還是伸手搖了搖夏朦的肩。眼睫眨動，沉睡的意識慢慢被她喚回。夏朦沒有完全睜眼，發出單音表示已經聽到溫奈的呼喚，打了個小小的呵欠，才滿臉倦容看向她。

「到了嗎？」

「還沒，我下車買咖啡，妳有要買什麼嗎？我順便一起買。」

「沒有。」夏朦搖頭。

「那妳鎖好車門喔。」叮嚀過後她才放心下車。

剛睡醒的夏朦一直都很可愛，會突然變得像小孩一樣。

溫奈只帶了錢包和手機，打開車門立刻又感受到空氣的濕黏，像層看不見的膜緊緊包覆著肌膚。她快步穿越馬路，以最快的速度走進便利商店，再次感受科技帶來的涼爽。

她在飲料陳列架上找到咖啡，因為平常很少喝瓶裝咖啡的關係，對牌子沒有特別挑剔，便隨便拿了眾所皆知的廠牌，而咖啡種類，當然是選濃縮黑咖啡。現在多一點糖都會讓她想睡，只有純咖啡因最有效。

又拿了一瓶寶礦力她才走去結帳，店員雖然待在開著冷氣的室內，不過也是一臉無精打采的模樣。沒什麼力氣的拿起商品刷了條碼，以咕噥聲報上總額，要不是有電子螢幕顯示價錢，她肯定沒辦法從含糊的聲音裡辨認出她該付的金額。

走出自動門，她突然被一旁的植物吸引，巨大的白色花朵低垂著，像一朵朵小裙子掛在樹上。她疑惑剛才怎麼沒有看到，隨後便因為那和夏朦有點相似的白而朝花朵走近。她認識這種花，如果沒記錯的話，應該是叫曼陀羅花，

好像夏朦今天穿的長裙。她不禁微笑想著。

溫奈拿出手機，將鏡頭對準曼陀羅花，點擊螢幕聚焦，以不同角度拍了好幾張，打算等一下拿給夏朦看，當作小小的驚喜，夏朦肯定也會喜歡這種特別的花朵。

才多待了幾分鐘，汗水又再度凝聚滴下，她伸手擋在手機上方遮光，用最快的速度確認照片是否有拍清楚。照片都很清晰，她甚至還蹲下身俯拍，就為了拍攝星形的花瓣和藏於其中的花蕊。

溫奈對自己的成果十分滿意，才正要收起手機時，手機突然震動，來電顯示出夏朦的名字。她有些困惑地朝停在不遠處的悍馬看去。

她看不清車上的身影，她猜測大概是夏朦想到要買什麼，便隨手滑開通話鍵接起電話。

7

將手機貼在耳際，高溫使電子產品變得更加燙手，耳朵似乎也要被燒灼似的，讓溫奈忍不住拉離皮膚與手機的距離。

「喂？朦？有什麼要買的嗎？」

手機一片寂靜無聲，她以為是手機拿得太遠，又稍微貼近一些，想聽清夏朦的聲音。

「喂？」

看了一眼螢幕，確認還在通話中她才又試著出聲呼喚。

「奈奈……」

近似絕望的聲音傳來，她心一驚，維持著接聽的姿勢，邊穿越馬路跑向悍馬，急著問道：「怎麼了？出了什麼事了？」

無助的聲音太熟悉，她最近才聽過，心裡只有不好的預感。

到底出了什麼事？

「喂！朦！妳還在嗎？妳現在在哪裡？發生什麼事了？」

湊近車窗看到車裡空無一人時，她忍不住焦急地對電話大喊，左顧右盼尋找夏朦的身影。

「在附近的小公園……」

小公園？

張望許久，找了一陣子她才發現，夏朦口中的「小公園」就在不遠處。與其說是小公園，不如說是個被樹包圍的空地，不僅找不到標示某某公園的牌子，連張長椅都沒有。跑進公園沒看到夏朦，倒是看到一個年輕人躺在地上，還有一個空酒瓶掉落在旁。

「夏……！」

才叫了第一個字，她注意到某棵樹後隱約能看到白色衣物的一角。溫奈急著朝那棵樹跑去，往樹後一看，果然看到屈膝蹲著的夏朦。

「妳怎麼在這裡，快把我嚇死了！」

她一手搭上夏朦的肩，才發現夏朦正瑟瑟發抖。

「死了……」

「什麼？」

「死了。」

「誰死了？」沒頭沒尾的話語聽不出一絲線索，她著急地追問。

夏朦抬頭，滿臉淚痕很是狼狽，驚慌恐懼的神色椎心刺骨。才想安撫夏朦的情緒，好讓她可以問出事情的來龍去脈，就看到一個小生物從夏朦的懷裡鑽出。溫奈震驚看向有點髒的土色小狗，小狗嚶嚶叫著，其中一隻眼似乎因為受傷而閉著。

「牠受傷了嗎？」她擔心問道。

小狗明顯還活著，夏朦口中的「死了」不是小狗。

但不是小狗，也不可能是夏朦，那是誰？

溫奈攙扶著夏朦起身，本來伸出手想接過小狗，卻看到白色裙襬上的鮮紅。夏朦仍持續顫抖著，白色長裙上綻放著數朵鮮血所繪的花朵，大量的血跡怵目驚心。

「哪裡受傷了？我們趕快去醫院！」她後悔自己沒有早點發現血跡，害怕自己魯莽拉起對方會撕裂傷口。

夏朦卻對她搖頭，顫抖的手指指向空地，剛才看到的年輕人還倒在原地沒有起身。是天氣的關係讓她喘不過氣，還是眼前的事實奪走了她的氧氣。緊縮的瞳孔突然被地上的亮光吸引，低頭一看，一把沾血的小刀躺在夏朦腳邊，反射的陽光刺進雙眸，頭痛欲裂。

看到血跡誤以為是夏朦受傷，停止思考的大腦沒有發現血量的異常。加上她剛才太急著想找夏朦，根本沒去注意年輕人的狀況，看到旁邊的酒瓶以為他只是醉倒，原來，事情沒有那麼單純。

確認夏朦身上無傷後，她要夏朦先別亂動，戰戰兢兢地朝年輕人走去。

雖然年輕人身穿黑衣，但仔細一看，可以看到胸口一片深色水漬。不是汗水，是血，身下還未被土地吸收的鮮血正緩緩向外擴散。她驚恐退後一步，不敢置信地猛然轉頭，望向站在遠處的夏朦。看到那無助的表情，她還是逼自己去探年輕人的氣息。

其實不用確認，光是胸口的刀傷就知道已經沒救。汗水不斷從額上滑落，溫奈甩了甩頭，帶著有些虛浮的步伐回到夏朦身旁。

「說清楚，發生什麼事了？」

腦袋一片混亂，她沒想到在短短時間內還會看到另一具屍體……不，是在有生之年竟然還會看到屍體。這恐怖的事實讓她感到崩潰。

是夏朦做的？是夏朦下的手？她想相信自己最愛的人並不是有意，但還是忍不住加重口氣。

「對不起……我看到那個人粗暴抓著小狗走進公園，手裡還拿著小刀，雖然很害怕，可是還是想拜託他放過小狗。但他不聽我說的話，拉傷了小狗的腳，還把小狗打到眼睛受傷，又朝我撲來……」回想到當時的情景，夏朦的淚掉得更兇：「我一直掙扎，手剛好碰到那把刀……」

想到年輕人本來打算對夏朦和小狗做的事，溫奈立刻原諒了夏朦，同時不禁氣得也想拿起那把小刀多捅幾刀。

滾燙的熱浪使怒火沸騰，在她體內激烈的冒著泡泡，熱氣直直衝上頭頂。她不允許任何人傷害她的女神，就算得殺了對方也在所不惜。

她很懊悔沒有即時趕到，後悔讓夏朦又獨自背負痛苦。如果年輕人必須死，那殺了年輕人的人應該要是她才對。但現在人已經死了，那她能為夏朦做的，就只有一件事。

溫奈心疼地撥開散落在夏朦臉上的髮絲，從口袋翻出手帕為對方擦去淚痕。她小心地將夏朦抱進懷裡，感受小小身子的顫抖。

還好夏朦沒事，夏朦沒事就好。

想起還有要事得做，溫奈沒有深思太久，先叫夏朦躲回樹後，她則豎起所有神經戒備著，觀察周遭是否有閒雜人等。確認沒人，才小跑步回到悍馬旁發動引擎，將車開到小公園側邊，躲在樹叢之中。雖然擋不住全部，至少不會那麼顯眼。

這個連觀光客都不願來的小鎮完全沒有危機意識，除了便利商店有防盜需求，不然大概連半台監視攝影機都找不到。

溫奈確定只有她買飲料的影像被紀錄下來，其他行動都不會留下太過明顯的痕跡。這裡沒有生氣、連老房子裡到底有沒有人居住都是個疑問。她覺得其實鄉下才要小心，沒有大部分人想像得安全，在這裡犯罪沒有人會發現，就像現在。

她本來想直接把屍體留在原地，但即使人煙稀少，早晚還是會成為新聞頭條。她必須盡力拖延時間，越晚被發現，警方能查出的線索也越少，因此她還是決定把屍體帶到某個地方丟棄。

溫奈要夏曚先暫時把小狗放在車上，雖然很不想讓夏曚碰到屍體，可是憑她一個人搬不動那位年輕人，就算後車廂還擺著小推車，也需要兩人合力將屍體搬上推車，再抬進後車廂。

「曚，我知道妳很害怕，但幫我個忙好嗎？」

她輕撫著夏曚的背柔聲詢問，見夏曚點頭，便指示夏曚抬起屍體的腳。夏曚力氣小，主要還是靠溫奈在出力。沉重的屍體微彎，屁股數次著地，她咬牙使勁用雙臂勾著屍體的臂膀奮力一抬，才好不容易讓屍體坐上推車。

推車和成人相比明顯過小，她只好讓屍體彎起雙膝盡量縮小體積，和夏曚合力推到車旁，兩人再手忙腳亂的把屍體塞進後車廂。

先讓夏曚坐回副駕，溫奈回到樹下撿起沾血的小刀，她沒辦法清除滲入深色土裡的鮮血，也幸好這裡的草地已經許久沒有人除草，勉強能遮住犯案的痕跡。

希望這個小公園繼續荒廢下去。她在心裡許願，將地上空酒瓶一併帶走，頭也不回跑回車上。

關上車門將冷氣調到最強，讓冷風吹乾她們身上的汗，也吹涼過熱的大腦。溫奈的頭還隱隱作痛，不過也許是有了第一次的經驗，這次她更能冷靜處理，搬運屍體的同時已經在心裡規劃好棄屍路線。車裡混雜著汗水和鮮血的氣味，她看向抱著小狗的夏曚，手裡還握著她剛遞去的手帕。

淚已停止，夏朦正溫柔注視著懷裡的小狗，沾血的手順著小狗的毛撫摸。薄唇淺淺微笑，臉頰露出可愛的小酒窩，她曾經看過的明亮色彩再次回到夏朦身上。

女神因為累加在身上的罪孽離人類又更近了些，盛開的血花是在戰場上拯救生命留下的勳章。恐懼散去，夏朦揚起頭對她燦爛一笑。

「我是不是反抗成功了？我們改寫了命運女神的樂譜。」

那笑容擁有感染力，輕鬆剷去她心裡最後一點罪惡感。她點頭，認同夏朦的話語。

沒錯，她的女神為了對抗人類的惡意而下凡，用最純潔的心與雙手拯救一個又一個無辜的生命。她從不知道，善與惡可以並存，為了善而行的惡，儘管依舊是惡，但她會義無反顧地追隨到最後。

8

上一次握著方向盤的手被雨水浸濕，這一次的雙手被汗水包覆。和雨水不同的是，當汗水乾涸，黏膩感會殘留於每寸肌膚，將所有毛孔封閉。

溫奈照著ＧＰＳ的指引開往海岸，但她的目標當然不是淺灘，她要找個適合的懸崖，底下最好全是尖銳礁石。

若有鯊魚或食人魚更好。她想著。

她沒有跟夏朦說棄屍計畫，也沒說要開往哪裡，夏朦完全不過問，全權託付給她，相信她會處理好一切。小狗在夏朦懷裡安穩入睡，受傷的眼睛周圍濕了一圈，大概是被年輕人用拳頭打傷，不知道獸醫能不能治好。

中午過後太陽的威力還是絲毫沒有減弱，曬得海面波光粼粼，和不久前附著於夏朦肌膚上的汗水一樣。想起副駕的儲物空間裡好像有兩副太陽眼鏡，便請夏朦幫她找看看。果然一打開就看到兩個眼鏡盒，打開其中一個，夏朦突然輕笑出聲。

「這不是妳大學時戴的那副嗎？大二暑假去海邊玩那次。」夏朦將太陽眼鏡遞給她。

溫奈單手接過戴上，勾起笑點頭。

「我說好看，結果妳就去買了一副一樣的送我，我還以為弄丟了呢，原來在這裡。」夏朦懷念地說，也將太陽眼鏡戴上。

溫奈往旁偷瞄，雖然因為鏡片的關係，整個世界連同夏朦都蓋上了一層半透明的淺灰，但太陽眼鏡還是和白皙的肌膚形成明顯對比。幾乎蓋住半張臉的鏡片讓夏朦的臉看起來更小，比起注視眼鏡的部分，她更喜歡集中於菱形的下半臉，那弧度和形狀在她眼裡都是那麼完美。

「妳還記得。」

「奈奈的事我不會忘的。」

「就算變成老婆婆也不會忘嗎？」

「嗯，也不會，因為奈奈是很重要的人，就算忘了所有事情，我也會跟自己說不可以忘了奈奈。」

溫奈一瞬有些哽咽，本來要說的話全都卡在喉嚨出不來。她沒有預期會聽到如此令她感動到想哭的話語，私自把這句話當作另一種形式的告白。夏朦願意將她視為重要的人，這是比那三個字還穩固的承諾。

她沒有去懷疑當中是否參雜著討好的意味，夏朦根本不需要討好，因為她不是那些表面的「家人」，假設被夏朦過分對待、利用，她也不會有怨言。

那時的回憶瞬間湧上，溫奈像是回到過去，那張照片裡，戴著草帽和太陽眼鏡的自己。她露齒對手拿相機的夏朦微笑，倒映在鏡片上的夏朦身穿及膝的白色細肩洋裝，垂墜式薄紗裙擺隨風飄逸。她面向鏡頭幻想，夏朦如果有一天成為她的新娘，一定很適合穿上白色婚紗。

不能太過華麗，不需要蕾絲和多層次的薄紗，夏朦最適合簡單經典的款式。不用有拖得好長，需要小花童拉著走過紅毯的裙擺，也不能是強調身體線條的魚尾，過度的設計都會影響夏朦的純粹。看得到腳踝的小禮服應該也很適合，她忍不住又想，不知道夏朦穿上像牛奶般的絲滑布料會是什麼模樣。

如果結婚，她們不會有捧花，也不會用真花去裝飾，因為那些被強行剪下莖幹的花朵只會讓夏朦落淚。她們也許會選一個花園，能飛到國外的幽靜鄉野間舉行更好。不需要賓客，也沒有家長，就她們兩人。不需要牧師，所有植物都會是她們的見證人，而夏朦一定能聽到植物們的祝福。

她想像著淡色的長髮戴上頭紗，夏朦會閉起雙眼等待她的親吻，她會緩緩接近無瑕的臉蛋，兩人的氣息交融，呼吸和心跳都在那一刻合上節拍。然後，她會輕輕傾頭，帶著虔誠的愛意，讓彼此的距離逐漸縮短。

那雙唇會是多麼柔軟且香甜，她曾在夢裡偷偷幻想無數次。不過就算是夢，她也不曾擅自品嚐，大概是自己的潛意識抗拒著如此狡猾的行徑。

想到這裡，她的頭腦瞬間清醒，飄遠的思緒回到漸漸升高的海拔。必須再快一點，在炎熱的天氣，肉會加快腐敗的速度。她不希望夏朦吸進污穢的氣味，如同路上令人討厭的二手菸污染夏朦的肺。

導航的聲音早已停止，悍馬依舊持續向前奔馳，溫奈還沒找到她覺得適合的地方，沿路邊注意是否有懸崖，邊觀察附近的環境。原本以為不會有人住在這附近，畢竟沒有城鎮，連棟老房子都沒有，不過朝山壁的方向看去，卻看到頗為華麗的豪宅，歐式的裝飾梁柱十分顯眼，獨自聳立於樹林間，從濱海公路上去還需要好一陣子。

怎麼會有人想要住在那裡？她不禁疑惑。

這裡只適合棄屍，硬要說的話，或許還可以再增加一項，自殺。

當溫奈看到如同電影決戰場景的懸崖時，她像是發現寶物似的雙眼發亮，轉動方向盤將車駛離主要道路，算準安全範圍，停在離懸崖最近的位置。少一點搬運的路程都好，最重要的是迅速完成一連串的棄屍動作，不過也不能太過接近，就怕發生什麼萬一。

溫奈拉起手煞車，探身從後座拿了路上買的繩子才開門下車。為了買繩子她還費了番苦心，反覆檢查身上沒有血跡，看起來也不會太過邋遢才敢下車。

若要杜絕所有風險她不應該接觸到任何人，在事件發生後的一舉一動都有可能成為犯罪的證據，但為了讓屍體順利沉入海底，繩子是必要的道具。

溫奈已經顧不得外頭多熱，左右確認附近沒有來車，也沒有閒晃的路人後打開後車廂，和夏朦一起抬出屍體放在推車上。後車廂不免留下大攤的血跡，她有點心疼自己的愛車，短時間內就被兩具屍體污染，除了說聲抱歉，也在心裡感謝它的貢獻。

她分配工作，讓夏朦在附近找幾顆石頭，自己也搬了幾顆重石，再將石頭用繩索固定於屍體身上。不只綁一顆，萬一屍體撞擊礁石碎成屍塊，還能保證所有部位都能繼續下沉到最深的海底。

雙手、雙腳，還有衣服的口袋裡也裝滿碎石，溫奈覺得還不夠安全，又綑了幾顆石頭在頭和背部。屍體因為石頭的重量變得更加笨重，兩人推著推車來到懸崖邊，溫奈向下看去，果然有令她滿意的礁石在底下。

儘管站在平地，但只要再踏個幾步就會直接投入深海的懷抱，那份不安使內心騷動起來，大腦本能發出警告，要她離開懸崖邊。

明明無風，沿路的蔚藍大海也風平浪靜，僅是眺望就能感到心情愉悅，但下方的大海卻因為懸崖的陰影變得黯沉無光，兇猛如獸，波濤洶湧的海浪叫囂著要吞噬鮮美的血肉。同樣的藍海，卻擁有著極端的變化，感覺一不小心就會被寄宿著魑魅魍魎的海域引誘。

合力將屍體從小拖車上推下，滾落於地。溫奈要夏朦離遠一點，越遠越好，她必須確保夏朦心裡脆弱的那一部分不會受到海妖之聲魅惑。

這裡是這個年輕人的末路，不該是她們的。

9

將雙手放上屍體的臂膀，溫奈雙膝跪地施力向前推去，她有點擔心反作用力會將她一起帶下懸崖。其實她並不怕死，也隨時做好離開人世的準備，不是說想尋死或生無可戀，純粹只是順其自然，接受命運女神所做的安排。可是現在她有必須活著的理由，自己的安全也是保護夏朦的條件之一。

屍體在她的努力之下終於從仰躺轉到側面，只要再翻半圈，就能讓它永遠消失。連接手腳的石頭沒有跟著移動，她只好先暫時讓屍體維持側身姿勢，一點一點搬動石頭。從額上滑落的汗水擋住她的視線，用手背胡亂抹去，喘著氣，咬牙再度推動屍體。

看不到屍體的臉孔讓她好受很多，就算已經是第二具屍體，但看到死者的臉時，罪惡感還是會油然而生。她壓抑住心裡尖叫吶喊著道德的聲音，將那個被人類倫理框限住的自己關在黑暗的小房間裡，牢牢鎖上，再把鑰匙和屍體一起丟下懸崖。

屍體急速墜落，她小心翼翼探頭，屍體撞擊礁石的剎那馬上被海浪吞沒。雖然看不清有沒有四分五裂，但至少沒有在任何石頭的縫隙中看到殘留的屍塊或衣物，大海貪婪吃下她投餵的供品，持續叫囂著還要更多。

入迷盯著人類無法與之抗衡的自然力量，溫奈感覺到後背的拉扯，她往後跌去，跌入一個不柔軟、卻帶著淡淡香甜的懷抱裡。胛骨互相撞擊，讓她不禁擔心自己的身體是否會使身後的小骨架受傷。

夏朦從背後緊緊抱住她，用力到像是要把她融入自己體內。被夏朦觸碰的地方燃起小火苗，不是太陽的錯，是兩人的心跳聲對上節拍產生的熱度。

「奈奈，對不起，一直讓妳做這種事。」細軟的聲音離她很近，耳朵可以清楚感就到那雙唇吐出的氣息。

「不用道歉，不是妳的錯，這些都不是妳的錯。」

「奈奈為什麼總是對我這麼溫柔呢……」

夏朦一定知道答案，但就和每次拜託她畫畫時一樣，還是將問題問出口。她時常在想為什麼，現在她大概知道了，或許是害怕對方離去的不安全感在作祟，所以總是小心翼翼地一再確認，試探溫奈是否都會給自己相同的回答，用重複累積的肯定來消除心裡的不安。

「妳知道的。」

溫奈故意不說清，因為她怕自己會忍不住在這時利用夏朦極度需要倚賴的心，在兩人因為共犯關係最靠近彼此的此刻趁虛而入。

無論夏朦怎麼去理解這句話的意思都好，夏朦想要什麼答案，她就給什麼答案。她的女神有點狡詐，但沒關係，她都喜歡，夏朦的依賴讓她覺得自己是個特別的人。

「奈奈，不管我提出什麼請求，妳都會答應嗎？」

「會，我都會答應。」

「妳保證？」

「我保證，為了妳我什麼都願意做。」

愛到有些病態的心給出危險卻絲毫不假的諾言，這是變相的告白，她希望能用這句話消除夏朦所有不安，而夏朦只需要安心享受她給予的溫柔。

儘管溫奈眷戀夏朦的懷抱，還是逕自起身，朝仍跪在地上的夏朦伸出手。抬頭注視她的雙眸因光線微微瞇起，隨即綻放燦爛的微笑，眼睛彎成彎彎的月牙，不假思索地伸出纖臂，將小手放在她手心。她握住嬌小可愛的手，施力將人拉起，牢牢牽著夏朦走到副駕。

才打開車門，還不見小狗的影子就先聽到叫聲，睡醒的小狗坐在位置上乖乖等她們回來，一看到兩人馬上掙扎想要站起身。無奈受傷的後腳只能拖地，靠著剩下的三隻腳站立，不過身後的小尾巴依然開心地左右搖擺。

「久等了，對不起放你在車上等。」夏朦抱起小狗坐進車裡，讓溫奈幫忙繫上安全帶。

想起作為兇器的小刀和年輕人落下的酒瓶，溫奈繞回後車廂拿出這兩樣東西，將小刀用力往大海扔去。小刀沿著拋物線落下，酒瓶也追隨在後一起入海。她沒有仔細去聽被海浪聲吞噬的碎裂聲響，也沒有探頭去看酒瓶碎裂反射的亮光，她相信大海會為她們吞掉所有證物。

消滅所有證據後，她在豔陽的注視下帶著小拖車回到車裡，將悍馬駛離懸崖。回程時她已經累到沒有心情欣賞沿路海景，用最後的意志力支撐著意識不要被睡魔拖走。

她突然想起今天早上才去掃夏阿姨的墓，下午就遇到這樣的事，這冥冥之中是否又是命運女神的劣質玩笑？夏朦沒辦法阻止癌細胞在夏阿姨身體裡肆虐，只能眼睜睜看著死神帶走自己的親人，現在則用一命換一命，用自己的力量拯救無辜的小生命，挽回過去的遺憾。

因為她們兩人渾身是血又是塵土，只好先開車回家再帶小狗去看醫生。沿途夏朦都在睡，只有小狗嚶嚶叫著像是在陪溫奈聊天，雖然她一個字都聽不懂，不過還是很高興有牠的陪伴。而且小狗似乎還聽得懂人話，要牠小聲一點不要吵醒夏朦，叫聲就自動調小，乖巧的模樣惹得她忍不住微笑。

直接將車停在後門，反正原本的位置也不是停車位，這附近就只有她們的店面兼住家這一棟小房子，走到稍微熱鬧一點的商店街還需走個十多分鐘，隨便停也不會造成任何人的困擾。開了門鎖後才帶著睡眼惺忪的夏朦進到店裡，接過手中的小狗，讓夏朦先去洗澡更衣。

夏朦白裙上的血跡早已乾涸，深色污漬結塊硬化，就如凋零的玫瑰，盛開的時間有限，無法永遠都維持美麗的模樣。目送夏朦走進浴室，夏朦看了抱著小狗的她一眼，沒有多做猶豫，把浴室內所有裝有刀片的美容用具都交給她，包括上次的修眉刀、指甲剪等等。對她微微一笑，才闔上浴室的門。

她沒有聽到鎖門聲，知道夏朦是為了讓她放心，畢竟有了前科的人做什麼事都會被人懷疑。

溫奈在儲藏室找了個裝水的紙箱，墊了幾件舊衣服在裡面，再把小狗放進去。雖然突然來到陌生環境，但小狗也不怕，躺著休息不久後就進入熟睡，小圓肚規律起伏。

小狗的媽媽會不會很擔心牠？還是狗媽媽已經不在了？也許小狗都獨自在外尋找食物，過著有一餐沒一餐的生活，結果卻不幸被喝醉酒的人類抓起傷害。

邊看著小狗，邊聽從浴室裡傳來的水聲，溫奈的目光從小狗身上轉移到紙箱。那是她們習慣買的牌子，其實最一開始是夏朦喜歡的牌子，總說這牌的水喝起來很溫柔。在認識夏朦之前她從不覺得這牌子有哪裡特別，但在運動會取得第一名後，夏朦遞給她這款水，她才發現原來水喝起來可以那麼甘甜，還能嚐出溫柔的味道。

水和夏朦的眼淚一樣透明，不知道那透明的淚水是不是也有著溫柔的味道。溫奈靠著牆坐在樓梯口想著。

她突然很想嚐嚐看，或許替夏朦飲下所有的淚水，就能讓夏朦身為人的色彩好好封存在那具瘦小的身體裡。

10

溫奈不知道她在何時睡著了，明明想要緊緊盯著那扇門，也想好好幫夏朦看著小狗，眼皮卻沉重如綁在屍體上的巨石，無法違抗地向下墜落。

她沒有睜眼，也睜不開眼，墜落的不只是眼皮，還有她自己本身。她聽到激烈衝撞礁石的浪花，感覺到風從她身旁逆向直衝而上，風和浪攪和在一起，吵得幾乎要震破耳膜。她頓時發現自己掉下懸崖，以誰也救不了她的速度往深藍如墨的大海墜去。

心臟似乎早在她掉下的剎那停留於半空，找不到心臟的空虛感讓她連恐懼的情緒都跟著遺失，只剩下少了立足點造成的全身麻癢，皮膚被疾風一片片削去，散落於空中亂舞。髮絲拍打著她的臉頰，痛得她想伸手撥開，但才想抬手卻發現她身上綁了好幾塊石頭，最重的一塊緊緊壓在她胸口，如巨人的拳頭將她直直打入海裡。

接觸海面的瞬間，浪花急迫地將她吞吃入腹，海水灌進鼻腔與耳裡，想要換氣反而喝進一大口的死鹹。身體沒有撞到礁石，也沒有被不斷向前沖刷的海浪推走，重石帶著她向下，和剛才的墜落不同，這次是慢悠悠地下沉。

四周一片沉寂，她才發現海底是個寂靜的地方，沒有她所想像的魑魅魍魎，只有她一個人，像是早在她出生的那刻起就為她準備的墳墓。

大腦漸漸無法再思考，灌進太多藍海，自己似乎也脫離了人的身分。

那不再是人的她，變成了什麼？

明明沒有睜眼，溫奈卻感覺到柔和的光芒照在身上，順著海流朝她而來。她感覺自己在縮小，變成一隻小小的深海魚，眼睛雖然退化，還是本能地探知到光的位置，用力擺動魚尾朝光芒游去。她知道光芒會帶給她救贖，沒有理由，她就是知道。

她緩緩睜眼，熟悉的香味輕輕環繞於空氣，將她溫柔包覆於其中。那是她的味道，也是她最喜歡的人的味道。

果然，夏朦就在她面前，恰巧有一滴水珠從還未吹乾的髮梢滴落，落在她的衣服上。帶著香氣的水珠就像在淨化汗臭的衣服，不久又落下一滴。

「奈奈不要在這裡睡，趕快去洗澡。」夏朦柔聲催促。

溫奈恍惚盯著凝脂般的肌膚和蕩漾著水氣的雙眸，她的光芒，原來早在這裡等她。讓她蛻變成深海魚的也是她的女神，唯有擺脫人的姿態和厭煩的枷鎖，她才能真正投入女神的懷抱。

她伸出手想要觸碰夏朦，發現附著於自己指尖的血跡後又馬上縮回。

「嗯，等我一下，我洗好就幫妳吹頭髮。」

「我在外面等妳，和小黃一起等妳。」

「小黃？」

看向紙箱裡的小土狗，她不禁因為這個再普通不過的名字而大笑。

「奈奈怎麼笑我，小黃不是很好嗎？對吧？小黃。」

夏朦的雙頰浮現淡淡的粉色，撒嬌地抱怨，還向被笑聲吵醒的小狗徵求認同。

要不是她還沒洗澡，她好想伸手揉揉夏朦的頭。如果她們是戀人的話，她肯定會將這可愛的人摟入懷裡，再輕啄吐出可愛話語的雙唇。

她偷捏了自己的手，確認自己在現實後只是微笑點頭說是，起身回房拿換洗衣物。浴室裡，溫奈脫下幾乎要和皮膚黏合成一層新皮的襯衫，轉頭看向鏡子裡的自己，頭髮油膩得黏在頭皮，臉上有一塊不知道何時沾上的髒污，看起來十分狼狽。與其說是剛去棄屍完的樣貌，不如說是差點被棄屍的臉。

但她的雙眼裡閃爍著亮光，看起來幸福又滿足。埋葬孩子的那天她不敢面對鏡子，怕鏡子裡倒映出的她已是個失去理智、成為「非人」的怪物。不過現在，她不討厭鏡子裡的自己。

她和夏朦跨越了那條生而為人不該跨越的界線，她的女神帶她看到不一樣的世界，知道了原來她也可以擺脫人類的外皮，遵循心聲去拯救生命，現在，她好像離自己所嚮往的女神又近了一些。

脫下身上最後的衣物，恰到好處的熱水澆淋在她身上，洗刷每一寸的皮膚，讓水帶走汗水、髒污和血跡。

像是重獲了新生，她突然好想高歌，唱出命運女神無法插手改寫的樂曲。全身的細胞因為熱水而放鬆，她仔細用兩人共用的洗髮精和沐浴乳淨身，讓自己的身上也充滿屬於她們的味道。

套上乾淨的衣服打開浴室門，溫奈看到夏朦正趴在紙箱邊對小狗說話，不時輕笑出聲，小狗也嚶嚶回應著，像是真的聊得很開心。她感到十分欣慰，因為這次她們終於成功合力救了小狗，不像上次，只能眼睜睜看著小貓斷氣。

溫奈很認真考慮要不要收留小狗，她是都可以，最後的決定權在夏朦手中。夏朦若說要養，小黃就會成為她們的新家人；若說不養，那就替牠尋找新家。

不管是哪個決定，她都希望小狗能幸福。她也相信小狗能夠獲得幸福，因為夏朦的祝福一直都很靈驗。

「快來吹頭髮，等一下要送小黃去獸醫那裡。」溫奈招呼夏朦進她的房間。

夏朦乖乖走進，坐在書桌前讓溫奈捧起秀髮吹乾。她喜歡幫夏朦吹頭髮，不過這對夏朦來說是比較親暱的舉動，畢竟夏阿姨生前曾這樣幫夏朦吹頭髮，再將令人欣羨的長髮梳得整齊，所以就算她主動拿起吹風機，夏朦也常常委婉拒絕。

要不是小狗的傷勢需要盡速就醫，不然她會用最緩慢的速度吹乾每一根髮絲，再仔細用梳子梳順。

關上吹風機的開關，溫奈套了件自己的襯衫在只穿著細肩小洋裝的夏朦身上，本來打算隨便把自己的頭髮吹到半乾就出門。但夏朦卻起身伸手接過吹風機，輕按著她的肩讓她坐上椅子。

她才想對夏朦說她們在趕時間，但當溫熱的風和手指觸碰到她的頭髮時，她就放棄婉拒，瞬間耽溺於手指在她髮間穿梭的觸感。很舒服，像是貓咪被人搔下巴時忍不住瞇眼，發出呼嚕聲那麼舒服，風聲停止的那刻她還對手指的離去感到依依不捨。

「奈奈又該去染髮了呢。」

夏朦手拿梳子，像剛才她幫自己梳頭髮那般，手腕從上而下反覆動作。

「對啊，再找時間去。」

「也染同樣的顏色嗎？」

「嗯，一直都是這個顏色，也習慣了。」

「還是這個棕色最適合奈奈。」

夏朦順手幫她綁了馬尾，不會鬆到讓頭髮因為重量下垂，也不會緊到讓頭皮不舒服，那麼剛剛好，那麼溫柔。她轉頭看向夏朦，有些驚訝夏朦還記得當初她曾不斷嘗試不同髮色。不過夏朦沒有發現這句話在溫奈心裡泛起的漣漪，將收好的吹風機交還給她，便逕自走出房間。

11

還好離她們家最近的動物醫院全年無休，而且營業時間到晚上九點，在低垂的夜色裡，動物醫院潔白的燈光像充滿希望的星辰般明亮，為兩人指引方向。

溫奈抱著紙箱讓夏朦先去掛號，雖說是星期六，但現在候診的動物並不多。在座位旁，一隻溫順的古代牧羊犬安靜等待，坐姿端正，看不到雙眼的長毛讓牠有種憨傻的可愛感。當護士唱名大毛時，牠立即隨著主人站起，踩著成熟的步伐走去診間，看來是隻難得不怕看醫生的毛小孩。

古代牧羊犬叫大毛啊。她不禁偷笑，不得不說是個非常貼切的名字。

完成掛號的夏朦坐到她身旁，低頭看了一眼小狗。小狗坐立難安，似乎對醫院的消毒水味產生警戒。

「不知道小黃會不會怕看醫生。」

「難免會怕，我們不也討厭醫院嗎？」

「也是，不管是人還是動物都會怕啊。」

看到夏朦惆悵的表情，溫奈也跟著有些低落。如果能不去醫院，她這輩子大概都不會踏入人類的醫院。每次每次，都會讓她回想起醫生從急診室走出，對她搖頭說出她的父母永遠離開她的事實。一場車禍，就這麼簡單地奪走她的家人。明明知道是遷怒，但醫院在她眼裡就像斷頭台，而沒有能力拯救爸媽的醫生則是劊子手。

聽到護士叫到「小黃」，夏朦率先起身，見溫奈沒有即時反應過來，回過頭用眼神催促她。

果然還是小黃。如果她們要收養小狗，名字十之八九也會是小黃。小黃很好，只要是專為小狗所取，並且是懷著情感叫喚的名字，不管是小黃還是大黃都好。

醫生檢查了小狗的眼睛、拉傷的腳，又聽了心跳聲，對她們說需要住院治療幾天。夏朦一聽，馬上擔心地問小狗的傷能不能痊癒。醫生回答，視力不免會變成弱視，後腳也可能留下副作用，不過只要細心照料，一定能平安長大。

看診期間小狗沒有反抗，乖巧任由醫生幫牠檢查、量體重，除了傷勢和身上有跳蚤外，沒有其他疾病。小狗被放進專屬的籠子，夏朦依依不捨地對牠說掰掰，小狗似乎也知道要和她們分開，拖著受傷的腳努力想爬起身。

「小黃要乖乖的喔，聽醫生的話好好治療，也要乖乖吃飯，我們會再來看你。」夏朦泛著淚光，右手悄悄抓住溫奈的衣角。

溫奈輕握夏朦的手，掌中的小手緊緊回握，心痛說出道別的話語。在醫院說再見是一件沉重的事，幸好這次她們還會回來，等到下次見面，小狗一定能以更有精神的模樣迎接她們。

離開前，溫奈在櫃檯旁看著夏朦填寫表格，娟秀的字跡和學生時期一樣。還記得大學時她很喜歡跟夏朦借筆記，就只是為了想看到整齊又優美的手寫字。

夏朦和小黃的名字上下並列，雖然只是臨時，但在飼主欄位上看到夏朦的名字，又在緊急聯絡人欄位上看到她的名字，不禁有種她們多了個孩子的錯覺。

夏朦的緊急聯絡人是她，真好。儘管不過是一件小事，但她卻覺得緊急聯絡人這五個字帶著點甜，除了朋友、同事、同居人和共犯之外，她又多了一個新的身分。

當天晚上溫奈沒有做夢，沒有夢到山洞和懸崖，也沒有夢到任何一具屍體。高品質的睡眠讓她隔天起來全身清爽，睜開雙眼拿起手機一看，還沒到平常設定的鬧鐘時間。她並不打算賴床，直接起身走到衣櫃前更衣。

視線不禁看向被她深藏在最角落的兩件白裙，這次她也趁夏朦不注意時把染血的長裙收起，每次看到都能讓她想起血紅色花朵綻放時，渲染於夏朦身上禁忌的魅惑感。那為了拯救生命的純潔善意，因為犯錯的驚恐無助，向她求助的依賴和信任，所有所有，都讓她無法自拔。

她突然覺得自己似乎對殺人的夏朦上了癮，雖然這兩起事件都是無可奈何，但她必須小心，之後不該讓夏朦繼續疊加罪孽。血腥的氣息對人類是一種毒，攝取太多只會殘害自身，所以她只能偶爾看看這兩件白裙，偷偷回味當時。

現在回想起當時看到的曼陀羅花，不禁有些感嘆。整株植物都帶有毒性的曼陀羅花，不同顏色有著不同的花語，白色曼陀羅，說是天上開的花，見到此花的人，就能除去罪惡。殺了人的夏朦就像這種神秘的花朵，來自天上的女神赦免了她的罪孽，但依然不能抹去帶著劇毒的事實。

乾涸的血跡成了似黑的污漬，若是純白的花朵染上黑暗，花語將會改變，成為不可預知的死亡。她看了網路上花語的資料後，最後還是決定把曼陀羅花的照片刪除。雖然知道夏朦不可能因為花語對植物有偏見，但她還是不希望將任何有關死亡和劇毒的事物帶進她們的生活裡。

她打開房門，習慣性走到隔壁就要抬手敲門，大腦突然緊急叫她住手。今天是公休日，況且昨天還發生那樣的事，她怎麼忍心不到七點就叫夏朦起床。她收回手，躡手躡腳經過走廊往樓下走去。

上次的冬瓜愛玉被她拿出來後，因為發生太多事情沒有冰回去，放到隔天的手工愛玉早就出水變小，也怕長時間放在室溫裡會變質，她乾脆整壺倒掉。所幸剩下的愛玉籽還很足夠，冬瓜茶磚也還有，反正閒著沒事剛好可以再做一次。

她將愛玉籽放進棉布，放入裝了水的鍋子裡搓揉，慢慢等水變得黏滑，呈現淡黃色就能放進冰箱冷藏凝固。處理好愛玉馬上又著手煮冬瓜茶，香甜的氣味瀰漫於店內，溫奈笑著想像夏朦吃到冰涼冬瓜愛玉時會露出的幸福表情，還沒喝就嚐到了甜美。

還記得她們第一次相約去逛夜市時也有喝冬瓜愛玉，那時正值盛夏，炎熱的天氣讓夏朦更沒有食慾。為了尋找夏朦願意入口的食物，她們走過一攤又一攤，可是夏朦都搖頭，表示不太想吃。儘管夏朦對她說沒關係，只是逛夜市也很有趣，她還是覺得有些懊悔。

明明是她主動提出邀請，卻連一樣東西都沒讓夏朦品嚐到。

原本兩人決定要折返，那時的她突然想起盡頭有一攤很好喝的愛玉，便要夏朦在原地等她，她去買，很快就回來。

溫奈在人群間穿梭著，還一度擔心老闆今天會不會剛好休息，還好最後沒有讓她失望，成功拎著一杯冬瓜愛玉和一杯檸檬愛玉回去找夏朦。她有信心夏朦一定會喜歡，像個想要將各種心愛之物獻給心上人的傻子般，衝動留夏朦一個人在人群中等她。

半路上，她突然開始擔心，萬一她回去時找不到夏朦該怎麼辦？夏朦會不會覺得不耐煩直接回家？或是被壞人拐走……還是發生什麼意外……

內心的不安催促她的雙腳，越走越快，越走越急，幾乎要擺動雙手奔跑，只希望能早一刻回到約定的地方。逆向穿過許多人，最後她終於在人群中看到安靜等待的白色身影。那時，她才鬆了口氣，放慢腳步回到夏朦身旁。不需要拍肩叫喚，夏朦馬上就注意到她，給予她一個淺笑。

心臟快速跳動，像是要從她的胸口奪門而出似的，找不到阻止的方法。她不知道是剛才趕路的關係，還是受到那抹微笑所影響，只知道自己好喜歡眼前的這個人。

她因為許許多多的小事又更喜歡夏朦一點，更離不開那抹一直等她回來的身影。夏朦總是這樣，安安靜靜地等待，從來不曾懷疑過別人。她甚至懷疑，就算她某天突然從店裡消失，夏朦也會繼續待在店裡，等著她不知何時的歸來。

不過那是不可能的事，她不可能會離開夏朦，因為夏朦所在之處就是她的家。

說起她們的第一次相遇，或許夏朦的回答會和溫奈有些出入。她猜夏朦會說在學生餐廳，但其實她早在那之前就注意到夏朦。

就算在同個科系，也不是所有人都熟識，況且人類是最會建立小圈圈的物種，善於尋找與自己合拍的人，待在舒適的環境裡度過快樂的學生生活。但溫奈一向孤行影隻，與其說是不喜歡跟一大群人嬉鬧，不如說是自然而然的演變，沒有主動去社交，認識人的機率就會大幅度降低。她也不介意，她本身就不熱衷於朋友遊戲，一個人也樂得輕鬆。

下課後不需跟著朋友去唱歌或去網美店喝下午茶，溫奈有十分充裕的時間做自己想做的事。那時的她在電影院打工，上課之外的時間幾乎都排滿班，也不是說缺錢，或是想買什麼。她只是需要用忙碌暫時忘卻失去家人的傷痛，讓自己整天專注於學校和打工的事，刻意不去直視心中淌血的傷口。

從系大樓走去牽腳踏車的路上，她經過學校中庭，那時是十二月，她每天都用長袖和外套包裹自己，不讓皮膚直接與冷空氣接觸，但中庭裡卻有個穿著短袖洋裝的女孩，獨自坐在寒風呼嘯的室外，仰望著長椅上方的大樹。

樹上只剩下幾片還勉強連著枝枒的樹葉，如同風中殘燭隨風搖晃。她不知道那女孩為什麼要看得那麼專注，仰頭許久脖子都不會感到痠痛。為了更快抵達腳踏車放置處，她都習慣穿過中庭，快要經過女孩面前時她才發覺女孩正流著淚，注視大樹的雙眸被哀傷浸潤。

明明單薄的身子看起來不比那些樹葉強壯多少，女孩卻在為那些即將飄落的樹葉落淚。溫奈並沒有在心裡嘲笑女孩奇怪的行徑，而是對同理心氾濫的女孩感到好奇。女孩清秀帶著仙氣，白皙似雪，她幾乎要以為自己看到的是只在冬日出現的雪精靈。

女孩的淚與身影一直在她腦中揮之不去，直到她在某堂課發現女孩，她才確定那天自己看到的不是精靈，而是貨真價實的人類。

無瑕的純白在五顏六色的學生中十分顯眼，同時卻又因為太過安靜而透明，彷彿一不留神就會消失。明明有著會吸引異性的外貌，卻因為渾然天成的脫俗感，讓人不敢輕易接近。

溫奈默默觀察女孩很久，從沒看過有人和女孩說話，也沒聽過女孩的聲音。下課時雙眼確實緊追著女孩的身影，然而一不留神，女孩又如同一陣輕風消失在視線裡。那是她第一次主動想要接近，去認識一個人，時常想著，不知道女孩願不願意和她當朋友。

某天在學生餐廳，端著餐盤的她突然在窗邊的吧台座位發現女孩，腳步不自覺被吸引，很自然地走去，拉開女孩身旁的椅子，開口問道：「我可以坐這裡嗎？」

一連串的動作都太過流暢，她忘了猶豫，腳步不曾躊躇，只想趕快來到女孩身旁，想引起女孩的注意，親耳聽見女孩的聲音。

女孩轉頭，那雙曾經哀傷注視落葉的雙眸映照著緊張的她，透徹得如潭淨水。見女孩輕輕點頭，鬆了口氣的她才發現自己有多擔心會被對方拒絕。

她已經不太記得兩人的話題從哪裡開始，唯一記得的是她拚命在說話，一直尋找女孩感覺會有興趣的話題，深怕被覺得是個無聊的人，從此斷了與女孩的聯繫。但她其實不需要擔心那麼多，女孩很捧場，雖然話不多，卻認真聆聽她說出的每一句話語。

女孩的說話聲輕輕柔柔的，和她的想像有些相似，又可以說是完全不一樣。在真正聽到的那一刻，她才發覺自己想像力太過貧瘠。那聲音沒有太多溫度與起伏，舒服自然卻又藏著淺淺的哀傷。每次和女孩說話，都讓她想到貝多芬的月光奏鳴曲第一樂章，靜謐、朦朧。

那時她才發現，女孩並沒有想像中的那麼難接近，只是沒有人願意接近。

夏朦，是女孩的名字，在她眼裡，女孩是朦朧的月，散發柔和的光芒，在遙遠的天邊獨自數著無數星辰，為逝去的季節哀悼，為墜落的星辰落淚。

也許有一部分也是因為那時的夏朦剛失去媽媽不久，所以整個人更虛弱無力得快要變得透明。人們總是會避免被負面情緒影響，怕自己也被染上相同的悲傷，或許是沒有人去搭話的原因之一。不過那也是她之後才知道的事。

從那天開始，她上課如果有看到夏朦，一定會坐在旁邊。兩人很快就變成好朋友，

在血櫻樹下親吻妳的淚

風說

台灣角川 NOT FOR SALE

沒有醉

睡不著

《在血櫻樹下親吻妳的淚》 ©風說

照片

校外教學時的照片總算洗好了。
！
啪嚓！
這是……奈奈的手。
當時都沒注意到。

邀請

如果約夏朦去咖啡廳，她會答應嗎？
大學課堂中
噹噹
！下課了。
等一下要不要一起去咖啡廳……
奈奈？
要不要一起去咖啡廳寫報告？
下週要交，先完成週末就不用煩惱了。
好！下午剛好也沒課。
去妳常去的地方就好，奈奈去哪裡我就去哪裡。

為了能有更多時間可以和夏朦一起散步、唸書，她調整密集的班表，減少打工時數，將大部分的心思放在夏朦身上。

平淡的日常沒有持續太久，很快就迎來她們進大學第一次的運動會。儘管不是每個人都必須參賽，溫奈卻不幸受到系主任的青睞被推去跑百米。上了大學後就沒有運動習慣，雖然長得高挑，有著一雙長腿，但少了平日的鍛鍊，沒有肌肉也沒有爆發力，怎麼想都無法回應系主任的期待。

她把這個消息跟夏朦說後，夏朦主動提議要陪她訓練，不能陪她跑，至少可以在樹下為她加油。原本以為夏朦只是隨口說說，練習幾次就會感到厭倦，沒想到真的每個禮拜都陪她練跑，甚至在她很累、想要放棄時，不厭其煩溫柔鼓勵她再撐一下，跑個一圈也好。

練跑時，溫奈都會把夏朦所待的那棵大樹視為目標，每跑一圈，都是為了看到對她淺笑揮手的夏朦。夏朦很認真，不會分心看手機或看書，專心注視著她跑步的身姿，以另一種方式陪她跑了一圈又一圈。

累積的情感都在運動會當日爆發，她發現自己想永遠被那雙澄澈的眼眸注視，永遠霸占夏朦的溫柔。夏朦是她的初戀，進駐她從來沒有為任何人留位置的心裡。別人都說初戀是青春些微苦澀又甜美的回憶。青澀，不知所措，通常都不會有結果。

對夏朦來說，雖然預期自己的暗戀不會有結果，也青澀得可笑，但她確信這將不會成為青春的回憶。她這一生不會再愛上夏朦以外的人，因為那份感情已經融入她全身上下，成為每個細胞、每滴鮮血。

不幸又幸運的是，儘管她的美夢不會有實現的一天，至少她知道夏朦與她之間的緣分不會說斷就斷，她們的友情穩固度過每一年直到畢業。

當夏朦答應和她一起開店時，她說有多高興就有多高興，彷彿求婚被接受那般欣喜，因為她知道這段緣分會朝未來繼續延續。

她們不曾吵架或發生口角，待在彼此身旁舒適又愜意。她獨占了卸下所有心房的夏朦，發現更多夏朦可愛的地方——容易感傷，可以流淚一個小時不停歇，但都是無聲的落淚，完全不會打擾到任何人；平時情緒淡如止水，但偶爾會和她撒嬌。那時的她都把撒嬌的夏朦當作期間限定的稀有版，正是因為少見才更為珍貴。

夏朦曾問過她，如果那時在學生餐廳她沒有主動搭話，她們是不是就不會認識。

她沒有猶豫地回答，不可能，就算那次她沒有搭話，也會在下一次搭話。

如果有平行世界，其他世界裡的她們可能就是在別的地方認識。也許是教室內、圖書館、走廊上，或是在看到抬頭仰望大樹的女孩，就直接走到女孩身旁遞出手帕。

不管契機是什麼，溫奈都相信其他平行時空的自己會做出相同的舉動。因為她們的本質都相同，深深受到女孩的眼淚吸引，成為一生只仰望那盞明月的癡心者。而在寒冬中的那一幕，將是所有的她共有的軸心。

13

冬瓜茶溫暖的香氣帶溫奈回到現實，她關火將煮好的冬瓜茶靜置放涼，按下鐵捲門的開關為植物們帶來陽光。蒲公英也在其中享受陽光的照耀，仔細一看可以找到好不容易長出的小花苞，隱約能看到藏在裡面的黃色花瓣。

昨天從醫院回來後，夏朦大概是因為懷裡少了小狗感到有些寂寞，抱著蒲公英的花盆，在一樓看了很久的星星。滿月過去後的幾天都找不到月亮的蹤影，但夜色並不是完全的孤單，星辰仍在閃爍。同一時間，夏朦發現蒲公英的綠葉裡長出好幾個小花苞，看起來很快就會開花。

「蒲公英很開心，因為她再過不久就能開花了。」夏朦喜悅地和她分享。

「她們也知道自己什麼時候開花嗎？」

「不是很準確，但會有預感。開花、凋零、結果前都會有跡象，她們都知道自己將發生的變化。」

「要是人類也能知道就好了，這樣就不會不小心錯過她們努力綻放的美麗模樣。」

「錯過也沒關係，她們不會在意，總是安靜地盛開，再安靜地離去。」

「她們不會覺得寂寞嗎？」

「她們習慣了，她們知道人類聽不到她們的聲音。」

「那遇到妳的她們很幸運，終於有人能聽到了。」

夏朦突然陷入沉默，就像在聆聽蒲公英的聲音。整個人像是也化作一株植物般，讓她有種錯覺，只要觸碰夏朦就能建立起連結，聽得到那些細小到普通人類聽不到的低喃。

「遇到妳也很幸運。」

「蒲公英說的嗎？」

夏朦笑而不語，神秘彎起雙眼，輕輕撫著葉片，又轉頭看向窗外的星空。

最後夏朦枕著她的肩睡著，她小心將蒲公英從夏朦手裡抽走，抱著夏朦上二樓。夏朦很輕，輕到她不需費力就能抱起。她低頭嗅聞夏朦的髮香，只有在擁抱時才能感受到屬於人的溫暖，直到站在夏朦的床前，她還捨不得將人放下。最後是不忍心看夏朦睡得不安穩，才讓夏朦離開自己，放入床鋪的懷抱裡。

結果蒲公英就被她忘在樓下，沒有跟著夏朦一起回到房間的小陽台。

「要多曬太陽多喝水，趕快開花，夏朦看到妳開花一定會很開心。」溫奈對著蒲公英的小花苞說。

之前選夏朦生日禮物時曾查過蒲公英的花語，黃色的花代表開朗，她相信這充滿正面能量的可愛黃花也能像她一樣，將自身的快樂分享給夏朦。雖然最後一朵花瓣凋零、結成毛絨的圓球時所蘊含的意義有些哀傷，但至少在現在，含苞待放的是即將到來的明亮。

「原來蒲公英在這裡。」

溫奈轉頭往聲音的主人看去，夏朦的雙眸滿是笑意，她最喜歡的小酒窩以可愛的弧度微微凹陷。她也用更燦爛的笑容回應，說了聲早。

她不需要蒲公英的花朵，因為她早有屬於她的光亮照耀著她。

「妳在煮冬瓜茶嗎？」

「對啊，還搓了愛玉，冰到傍晚就能吃了。」

夏朦笑著說太好了，剛好今天想吃點冰涼的甜點。

「今天雖然公休，要不要臨時開店？」夏朦突然的提議讓她有點訝異。

「不需要休息嗎？」

夏朦搖搖頭，邊走到音響旁放入早晨的李斯特ＣＤ邊回答：「不用，我覺得很有精神。昨天臨時公休，那今天就來個臨時開店。」

意想不到的回答讓溫奈笑出聲，說了聲好，拿過手機將第二次的臨時公告發布到粉絲團，夏朦則是走到門口翻過牌子。

「早餐想吃什麼？」

「奈奈吃什麼我就吃什麼。」

溫奈走進廚房打開冰箱想了一會，聽到夏朦在身後按下咖啡機的聲音，拿出優格和香蕉，也拿了一片吐司，抹了層薄薄的奶油，放進烤箱等待漂亮的金黃色。將切片的香蕉擺放於兩碗優格上，灑了些碎堅果後再淋了圈蜂蜜，搭配烤得酥脆的吐司，簡單、營養豐富的早餐很快就擺上桌。

夏朦端來兩人的咖啡，坐在她對面動也不動，只是微笑凝視著她，看得她心臟又有些不受控制的加速。

「怎麼了？」被直直盯了許久，溫奈終於忍不住出聲。

「沒有，只是覺得自己好幸福，每天都能吃到奈奈做的早餐。」

「那妳要吃完喔，今天的吐司一人一半，我幫妳吃一半，另一半就交給妳了。」

「嗯，交給我。」

兩個二十幾歲的大人說著孩子氣的對話，又因為彼此的話語笑了出聲，李斯特連續的十六分音符沒有受到她們的影響，持續奏著激昂流暢的琴聲。

夏朦小口小口咬著吐司，吃了兩口放回盤裡休息一下，舀了一匙混合著蜂蜜和堅果的優格放進嘴裡。像是鏡像反射，溫奈也抬起手吃了一口優格。蜂蜜溫潤的甜和無糖優格張開雙手接納彼此，完美融合成新的滋味，口腔的沁涼傳入心脾，堅果俏皮得增添另一層口感。

她很喜歡和夏朦共享相同的食物，彼此在同一時間品嚐相同的美味，也是生活中的一種浪漫。這只是一件很小很小的事，再平凡不過的日常，但就是這些小日常建築了她的幸福。所以她才這麼喜歡做料理給夏朦吃，就算做料理同時也是她的工作，卻不曾感到厭煩。

最後一口吐司消失在夏朦嘴裡，溫奈不吝嗇地給予讚美和掌聲。今天的她們好快樂，所有行為都變得稚氣，但這又有什麼關係，看到夏朦一開始有點害羞的微笑，後來看她吃完吐司也小聲的拍手，她覺得就算全世界都笑她們幼稚，她也要跟最喜歡的人一起幼稚下去。

到了下午才有客人收到公告前來，當夏朦看到鴿子大叔推開店門時，有些驚訝地轉頭看向溫奈，她也回以詫異的神色。鴿子大叔雖然每天都是第一個來吃早餐的客人，但只限平日，這是鴿子大叔第一次在假日光臨她們的店。

「星期六我都會去生命園區看我老婆，剛好今天妳們臨時開店，才能讓我這個無所事事的人有地方可以去。還是這裡最好啊！奈奈和朦朦的店是我的綠洲，如果能每天來該有多好。」鴿子大叔笑著和夏朦點了杯熱拿鐵。

「山蘇過得還好嗎？」為鴿子大叔端上拿鐵時夏朦順便問道。

「很好！我還有拍照，之前一直想說要拿給妳看。妳看妳看，長得很好吧！我都有照妳說的在澆水。」

看到兩人專注盯著手機螢幕，溫奈也忍不住湊近一瞧，照片裡的山蘇被擺放於辦公室的角落。聽說原本不是擺在那裡，鴿子大叔想到夏朦說要通風，特意搬到窗戶附近。還可以看到盆栽旁擺了一個小噴水器，看得出鴿子大叔對植物照顧有加。

「我還想再帶一盆植物去公司，看那個角落只有山蘇好像有點寂寞，今天可以再帶一盆走嗎？」

夏朦微笑點頭，領著鴿子大叔到植物區，細心介紹每一種植物。其他桌的客人聽到也跟著去湊熱鬧，瞬間變成植物小教室。店裡笑聲不斷，充滿明亮又輕盈的氛圍。

那天，很多客人選了植物要帶回家，夏朦忙著修剪、寫照顧方法，並為植物們送上祝福。溫奈則忙著記住那些植物的樣貌和顏色，不忘將夏朦的笑容也紀錄於心中的圖鑑裡。

她的女神今天很快樂，全身染著屬於人類的色彩。每當忙碌的夏朦經過她身旁時，都能聞到一束若有似無的梔子花香。

當天因為大家聊植物聊得太開心，一轉眼窗外已披上夜色薄紗，所有客人都吃過晚餐才離開，說是晚餐也有點奇怪，她們店裡只賣早餐，所以只能用三明治、蛋餅和蘿蔔糕填飽大家的肚子。鴿子大叔當然是吃蘿蔔糕，還笑著說他今天早上才剛好想到溫奈的蘿蔔糕。

溫奈將冬瓜愛玉作為飯後甜點招待大家，準備好現場人數份的愛玉後剛好還多一碗。幸好有多，要是沒多的話她才要煩惱。

「奈奈，以後也把冬瓜愛玉加進菜單裡吧！肯定會大賣。」鴿子大叔對她說，其他客人聽到也接連附和，她只笑著回說會考慮看看。

溫奈趁夏朦回到廚房時，將專門留下的那一碗遞給夏朦。夏朦開心接過，拿了放在角落的小板凳坐在廚房裡，她們開店忙碌時總會這樣輪流躲起來吃點東西充飢。夏朦拿了湯匙舀了一口放進嘴裡，彎起眼笑著對她說很好吃，隨後才發現自己手上的那碗已經是最後的冬瓜愛玉。

「奈奈不吃嗎？」

「妳吃，本來就是要做給妳吃的。」

夏朦一聽，不假思索的舀了一口伸手朝她遞去。看夏朦執意要跟她分享的表情，溫奈彎腰低頭吃下那口愛玉。冬瓜香在口腔裡散開，冰涼的愛玉幾乎是入口即化，清爽又冰涼。她很認真考慮剛才鴿子大叔的提議，夏天來賣愛玉應該不錯，剉冰或許也是個好生意。

她注意到夏朦無意識的動作親暱得如同戀人，加上外頭看不到，她們就像偷偷背著師長談戀愛的學生。

一片落葉翩然掉落，漂浮於溫奈內心的止水之上，激起一波波漣漪。她順著夏朦自己一口，再餵她一口的動作，悄悄享受這份得來不易的甜蜜。

隔天，蒲公英的花苞順利綻放，多層次的黃色花瓣形成一個可愛的圓，燦爛如陽。夏朦看到後露齒燦笑，整個人像在發光般，一舉一動都能看出心中多麼雀躍，連鴿子大叔早上來吃早餐時都笑問發生什麼好事了嗎。

夏朦將蒲公英的盆栽放在最顯眼的地方，讓每個進店的客人都能看到黃澄澄的花朵，每當可愛小花受到客人稱讚，夏朦就像自己被稱讚一樣開心。

「這麼開心。」溫奈看著異常興奮的夏朦，忍不住伸手摸了摸對方的頭，笑著將這難得的模樣盡收眼底。

「因為蒲公英很開心，蒲公英開心我也開心。」

「妳開心，我也開心。」

「蒲公英很厲害，把快樂傳給我，又傳給了妳，還有每一個客人，這樣大家都很開心。」溫奈幸福微笑，彎眼與蒲公英對望。

原本以為燦爛的鮮黃會在夏朦身上停留久一些，但蒲公英只開了一天，隔天黃花已經無精打采地垂下，土壤散落著逐漸枯萎乾扁的花瓣。

夏朦的心情也跟著受到影響，邊掉著淚，邊將落下的花瓣一一拾起，埋在一個空的盆栽裡，喃喃地說不想讓蒲公英看到自己凋零的模樣。

一整天，夏朦在沒客人時都悲傷凝視著蒲公英，重複撿起花瓣，再埋葬於土裡的動作。說話的次數少之又少，整個人恍惚得令熟客也不禁出聲關心。雖然做飲料、送餐都沒有出錯，但淚水會無預警滑落，沒發出任何一點聲音。幾乎每次溫奈轉頭要關心時夏朦都在哭，淚水怎麼擦都止不住。

溫奈原本以為是因為蒲公英僅僅一天就凋零所造成的情緒起伏，後來她才發現狀況有異。和平常的悲傷相比激烈許多，無聲，卻是近乎撕裂心肺的哭嚎。

看到夏朦空洞的眼神裡飄散著破碎的絕望，她才知道，副作用來了。

凋零的蒲公英成為契機，勾出暫時埋藏於心中的罪孽。親手奪取生命，以一命換一命的禁忌黑魔法化身惡魔反噬，啃食著夏朦的身心，連同害死那孩子的罪惡感，兩條人命與來不及挽救的小貓的重量，瞬間壓垮了夏朦脆弱敏感的心。

夏朦確實救下了小狗，但滿足與喜悅維持不久，就跟毒品一樣，極致的快樂之後，緊隨而來的也是極致的痛苦。

溫奈想起她剛才接到醫生來電，說小狗恢復得很快，再過幾天就能出院。大概是因為夏朦沒辦法接電話，所以才通知緊急聯絡人。她靈機一動，想帶夏朦去看小狗，說不定看到小狗有精神的模樣，夏朦也會跟著變得有精神一些，她還提起收養的事，希望夏朦會將目光放回眼前，需要自己照顧的生命上。但她太急了，過於迫切想讓對方好轉。

聽到她的提議，夏朦激烈地搖頭，頓時聲淚俱下：「小黃跟著我們不會幸福，我們不能成為牠的家人，這樣小黃太可憐了。」

她趕緊將人摟進懷裡安撫，想透過擁抱平息因激動而停不下的顫抖。她柔聲答應會幫小狗另外找到好主人，一定會是個很愛很愛小狗的主人，夏朦才漸漸恢復冷靜。

雖然還沒到打烊時間，她還是先帶夏朦上樓休息，回到店裡送走最後一組客人後，提早將鐵門拉下打烊。她沒有看過情況這麼糟的夏朦，不幸，是她不曾套在自己身上的詞。就算她失去了雙親，就算夏朦失去了不愛她的媽媽，她也不覺得她們是不幸的。

每天都能看到夏朦讓溫奈覺得自己是世界上最幸福的人，她一直覺得自己離不幸很遠很遠。就算她埋了屍體、成為共犯，拋下人類的道德倫理成為一隻深海魚，她也不覺得自己是不幸的。

不過換個角度思考，她們所犯的罪還是存在著被發現的風險，自己的主人是殺人犯，有一天依舊有可能會被抓去關，對小狗來說也許不是那麼理想的家。

嘆了口氣，她感到有些低落，不是因為夏朦一直在哭，而是因為自己沒辦法帶給夏朦足夠的安全感。她因為她的女神獲得了新生，但女神卻快速往地獄墜落，明明她緊緊握著女神的手，那雙手卻被淚水洗去顏色，透明到快要從她的手裡消失。

她很認真考慮要不要把店暫時關起，讓夏朦可以好好休養。但突然關店有可能會招來懷疑，尤其是昨天又發生一起幼童失蹤案，路上巡邏的警察越來越多，任何一點小動作都會帶來風聲，她必須為夏朦阻擋所有危險。所幸目前網路上還沒有關於年輕人的新聞，也沒有漁船撈到無名屍體。

走到蒲公英的花盆旁，她撿起掉落的花瓣，替夏朦埋在空盆裡。

又有失蹤的兒童，已經是第幾個了呢。她不禁思考，內心對誘拐犯感到火大。她應該要感謝那個犯人，讓她帶著夏朦躲過一劫，但現在她只感到憤怒。誘拐犯和她們不同，不是因為不得已才犯案，而是將犯罪當作娛樂，把快樂建立在別人的痛苦上，就跟令人憎恨的命運女神一樣。

如果孩子們全都已經死亡，那誘拐犯拆散了多少家庭？惡意毀了多少夏朦渴望擁有、卻永遠得不到的家？

15

溫奈習慣性走到隔壁房門口，想要敲門的手停在半空許久，最後還是無力放下，垂著頭走下樓。前幾天也在反覆猶豫之下放棄敲門，深怕沒有感情的聲響只會嚇到夏朦。雖然最後夏朦都還是會在開店前下樓，但完全不吃她準備的早餐，只喝了一杯咖啡，看著蒲公英又開始掉淚。

溫奈來到店裡第一件事就是查看蒲公英的狀況，綠葉中已完全看不到任何一點鮮黃，反倒出現幾顆毛茸茸的小球，是她印象中最熟悉的樣貌。純白、柔軟的模樣吸引她伸出手觸碰，不過她成功克制了那股衝動，因為她知道只要一碰，一根根細軟的絨毛就會隨之掉落。

那是蒲公英繁衍的的方法，但隨風而去的習性卻讓她不禁有些惆悵。

當風一來，她將無法阻止蒲公英的離去，看到她們漸漸飛遠的夏朦會有什麼感受？哀傷？不捨？還是為新生的希望送上祝福？

她後退幾步，不讓自己的動作去影響到那完美的毛絨，按下鐵捲門的開關，光線也一如往常的照進。這幾天天氣總算恢復穩定，可惜宜人的氣溫也沒辦法使夏朦露出微笑。她有些束手無策，想了很多方法，希望盡快幫夏朦走出泥沼，但到現在都還未成功。

例行瀏覽網路新聞確認她們還能平安度過這天後，她打開幫流浪狗尋找主人的網站，希望有好心人能給小狗一個溫暖的家。不只把消息貼在那個網站，她也放在店裡的粉絲專頁上，不過目前還沒等到好消息。一次次點開網頁檢查通知，又一次次失望，但也只能繼續重複相同的動作。

雖然知道夏朦不會吃，溫奈還是用心製作了三明治，冰箱裡也隨時備著優格、水果、布丁、冰淇淋等冰涼的甜食。她也知道這些東西沒有正餐營養，但為了爭取每一小口可以攝取到的熱量，還有激起夏朦想進食的欲望，就算不那麼營養也無所謂了。

做好兩人的早餐她也不吃，坐在椅子上望著樓梯口，只要夏朦下樓就可以第一時間注意到。一分一秒算著時間前進，果然在她所預測的時間看到一抹白色身影悠悠走下，儘管雙腳好好地踏在地上，卻像用飄的一樣無聲又無力。

光是看著急速消瘦的身子就讓她想皺眉，但溫奈還是露出她最燦爛的微笑，向夏朦說聲早。不能皺眉，她不能露出讓夏朦更難過的表情，現在她已經有足夠強大的心，換她來拯救她的女神。

夏朦的聲音只在空中漂浮了一秒就消逝，像陣飄渺的輕煙，她怎麼撈都撈不起，也捉不住。本來就曬不黑的肌膚因為好幾天沒有接觸到陽光，白得幾乎要融進同樣純白的牆壁和地板。夏朦經過她所坐的桌前，溫奈起身想要扶夏朦入座，但夏朦輕輕搖頭婉拒了她。

才想詢問有沒有什麼想吃的，還沒等她開口，日漸稀薄的身子就飄離她的身旁，搖搖晃晃到植物區拿起澆水器為植物澆水。

比起自己，夏朦更關心植物。

溫奈有時甚至想跟某種意義上來說很任性的夏朦生氣，只顧著關心植物，卻絲毫沒注意到她費了多少精神想要讓夏朦好起來。

並不是說希望夏朦回到幾天前那開朗的模樣，不用強顏歡笑沒關係，她只希望能找回以前雖然容易感傷，但仍然努力好好活著的夏朦。

她多想開口問夏朦，不是答應過她不會再做出傷害自己的事，現在不進食，刻意用飢餓來懲罰自己的行為是怎麼回事？難道夏朦不知道，這樣的行為等於在折磨著她嗎？

盯著夏朦的背影，她將三明治放回廚房，用夏朦專屬的杯子煮了杯咖啡，加進蜂蜜和牛奶走向蹲著和蒲公英、荼蘼面對面的夏朦。

「多少喝一點好嗎？」她幾乎是用懇求的聲音問。

夏朦放下手上的澆水器，接過杯子許久，才拿近嘴邊輕啜了一口又放下。細到只剩一層薄薄的皮膚包覆著骨頭的手腕，似乎連拿著杯子都是種負擔，但溫奈沒有打算接過，因為當杯子離開夏朦手中，入口的次數就會減少到零。

「蒲公英，長出來了呢。」夏朦用很輕很輕的聲音說道。細到像是呢喃，讓她有種聽到植物說話聲的錯覺。

「之後會再開花的，再等她一下吧。」

「但要先和她們說再見了。」

夏朦口中的「她們」，是那些可愛的白毛球。

「她們只是去旅行，會飄到很遠的地方扎根，再長出好多好多的蒲公英。」她回答。

「奈，如果她們飄到水裡怎麼辦？如果被強風捲到沒有土壤的地方怎麼辦？或是照不到太陽、雨水也淋不到的地方……」

「別擔心，風會帶她們到最適合她們生長的地方。」

「可是命運女神的筆不會停下，也許女神她早就畫下她們的休止符……」

溫奈很想回到過去，阻止當時的自己說出命運女神這個可笑的比喻，可惜時光不能倒流，她只能為當時的玩笑話負起責任，替過去、現在、未來的自己安慰她的女神。

「妳是第一個反抗成功的人，有妳的祝福，她們會健康成長，妳要對她們有信心。」

「真的嗎……」

夏朦總算願意看向她，原本空洞的雙眸裡點亮了一小盞的希望火光，儘管只是像蠟燭的燭火般飄渺，但這已經是很大的進步。

「真的。」她用力點頭，給了一個毫無根據的保證。毫無根據，但她內心是真心相信有了夏朦的祝福，所有植物都能變得幸福。「所以我們一起送她們離開好嗎？」

沒有回應，也沒有點頭，夏朦直接伸出雙手抱起盆栽，溫奈一看，連忙搶在前頭打開門，讓夏朦可以順利走出去。

和煦的陽光溫暖照耀大地，夏朦有些畏光，在門口躊躇了一會，才跨越那條店內與室外的交界線，沐浴在光芒之中。堪稱完美的脖頸仰頭望向藍天，剛好一陣輕風吹來，在光線裡呈現淡金色的長髮微微飄揚，也將蒲公英帶向天空。

「啊。」

夏朦小小聲驚呼，低頭看了眼懷裡的盆栽，又看了看越飛越高的小小種子，隨即將雙手舉高，讓剩下的蒲公英們能更順利跟隨著風，和其他同伴一起踏上旅程。

風帶著小小降落傘們轉了又轉，溫奈聽不到她們的聲音，卻感覺得出她們的心情是多麼雀躍，帶著期待與祝福踏上未知的旅途。她知道這趟旅程也許不會那麼順利，但自由在空中飛翔的她們還是充滿著希望，毫不畏懼地任由風兒帶她們到更高更遠的地方。

她轉頭看向夏朦，透明的淚果然如她預期的滑落，在陽光的反射下晶瑩透徹。夏朦著迷地望著逐漸遠去的蒲公英們，儘管落著淚，嘴角卻彎起很淺、很淺，淺到幾乎無法察覺的弧度。

16

回到店裡，夏朦將蒲公英擺回原本的位置繼續讓她曬太陽。現在盆內又只剩下綠葉，不過已經看了這麼久，就算只有綠葉溫奈也認得出那就是曾經開出小黃花和小絨球的蒲公英。擺在荼蘼旁邊，蒲公英顯得嬌小可愛。這幾天荼蘼被夏朦照顧得神采奕奕，每片綠葉健康又有光澤，再次證明夏朦綠手指的功力。

但自從她查了荼蘼的花語，看待荼蘼的心情也變得有些複雜。夏朦一天一天變得衰弱透明，荼蘼卻在夏朦手中逐漸成長，就像吸取夏朦的元氣化為自身養分，儘管還未開花，已經比先前茂盛許多。若不是親眼看過垂頭喪氣的模樣，一定難以想像荼蘼曾經生過一場病。

很可笑也很可怕的想像，但她還是忍不住這麼想。不過一定不能被夏朦發現她的想法，因為夏朦若是知道肯定會感到難過。被照顧的植物們沒有錯，不該受到這樣的責怪。

店門被打開，鴿子大叔一如往常奪得本日第一名的寶座。

「早啊！奈奈，朦朦，今天天氣很不錯呢！」鴿子大叔有精神地向她們打招呼。

「早，還是這麼有精神，今天也是蘿蔔糕和豆漿對嗎？」

「當然！連續吃了一年也不會膩，妳們的店要一直開下去，不只一年、兩年，甚至是三年四年我也要繼續吃蘿蔔糕和豆漿。」

溫奈笑著說那就看看是他先吃膩，還是她們的店先倒。

「哎唷，奈奈說什麼喪氣話，怎麼會倒。如果有倒店的危機一定要跟我說，我把公司裡的人都帶來吃早餐！」

店內充滿兩人爽朗的笑聲，邊和鴿子大叔說笑，溫奈邊瞄向正在倒豆漿的夏朦。那抹很淺的笑意早已消失，夏朦又回到安靜飄渺的狀態，不過臉頰上已經看不到淚痕。

慢慢來就好，只是一點點的進步也讓她感到開心。

她覺得她就像在和惡魔拔河，惡魔拉著夏朦的左手，她拉著右手，拚命想從惡魔手中奪回她的女神。

「唉，現在的社會真的是……都沒有一點讓人快樂的新聞嗎？」看著手機螢幕的鴿子大叔碎碎唸著。

「怎麼了嗎？」端上煎得金黃酥脆的蘿蔔糕，溫奈有些緊張，卻又裝作毫不在乎的口氣問道。

「就之前那個誘拐犯啊，還沒抓到，現在統計已經有十二個小孩下落不明，那些孩子和家長們太可憐了。」

心裡一驚，她克制住想轉頭看夏朦的衝動，怕她這一轉頭又會讓夏朦自責得崩潰。得趕快轉移話題。她慌亂地想著，視線飄向植物區又飄回。植物不是她的專長，得想別的才行。突然想起鴿子大叔一個人住，又想到夏朦曾擔心鴿子大叔退休後的生活，靈機一動，想到了好點子。

「有沒有興趣養狗？」

「養狗？」
話一脫口而出果然引起鴿子大叔的注意，她解釋了最近她們撿到一隻受傷的小狗，當然原委和經過全都模糊帶過，只說了重點——小狗正在找新家。
「沒有人想要收養嗎？」聽到小狗受傷時，鴿子大叔的眼裡浮現擔心。
溫奈知道鴿子大叔正在猶豫，而且有點心動，現在只要再加把勁說服，對方肯定會心軟。在這一年的相處下，她很了解鴿子大叔是個開朗、充滿愛心又負責任的人，小狗一定能在他家度過幸福的一生。
「沒有，而且我們也沒辦法收養，想說你一個人，讓牠陪你也不會無聊。」
「好，讓我考慮一下。妳今天晚上有空嗎？我想去看看小狗。」
雖然不是爽快的回答，但願意考慮已經讓她非常感動。和鴿子大叔約好晚上在動物醫院碰面，鴿子大叔用以往的速度迅速解決早餐，笑著和她們揮手道別。
「鴿子大叔會成為小黃的新家人嗎？」夏朦注視著鴿子大叔的背影。
「不知道，但希望他們能成為彼此的新家人。」
溫奈走到夏朦身旁，輕摟纖瘦的身子，想給哭泣的夏朦溫暖的倚靠。
「奈奈，要是小黃成功找到新家，妳也可以畫一張小黃給我嗎？」
「當然，妳要幾張我都畫給妳。」
「一張就好。」

「好。」

同樣的對話讓她無比安心，她不會對此感到厭倦，甚至每天重複也十分樂意。多虧之前客人們的捧場，現在植物區減少許多盆栽，她們都找到了新家，她在那天也畫了很多「一張就好」的圖畫給夏朦。

她不知道夏朦把那些畫收在哪裡，也不知道累積了幾張，不過她知道一定不少。如果一直累積下去，或許可以將整間店貼滿也說不定。

當天打烊後，溫奈在夏朦的目送之下打開後門，腳還未踏出，她再次轉頭看向夏朦。

「真的不跟我去嗎？」

「不用了，我在家等妳。」

見夏朦仍然沒有改變心意，只好提醒夏朦鎖好門、不要亂跑，她很快就回來。等聽到清脆的鎖門聲後，她才步入夜色之中，發動悍馬往動物醫院駛去。

當她抵達時，已經看到鴿子大叔站在動物醫院門口等待，明明離他們約定的時間還有二十分鐘，看來鴿子大叔很在意無人收養的小狗，這讓她更有信心小狗今天就會找到新家。

「抱歉久等了。」

「沒有沒有，是我早來了。」

她第一次在店外和鴿子大叔說話，感覺有點奇妙。人的習慣真的有種力量，現在的鴿子大叔因為少了她們的店作為背景，有種說不出的違和感。

前幾天夏朦的狀況讓她擔心得不敢離開半步，自從上次帶小狗來醫院後就再也沒來看過牠，都只從醫院打來的電話確認小狗的近況。她內心其實有點愧疚，明明現在能幫助小狗的就只剩她和夏朦兩人，卻對牠不聞不問，不知道小狗會不會已經忘了她們，或是怨恨一直不來接牠的她們。

但才接近小狗的籠子，小狗馬上就認出溫奈，蹦蹦跳跳跑向前，小尾巴歡快地搖擺著。小狗不只沒有忘記她，黝黑似珍珠的雙眼也看不出怨念。被拉傷的後腳幾乎完全康復，眼睛看起來也很正常。雖然醫生說眼睛難免會因受傷變弱視，但似乎沒有大礙。

「就是這孩子嗎？好可愛！」鴿子大叔驚呼，一看到小狗連聲音也突然變得柔軟。看向隔著籠子和小狗玩耍的鴿子大叔，溫奈就知道小狗不再需要她和夏朦為牠操心，因為小狗已經找到了新家和新的家人。小狗完全不怕生，面對初次見面的鴿子大叔也大方示好，開心得隨著鴿子大叔舞動的手指，在籠子裡左右跳來跳去。

聽說動物們能分辨得出好人和壞人，知道誰會對牠們好、會好好愛牠們，也許小狗也擁有相同的能力，看得出鴿子大叔是牠能信任一輩子的人類。

如果那些被誘拐的孩子也都能分辨出好人和壞人就好了，說不定就不會有那麼多悲劇發生。她默默地想著。

不過小狗最初也是被用暴力帶走，在這世界，只要有力量，壞人就能為所欲為。無論受害者是人類、動物，還是植物，身心都會因惡意受到傷害。

哪些人，是壞人？

對待植物很隨便、不喜歡就丟棄或放任植物自生自滅的人們；帶走十二個孩子的誘拐犯，欺負小貓致死的小孩；傷害小狗和夏朦的年輕人；對夏朦情緒勒索的夏阿姨；有了新家人而對夏朦棄之不顧的夏叔叔；為了救小貓和小狗誤殺了人的夏朦；為了拯救她最愛的人選擇當共犯埋屍的她……

誰是壞人？誰不是壞人？

還是他們，全都是壞人？

17

在溫奈幫忙辦理出院時，鴿子大叔都抱著小狗低頭細語，一刻也捨不得停。說著會幫牠準備很舒服的窩，還會買很多玩具給牠。溺愛的眼神和傻笑看起來就像個新手爸爸。

看來不管到了幾歲，第一次有了孩子都會讓人變得有點傻，也傻得可愛。

鴿子大叔站在整排的飼料前研究了很久，似乎無法在琳瑯滿目的牌子和種類中做出選擇。一問醫生，小狗該吃什麼飼料、平常照顧時需要注意的事項後，馬上挑了最大包的幼犬飼料，說一定會每天都讓小狗吃飽喝足，不用再忍受飢餓。小狗似乎聽得懂，小小汪了一聲，看起來很是高興。

為了結帳和拿藥，鴿子大叔將小狗暫時交給她，離開前還不忘說一句「要乖乖聽姊姊的話喔」，一人一狗依依不捨地互望，看來是第一眼就對彼此一見鍾情，才會有著如此濃烈的感情。

看不出來啊。小狗是不是有什麼魔力，才會如此迅速就擄獲了鴿子大叔的心。溫奈看著懷裡的小狗默默地偷笑。

小狗找到新家是再高興不過的事，但她好希望夏朦也能在場，就算她們沒辦法養小狗，也能親眼見證到她們救回的小狗已經獲得幸福。

小狗撒嬌舔著她的手，粗糙的舌頭在手背上留下口水痕。她摸了摸小狗的頭，用誰也聽不到的聲音對小狗低語。

「對不起，救你的姊姊沒來。她沒有忘了你，也不是不喜歡你，你就原諒她好嗎？她……其實比任何人都希望你可以得到幸福、找到一個家，所以作為回報，你要過得很幸福喔！還有，那天的事也要幫我們保密，不可以告訴任何人喔。」

她不知道小狗是否聽得懂，但那雙黑溜溜的眼眸很認真聽著，耳朵也隨著聲音起伏微微向後又收回。為了能畫出和夏朦約定好的畫，溫奈最後一次仔細觀察小狗。垂下的耳朵，偏褐色的土黃，細細的尾巴和很大的腳掌，鼻子和眼睛都是黑色，聽人說話時會全身靜止不動，只有耳朵動。

觀察到一半，小狗突然抬頭，試圖要舔她的臉頰。她沒有阻止，笑著將臉頰湊近，同樣粗糙又濕黏的觸感留在臉頰上，正要抬手擦去口水，她才發現自己不知何時掉下了淚。

她驚訝地抹去眼淚，對想要安慰她的小狗說了聲謝謝。

其實她並不覺得悲傷，和小狗分離也沒有特別讓她感到難過或不捨，她真心替小狗感到高興，但為什麼自己卻在落淚？

鴿子大叔提著裝有飼料的塑膠袋朝他們走來，另一手則提著全新的提籠，看就知道價格不菲，裡面還鋪著一層軟墊。溫奈小心將小狗放進提籠裡，對牠說了掰掰。小狗也知道她要離開似的，對她嗚嗚地叫了幾聲。

「有空會再帶牠去店裡找妳們。」鴿子大叔保證。

她微笑點頭，對他們揮了揮手說再見，目送著他們離去的背影，好久好久，直到再也看不到了，才轉身朝在黑夜裡等她的悍馬走去。

邊轉動方向盤，她開始深思剛才落淚的原因。想了許久發現，被那雙純潔的眼眸注視，就像有人正在溫柔傾聽她的話語，這些日子忍耐的情緒、委屈和疲憊都在不知不覺湧上。為了成為夏朦堅強的靠山，她都告訴自己不能在夏朦面前表現出脆弱的一面。

不是對此感到厭倦，也不是想放棄，只是再怎麼堅強、再怎麼深愛她的女神，棄屍、躲避世人的雙眼、試著讓夏朦好起來，都超出了她可以負荷的程度。她以為自己很強，可是一被小狗凝視，那些被她忽視的壓力全都浮上水面。

淚水，化作情緒的出口，哭過之後輕鬆許多。

但夏朦的淚和她的淚不同，她的淚很普通，只是為了抒發累積的壓力。夏朦的淚雖然看似普通，與所有人一樣透明無色，但卻十分沉重。像是要為全世界哭泣，用淚水抹去自身的色彩；如同獻祭般，只要犧牲自己，這個世界的悲傷就會少一些。

要怎麼做，才能安慰夏朦？

要怎麼做，才能用她笨拙的雙手修補那受傷的靈魂？

她沒有直接開回家，而是讓悍馬繼續前行，往她心中的目的地開去。路上沒幾盞路燈，多虧明亮的車燈，讓她免於在黑暗中迷路。開了半小時左右，她停在小山坡下，打開手機的手電筒開始爬坡。小山坡沒有到非常陡，算是適合一家大小健行的好地方，不過就算是鎮上的人們也不太會來這裡，除了這裡的不祥氣息外，還有一個原因，就是現代人都不太愛運動，更別說是爬山健行。

爬到半路她停下腳步稍作休息，抬頭看向滿天星辰的夜空不禁微笑，在心裡感謝父母留下了位於鄉下的小房子給她，比起大都市，她更喜歡沒有受到光害干擾的鄉下。

溫奈喘了口氣，一想到夏朦還在家裡等她，馬上成為激勵自己的動力，大腦下達指令催促雙腳繼續往上爬去。夜晚很靜，連點蟲鳴聲都聽不到，她數著呼吸，紮實地踏出每一步。不過她沒有爬到小山坡的頂點，因為其實也沒有必要抵達山頂。

在星辰的陪伴下，她對靜靜站立於頂端的血櫻微笑，不只是微笑，很快就從微笑轉為露齒燦笑。雖然今天看不到月亮，不過即使少了月光的照耀，她也確實可以看到血櫻，密集的白色小花讓血櫻看起來像在夜裡閃耀。

比起安靜盛開的櫻花，更讓她感到開心與雀躍的是夏朦看到時將會露出的表情。

在山坡上佇立了一會，陶醉於今年也盛大綻放的血櫻，她幾分鐘後才回過神轉身下坡，往夏朦正等她回去的家開去。雖然已經離開，但她腦海裡那耀眼、惹人憐愛的純白還未散去。夜晚的血櫻，和夏朦有點像。兩者都能在純黑、沒有月光的夜裡閃閃發光，不需借助他人的力量，因為她們本身就有著最美好純淨的特質。

還有，也總是在她不安、迷惘時，為她照亮眼前的道路，讓她可以再次有自信向前，不再感到畏懼。

她興奮地停下悍馬，用鑰匙打開後門走進店裡。店裡的燈開著，不過沒有夏朦的身影。

睡了嗎？溫奈猜測。正想躡手躡腳的關燈上樓，打算明天再告訴夏朦她帶回來的兩個好消息，卻發現了坐在樓梯上，靠著牆睡著的夏朦。

「朦，怎麼睡在這裡？」

一開始看到她還有點擔心，擔心夏朦是不是出了什麼事，還不自覺的檢查裙子上是否有血跡。每次都是她離開時發生事件，心裡早留下了陰影。

還好在她的叫喚下，夏朦緩緩睜眼，迷迷糊糊地說聲「妳回來了」，又馬上閉上眼簾。溫奈知道因為夏朦一整天都沒吃什麼東西，加上心裡乘載了太多的悲傷，變得容易感到疲倦，體力早就透支。

看著睡在樓梯口的夏朦，心裡感到一絲甜蜜。明明已經這麼累了，卻還是願意忍住睡意、在這裡等她回來。

「來，回房間睡吧。」

扶起還閉著眼、站不太穩的夏朦，溫奈小心確認輕如紙的身子每一步都有踩在階梯上，才又往上一階。短短的十幾階階梯，卻走了快要五分鐘才抵達二樓。

她也不急，她和夏朦都有很多時間，她甚至願意將她這一生所擁有的時間都用來陪伴夏朦。

18

隔天就是溫奈期待已久的星期天，代表她們有一整天的時間可以出去散心。

溫奈拉開鐵捲門，走出店門深呼吸一口氣，對今天舒適的溫度和陽光感到滿意。她回到廚房開始準備野餐的三明治，今天的三明治比較特別，不只有鹹食，她又多準備了可以當作甜點的水果三明治，讓夏朦可以二選一。

哼著歌煮了一壺咖啡倒進保溫瓶裡，她拿了個袋子將保溫瓶和三明治依序放進，想了一下，又打開儲藏櫃，拿了些堅果用小保鮮盒裝好，連同兩顆橘子一起放入袋中。如果夏朦還是沒有胃口，至少可以吃些小零食或水果補充熱量。

天氣，滿分。野餐的食物，滿分。

野餐墊……呢？

東翻西找了一番，總算在她房間找到被冷落於櫃子角落的野餐墊。也不能怪她，距離上次野餐已經是一年前，一年只用一次的東西難免會被遺忘。

現在該帶的東西都已經準備好了，就只差最重要的女主角。

確認時間，該將女主角從睡夢中喚醒，她滿懷期待地來到夏朦房門前，舉起手在門板上輕敲。

叩叩叩，叩。

起床囉，朦。

側耳傾聽了一會，發現沒有回應後，又抬起手繼續敲。

叩叩！叩叩叩叩叩叩。

走吧！我們去看櫻花。

又等了兩秒，似乎聽到若有似無的聲音，但她不確定是夏朦的聲音，還是她的幻聽。

叩叩叩叩……？

起床了嗎……？

才剛敲完第四下房門突然被開啟，她的手還來不及收回，就這樣靜止在空中。

夏朦一臉倦容，邊揉眼邊說：「早，我起來了……」說完，一臉疑惑盯著她看，似乎不懂今天為什麼敲了這麼多下。

「走！我們去看櫻花！去野餐！」

「櫻花？血櫻開了嗎？」語氣裡的困惑沒有散去，因為現在還不到三月底，正常來說櫻花的花期應該是三月底四月初左右。

「開了。等妳換衣服刷牙洗臉，我帶妳去看。」

將夏朦轉了個身推回到房裡，溫奈帶上房門直接坐在外面的地板等待，哼著李斯特的「愛之夢」，想著要在車上告訴夏朦小狗找到新家的好消息，還是到了血櫻樹下再說。

當房門再次被打開，夏朦穿著熟悉的白裙出現在她面前。夏朦也沒有被坐在走廊的她嚇到，逕自走到浴室洗漱。經過時，長裙最外層的薄紗輕輕拂過她的鼻子，她似乎聞到了回憶中海風的味道。

好懷念，畢業後好像就沒看夏朦穿過，原來還在。她默默地想著。

看著那件裙子，又聯想到上次幻想的白色婚紗，不禁有種自己的幻想被發現，又被偷偷實現的感覺。但是被誰發現，這連她也不太清楚，也許是某個路過的好心神仙。

因為情緒太過亢奮的關係，思緒變得奔騰，她已經開始想像夏朦在櫻花飛舞的血櫻樹下，是否會露出淺淺的微笑。不笑也沒關係，只要夏朦眼裡的絕望減少一些她就很滿足了。

她們在中午前抵達小山坡下，因為擔心夏朦爬山爬到一半昏倒，溫奈柔聲說服了許久，才成功讓夏朦喝下一杯豆漿，又吃了幾口蜂蜜優格再出門。夏朦戴著寬帽緣的漁夫帽，遮住臉防曬，後頸也被帽子的陰影保護著。

從早上觀察到現在，雖然夏朦的話還是很少，坐車時幾乎都望著窗外發呆，不過溫奈覺得夏朦今天的狀態比之前好許多。

一定是血櫻的力量。夏朦很喜歡血櫻，去年春天她們至少去了三次，而且每次都是夏朦主動提議去賞櫻。

一起踏上短短的草地開始爬坡，溫奈配合著夏朦的腳步，一步、一步慢慢地走，時刻注意著夏朦的呼吸，一察覺呼吸變得紊亂，走得有點吃力就馬上停下稍作休息。

看不到山頂的緩坡持續了許久，兩人也因為顧著走路沒有聊天，大概只有她獨自在心裡想著很多等一下要跟夏朦說的話，包括小狗、鴿子大叔，還有昨晚看到夜櫻的感動。等她們好不容易爬到半山腰，一看到雪色花瓣的影子，她立即伸手指向血櫻，興奮地告訴夏朦已經快到了。

夏朦抬頭遙望遠方，看到血櫻時眼裡果然如她所預期，露出一閃而逝的驚喜神色。

「真的開了。」

「我沒有騙妳吧。」

「嗯，奈好厲害，怎麼知道血櫻已經開了？」

「其實我昨天偷偷跑來看，一看到開花本來想馬上告訴妳，但看妳昨天很累，就等到今天才說。」

「昨天……小黃牠……還好嗎？」夏朦有點不安地問。

「小黃恢復得很好，幾乎痊癒了，非常有精神，而且……」

她刻意拉長音，笑盈盈地看著夏朦，想要吊她胃口。

「而且？」夏朦急著詢問，但看到她的笑容就知道是好消息，聲音裡帶著小小的期待。

「鴿子大叔願意領養小黃，小黃找到新家了！」

溫奈得意說出憋在心裡許久的驚喜，為這個好消息終於得以傳遞到夏朦耳裡而感動。先前的狀態就像在對方生日前早已準備好禮物，每天數著日子想要趕快送出。

「真的？」

「真的！」

透明的淚水沒有在眼眶裡積蓄直接滑落，她也拿出預備好的手帕，溫柔為夏朦擦去淚水。

「太好了……真的太好了……」

「所以不用擔心喔，妳看，有妳的祝福，大家都獲得了幸福，不管是小黃，還是鴿子大叔，還有店裡所有的植物。還有……」溫奈停頓了一會，雙唇輕啟：「我。」

將手放在夏朦頭上，一下又一下的輕拍安慰。她很想讓那柔順的髮絲滑過她的指尖，不過現在帽子正執行著重要的遮陽任務，所以先暫時放下那份小小的渴望。

寵溺凝視眨著淚珠的夏朦，她的女神看起來有點迷惘，似乎不知道自己帶給多少人幸福，尤其是她。溫奈多希望能藉由這句話，撥開夏朦心裡的烏雲，多希望夏朦能聽進她的話語，不要再做出傷害自己的事。

要讓夏朦原諒自己很難、很難，畢竟她們犯下不可原諒的罪行，沒去自首贖罪，而是隱藏在心裡最黑暗的深處，造成龐大的負擔。可是，她不願離開夏朦，不願見夏朦接受刑罰。就算是她去頂罪也沒關係，可是她不敢輕易離開，獨自留夏朦一個人面對無止盡的罪惡感與恐懼。她怕，夏朦一離開自己的視線範圍，就會做出傻事。

但如果夏朦無法停止自責，就算她無時無刻都在身旁悉心呵護，脆弱的身心瓦解碎裂依舊是遲早的必然。所以她誠心希望有一天，夏朦能放過自己，和她一起繼續好好地活下去。

見淚水已經停止，溫奈用手帕吸取最後的淚，牽起對方的手，笑著對還在發愣的夏朦說：「走吧，就快到了，加油！」

夏朦任她牽著，踏出一步又一步。緩緩上坡的同時，手裡握著的小手悄悄地、輕輕地回握。溫奈的掌心當然沒有錯過細微的動靜，壓抑住奔騰澎湃的激動，雙眼直視著眼前的血櫻勾起一抹微笑。

19

無暇的血櫻白如雪，雖然還沒有完全盛開，也已足夠壯觀得令人驚嘆。小山坡上唯獨血櫻一棵樹，卻絲毫感覺不到孤寂。也許是向外延展試圖遮天的枝枒，又或許是朵朵小花緊鄰彼此、繁花錦簇的光景，讓血櫻看起來十分享受與自己獨處。

怡然自得地獨自活著，大概就是這種感覺。若血櫻化身成人，一定會是擁有著強大心靈、溫柔接納所有生命的人。溫奈有些嚮往地想著。

還未踏進血櫻的樹蔭裡，跟在身後的夏朦突然停下，溫奈感覺到手裡沒有握緊的小手將要因為她持續向前的速度而分離，連忙也跟著停下。回頭一看，夏朦抬頭仰望血櫻，不發一語，只是靜靜地凝視著。

她讓夏朦按照自己的步調與方式欣賞血櫻，兩人的手還沒分離，她的注意力不在血櫻，而是在她最愛的人身上。夏朦左手拿下帽子，瞇起雙眼稍微適應光線後，才緩緩睜眼。她很喜歡觀察夏朦眼睛的變化，少曬太陽的夏朦比較怕光，瞇眼的動作就如貓咪為了適應亮光，會將瞳孔縮成又細又長。雖然不完全一樣，但動作一樣可愛。

春風吹拂，長髮順風飛揚，白裙的薄紗也輕輕飄起。數片花瓣隨之飄來，其中一瓣落在芒草色的髮上，白得亮眼。

如果再多飄來幾片花瓣，是否就會成為天然的花冠，不需用任何草繩編製，隨性點綴，她的女神就會瞬間成為春神。微笑會帶來春風，走過的地方會有花草生長，一舉一動都能為世界帶來生機，也為她帶來活力。

溫奈邊想邊傻笑著，想得太過不切實際，但她很喜歡。對她來說，夏朦也是她的春天。

夏朦是她的月球、是她的女神、是她最愛的人，夏朦有很多代名詞，但也許最貼切的都不是上述何者。

她憐愛地看著那被光線照得朦朧，被櫻花襯得夢幻的身姿，不禁微笑。

夏朦，是她的全部。

冰涼的小手染上她的溫度，變得比平常暖和，這讓她很有成就感。趁夏朦專注於血櫻，她繼續傳遞自己的體溫給瘦弱到無疑可以清楚看見胸骨的身軀，試圖讓兩人的溫度融合達到一致。陶醉於夏朦眼裡倒映的血櫻，她想起去年來賞櫻時，夏朦也是像現在一樣，看了一整個下午都不會感到厭倦。

她還記得那時夏朦說了什麼。

「血櫻就像收集了一整個冬季的殘雪，是冬天和春天的橋梁。」

「怎麼說？」

「她開出似雪的櫻花紀念冬天的嚴寒，再用飄落的殘雪迎接春天的來臨。血櫻是個喜愛冬天和春天的孩子，只要喜歡這兩個季節，就能知道她很溫柔，願意接納世界的所有面向。」

「就算她有血櫻這個名字？」

「名字是人類幫她取的，不代表一切。」

「可是妳不好奇嗎？血櫻的由來。」

「好奇，不過血櫻似乎也忘了，大概是太久以前發生的事。」

她們的對話她還歷歷在目，夏朦對血櫻的詮釋如同童話故事般浪漫。其實不管名字真正的由來為何，不管血櫻叫血櫻還是雪櫻，她都更喜歡以夏朦的視角去看這顆櫻花樹。

等夏朦收回視線，溫奈微笑牽著夏朦走到樹下，鋪上野餐墊，獨享最佳賞櫻地點。她將自己用心準備的三明治拿出，得意地將漂亮的剖面轉向夏朦。

「餓了嗎？我今天做了兩種口味，妳想吃火腿三明治，還是野餐限定的水果三明治？」

夏朦分別看了她左右手裡拿著的三明治，本來似乎想搖頭，遲疑了兩秒，還是伸手接過水果三明治。溫奈在心裡高舉雙手歡呼，還好她有突發奇想，做了比較清爽的口味。她付出的心思與時間都在夏朦伸手的那一刻有了價值，看到夏朦拆開三明治的包裝，小口咬了三角形的尖端，甚至感動到快要落淚。

已經多少天了，夏朦都不願進食固體的食物，自虐式的絕食模式終於在今天劃下句點。

「好吃嗎？」當夏朦咬到裡面的草莓時，她忍不住期待地問。

「好吃。」夏朦點頭給予肯定。

儘管都是小口小口咬著，夾在吐司裡的餡料仍因擠壓而些微溢出，夏朦的唇邊沾上鮮奶油，還帶點草莓的粉紅。

紅唇旁的鮮奶油，絕美魅惑的組合令溫奈移不開視線，當夏朦的注意力被飄落的花瓣吸引，伸手去接的同時，她也朝夏朦伸出了手。

接近，再接近一點，手指將會觸及那誘人的鮮奶油，她腦中已經在想像鮮奶油入口會是什麼滋味。但夏朦注意到她的動作，一被那澄澈的雙眸注視，她不禁感到羞愧。夏朦終於願意吃東西，她卻因慾望而險些做出過於親暱的舉動，要是夏朦受到驚嚇，她該怎麼去挽回？

溫奈只好尷尬地收回手，指了指沾了奶油的位置說：「沾到了。」順便遞出紙巾給夏朦。

夏朦擦去鮮奶油說了聲謝謝，溫奈盯著乾淨的唇有些惋惜。自從看過前兩次開朗又黏人的夏朦，本該鎖上的情感總是不時地擅自冒出，讓她有些困擾。

過了半個小時，三明治只減少了一半，夏朦有點不知所措地看著手裡的三明治，又看看她，露出她最無法拒絕的表情。每次要找她幫忙時，不只會喚她奈奈，眼神裡也會傳送出拜託的訊息。她自然地接過剩下半個三明治，解決夏朦吃不完的食物一直都是她的職責。

半個三明治，已經是很大的進步。按著這樣的步調，一點一點增加夏朦想進食的欲望，慢慢調養身體。她思考著下次要做什麼樣的料理來引起夏朦的食慾。

像是以物換物般，她單手轉開保溫瓶的瓶蓋遞給夏朦，傾斜瓶身讓溫熱的咖啡流入杯中。濃醇的咖啡香飄散四周，夏朦也深深吸了口氣，慢慢享用在她們日常裡缺一不可的熱飲。

嚼著三明治，讓草莓的酸甜綻放於柔和的鮮奶油之上，化成甜美漩渦融合入腹。溫奈仰頭望向完全被櫻花覆蓋的天空，無邊無盡的白，美得如夢似幻。現在的她宛如置身夢中，美景在前，她的女神也在身邊，她好希望能永遠停在這一刻，時間再也不要流逝。

接下來一個小時沒有人說話，她的視線偶爾會追逐飄落的花瓣嬉戲，不過大部分的時間還是凝視著夏朦。透明的淚水又在不知不覺中從夏朦的臉頰滑落，她這次只遞出了手帕，沒有主動幫夏朦擦淚，因為只要花瓣持續翩然而落，那淚水就不會停止。

櫻花的美很短暫，柔軟的花瓣才伸了個懶腰向這個世界說聲早安，就已經準備要說再見。夏朦為她們哭泣，對每片飄落的櫻花道別，來賞櫻也像參加一場淒美的喪禮。一場哀悼者只有兩人的喪禮。

「奈奈，對不起。」

夏朦突然沒頭沒尾說道，溫奈摸不著頭緒，耐心等待也許會有、也或許不會有的後續。

「對不起，一直讓妳擔心。我是個很過分的人，如果哪一天奈奈累了，離開也沒關係喔。」

「怎麼會累？不會累，妳一點也不過分，所以別說離開什麼的好嗎……」

突然的話語讓溫奈嚇得伸手讓夏朦面向她，她必須看到夏朦答應，就像那天在浴室門口，夏朦給予的約定一樣。

內心亂成團，糾結的毛線纏成了好幾個結，每個結都是一個個的問號與恐懼。她不懂為什麼夏朦會這麼說，她所做的一切還是讓夏朦感到不安？還是，其實是一種無形的負擔？

「嗯，奈奈不想離開就不用離開。只是奈奈人太好了，一直遷就於我。」

「沒有遷就，也沒有勉強，我是因為……」她突然噤聲。

「因為喜歡妳，所以想一直待在妳身邊。」

溫奈沒有說完，那句告白不該曝曬於陽光下。

「嗯，我知道，我都知道，所以才很對不起。我會試著變好，不再讓妳擔心。」

知道？夏朦說的知道，是知道什麼？知道她的心意？不，不太可能，在夏朦耳裡，「因為」後面的話語應該是「把妳當成很重要的朋友」。

但沒關係，只要夏朦知道在她心裡「夏朦是很重要的存在」，這樣就好。

微風帶著輕柔的聲音到她耳際，被她牢牢注視的雙眸雖然仍滿溢著淚，但除了漂浮的絕望之外，還有小小的光芒，努力地想要恢復原本健康的身心。

她心疼又感動，終於忍不住將眼前的人攬進懷裡。必須好好抱緊，不能讓這個快要被淚水沖淡成透明的身子在她眼前消失。

夏朦的下巴倚著溫奈的肩，骨頭弄痛了她的肩膀，但她捨不得讓夏朦離開。盯著飄落的花瓣，她眨了眨眼，眨去不想讓夏朦看到的淚珠。

第三章

1

那天在血櫻樹下的約定並不是空頭支票，夏朦每天都很努力想要變好，用行動表示自己會對說出口的話語負責。夏朦認真吃下溫奈準備的食物，雖然不多，但能感覺得出夏朦的身體正在慢慢恢復健康。工作時掉淚的次數逐漸減少，也鮮少露出空洞得令溫奈害怕的眼神。

看著夏朦努力的模樣，溫奈打從心底感到開心，她覺得過去的夏朦就要回來了，生活將會再度回到平靜，像是那兩起殺人案不曾發生過一樣。不過只是「像是」，曾發生過的事實不可能憑空消失，她沒忘了要每天查看新聞、小心警察的重責大任。

車裡的血跡已經清除乾淨，無法用肉眼看出曾沾過人血。每天夜晚，等夏朦入睡後，她都一個人拿著清潔劑反覆消毒，就是為了圖個安心。雖然知道警察也不是完全無能，要是對她的悍馬起了疑心，魯米諾反應一定會暴露她們的罪行。但要是突然丟棄自己的愛車反而十分可疑，她也只能盡可能的清除，連同暴雨那天沾上的泥濘都完全洗去。

某天平日，在打烊前一個小時鴿子大叔突然帶著小狗來訪，身上還穿著襯衫，看來是下班後就直接回家帶小狗出門。小狗跟著鴿子大叔走進店裡，一看到夏朦馬上歡快地汪了一聲，扯著牽繩向前要往夏朦奔去。

鴿子大叔沒有抓緊，牽繩從手裡溜走，小狗直直跑到夏朦面前，以夏朦為圓心轉了一圈，又快樂地叫了幾聲。

「小艾，不要太激動嚇到朦朦啊！抱歉抱歉，這孩子總是這麼熱情。」鴿子大叔也拿小狗沒轍，一臉歉意地說。「雖然早上已經給妳們看過很多照片，但還是真正見面才能看得出這孩子現在有多活潑。」

夏朦蹲下身摸了摸小艾的頭，小艾直接用雙腳撲上，讓夏朦重心不穩跌坐在地。溫奈一看本來想趕去扶起，但聽到夏朦的輕笑聲，又收回雙手。

看來不需要她擔心呢。她微笑，也在夏朦身旁蹲下，小艾注意到她後也給予相同的熱情反應。

「牠的新名字叫小艾嗎？」溫奈將小狗抱在懷裡問。才過幾天，小狗感覺又長大了一些，果然不管是小狗還是小孩都長得很快，她相信這其中也多虧了鴿子大叔無微不至的照顧。仔細檢查曾受傷的眼睛和後腳，復原狀況很好，能盡情地奔跑跳躍。

「對啊，以前沒養過寵物也沒有小孩，都不知道原來取名字要花那麼多時間。想半天想不到什麼好聽的名字只好上網查，才發現每個英文名字都有特別的意義。我研究了好久，比寫報告還要認真啊！熬夜煩惱了好幾天，最後決定取名為艾曼達。不過艾曼達太不好唸，小名就叫小艾。」

「艾曼達。」夏朦重複唸了一遍，小艾像是知道夏朦在叫牠，馬上大聲地回應，後頭的長尾巴像在掃地似的左右搖擺。「是什麼意思？」

「有兩個意思，『值得被愛的』，還有『可愛的』。我希望牠知道自己是值得被愛的，今後都不用再流浪，可以安心、快樂地住在我家，啊，現在已經變成我和牠的家。還有在我眼中牠是最可愛的，哈哈！講出來還有點害羞，都一把年紀了還說這些肉麻話。」鴿子大叔有點不好意思，雙頰浮現她們從沒見過的紅暈。

值得被愛的，可愛的。溫奈在心裡反覆默念。她其實很訝異鴿子大叔會幫小狗取一個這麼有意義的名字，蘊含了鴿子大叔想對小狗說的話。這個名字也可以說是鴿子大叔對小狗許下的約定，值得被愛的小狗會獲得他毫無保留的疼愛與關心。

小艾掙脫她的懷抱，改跳進夏朦懷裡，抬頭往夏朦的臉頰湊近。熟悉的動作讓她不禁窺視低著頭的夏朦，果然很快就看到晶瑩的淚珠落下，小艾剛好伸出舌頭，接住了透明的淚。小艾繼續伸出舌頭舔去附著在臉頰上的眼淚，不過圓滾滾的雙眼似乎有點困惑，因為夏朦的淚水怎麼舔都舔不完。

「啊！朦朦怎麼哭了，衛生紙衛生紙。」鴿子大叔慌亂地尋找衛生紙，對店內瞭若指掌的他很快就抱著衛生紙盒回到她們身旁，抽了一張似乎覺得不夠，又抽了兩張一起遞給夏朦。

「謝謝，我沒事，小艾……真是個好名字。」聲音裡帶著濃濃的鼻音，夏朦擦去淚水，低頭看到擔心望著自己的小艾又忍不住落淚。

「小艾，太好了呢，妳找到很愛妳的家人，要好好珍惜喔。」夏朦繼續喃喃地對小艾低語，纖細的手臂緊緊環住懷裡的小艾。

還好到打烊時間都沒有客人來用餐，不然看到眼前的光景應該會嚇到愣住，尷尬得不知道該不該進門。她們也一直都沒有起身，蹲著跟小艾玩耍，邊聽鴿子大叔滔滔不絕說著小艾有多可愛。鴿子大叔說小艾到了散步時間都會咬著他的褲管往門口拖去，還有下班回家一開門就會看到早就坐在玄關等他的小艾。

提起小艾，鴿子大叔的話比平常多了三倍，說話速度也乘以三，咕咕咕、咕咕咕地稱讚自家孩子。她們絲毫不覺得厭煩，笑著聆聽小艾種種可愛事蹟，過了營業時間鴿子大叔才帶小艾離去。

看著夏朦紅腫的雙眼溫奈很是心疼，若不是剛才鴿子大叔在，她一定會阻止夏朦自己擦淚。只有她才知道，如何不讓紙的纖維傷害吹彈可破的肌膚，就算是柔軟的面紙，對夏朦的肌膚來說也是種負擔。

夏朦本來也要幫忙收店，但她馬上阻止。她的女神像是水做的，有無盡的淚水，但哭還是很耗體力，便讓夏朦坐著休息，不忘遞上一杯水補充水分。

「看到小艾這麼健康，還有這麼愛牠的鴿子大叔總算放心了吧？」做完最後的收拾，她坐到夏朦身旁。

「嗯，放心了。」

摸了摸夏朦的頭髮，夏朦突然抬頭看她：「奈，我幫妳預約了髮廊，時間還來得及，我們等一下就出發。」

她有些驚訝，一直以來都是她自己預約後才問夏朦願不願意陪她去，通常夏朦都會一起去，在休息區翻閱雜誌等她。

「妳一直在忙我的事，都沒有時間做自己的事，現在該換我陪妳去染頭髮了。」

夏朦伸手觸碰她頭頂的髮絲，她知道最近黑髮又長長了不少，看來夏朦也很在意那突兀的黑。

「朦不喜歡黑髮嗎？」她回想過去，夏朦好像不曾說過她的黑髮好看。

「也喜歡，不過更喜歡棕髮的奈，和我有同色系的髮色。」

聽到的剎那她差點就要誤會，無奈地看向有些調皮的月亮，不知道她的月亮到底知不知道，這句話在她耳裡聽起來多像戀人間的情話。或許夏朦是無心，但暗戀中的人最容易曲解話語的意思。

「我這就去準備，妳等我一下。」

看了一眼夏朦身上優雅的波希米亞風純白長裙，溫奈決定換上垂墜感V領黑衣配修身黑褲，去染髮也順便帶夏朦去餐廳吃飯。她常去的髮廊位於市區，雖然不是每次，但偶爾會找間餐廳吃飯或看場午夜電影，就如約會般的行程。當然，只有她單方面悄悄地視作約會，好滿足她的浪漫幻想。

2

面對鏡子的溫奈注意力不是放在正在幫她染髮的設計師上，而是透過反射注視著在休息區看雜誌的夏朦。設計師發現那明顯的視線，邊抹上染劑邊向她搭話。

「妳們的感情還是那麼好，她幾乎每次都會陪妳來。很少有人願意坐在店裡等，附近那麼多好逛的店，陪同的人基本上都會出去逛街打發時間。」

目光因為突然的話語而轉移到設計師身上，她微笑默認，她們的感情很好，所有人都看得出來，不管是熟客，還是她的設計師。自從搬來這裡之後，她在各家髮廊尋找她一直以來染的檀棕色，很幸運的在第二家就找到，還遇到了一個手藝高超又爽朗健談的設計師。

「還沒對她說嗎？妳的心意。」一打扮時髦、一頭捲髮的設計師問道。

她會成為這間店的常客某部分也是因為這名設計師，儘管敏銳察覺出她對夏朦有著超出友誼的情感，也不會對她投以異樣眼光。

「沒，我不會說，維持現在這樣就很好了。」她微笑。

「不會覺得可惜嗎？要是我肯定忍不住，喜歡的人明明就觸手可及，而且還住在一起。」

「忍不住也得忍，沒有什麼比失去她更痛苦。」

「她應該很幸福，有個這麼愛她的人在身旁。」

「幸福……嗎？」

再次朝那道身影看去，夏朦剛好抬頭，對上鏡子裡的她，視線搭起橋梁，溫奈對夏朦微笑，夏朦也回以淺笑。最近笑容再次回到夏朦身上，每一次的淺笑都令她感到溫暖，當心中的傷口發作時，都能因為夏朦的笑容得到治癒。常有人會在小貓小狗或各種可愛小物上尋求療癒感，她的療癒感，全都來自於夏朦。

「希望是。」話說出口時，連她自己都被聲音裡的寂寞嚇到。就算她付出了所有的愛，她還是沒有自信能讓夏朦幸福。

也許是發覺她語氣裡的惆悵，設計師不著痕跡轉移了話題，似乎想用些輕鬆的趣事緩和氣氛。溫奈很感謝設計師的貼心，並且意外獲得附近開了家新餐廳的消息，聽說評價很不錯，設計師去吃過幾次都非常滿意。

當溫奈終於能離開椅子，她的髮色已經回到以往的檀棕，設計師為了她的「約會」，特地幫她上了髮膠，用頭髮代替髮圈綁了個高馬尾。她謝過設計師，設計師對她眨眼，說了聲「祝妳們有個愉快的夜晚」。

兩人的秘密對話沒有傳到夏朦耳裡，看到她接近時才闔上雜誌，纖手習慣地放上她伸出的手，讓她拉自己起身。溫奈覺得這個動作很適合她這個虔誠的追隨者，而她的女神也都會配合。

「好看嗎？」

「很好看。」

她聽到設計師在她們身後輕笑，笑聲裡很是得意。溫奈也不介意，她得到了稱讚，而且不只是好看，而是「很好看」。她從來都不知道夏朦喜歡什麼類型的人，只能從生活的小細節裡旁敲側擊，慢慢摸索研究，最後實踐於自己身上，然後沾沾自喜地收集來自夏朦的各種稱讚。

走出髮廊，各式招牌與霓虹燈照亮夜晚的市區，熙熙攘攘的人群讓她有理由可以牽著夏朦的手漫步。她朝設計師推薦的那間店走去，那是一間義式吃到飽餐廳，她不怕吃不回本，重點是有多種選擇可以讓夏朦找到想吃的料理。

夏朦似乎對她說了什麼，但周圍的聲音蓋過那細軟的聲音，她低頭傾聽，夏朦為了讓聲音順利傳到她耳裡，也湊近她耳邊。

「我們要去哪裡？」

太過期待那間餐廳能否帶給夏朦驚喜，讓夏朦多吃個幾口，她都忘了要把行程告訴對方。

「帶妳去吃飯。」

看溫奈神秘兮兮只願回答五個字，夏朦沒多問要去吃什麼，也沒問目的地在哪裡，放心跟著她在人群中走著。

如果有女友排行，夏朦肯定位居第一，從不挑剔要吃什麼，什麼都好。不過若是問她想去哪裡、想吃什麼時也不會說隨便，而是很認真想著溫奈會想去哪裡。

總是把自己放在最後，第一個念頭都是為對方著想。她覺得夏朦是無私的典範，但她希望夏朦能更自私、更為自己著想一些。

溫奈沒有被約會的幻想沖昏了頭，她還是有注意到站在街角的警察，深藍色制服十分顯眼，腰間的警棍和配槍都讓她下意識想要躲起，帶夏朦躲到沒有警察的地方。果然做虧心事還是會怕警察，就算警方目前連半點線索都還沒找到。

可是那只是對外的說法，萬一他們早就悄悄地將她們列入嫌疑犯的清單中，只差最重要的證據，一旦找到，無論她們在哪裡，都逃不出法網……

內心受到動搖，握著夏朦的手猛然收緊，看著不遠處的招牌，她加快腳步朝目的地走去。

太危險，太危險了，必須盡快離開街道。埋在土裡的孩子似乎又想抓住她的腳踝，死命往旁邊扯，踐著她們往警察的方向去。

沉入水裡的年輕人伸出被水泡爛的四肢，如八爪章魚般緊抓住她，在她耳邊低喃。

「快，妳們這兩個殺人兇手，快被抓起來，最好判死刑！一個活埋於土裡，一個沉入大海，不要忘了多綁一些石頭才不會浮起。來，妳想選哪一個？」

恐懼的幻想驅使雙腳加速，她緊張朝巡邏的警察瞥去，不知道是不是錯覺，總覺得警察懷疑的眼神緊黏著她。

還好下一秒已經抵達餐廳門口，她像是抓到浮木般握住門把，將狀況外的夏朦先推進門內，用自己的背影擋住夏朦，快速帶上門，把喧囂與恐懼隔絕在外，成功躲進沒有警察的店裡。

溫奈伸手對服務生比了個二，服務生馬上為她們帶位，穿過一個個鋪著精緻桌巾的圓桌，走到位於深處的角落，面帶歉意解釋現在是尖峰時段，只剩下角落有空位。

她微笑表示沒關係，心裡慶幸還好店裡客人夠多，對現在的她來說是絕佳的位置，藏木於林，令她安心。若被帶到窗邊，她還得花費心思想辦法找藉口換位子。

「奈，還好嗎？」

入座後，夏朦面露擔憂。她在心裡斥責自己竟然慌了手腳，作為夏朦的共犯，她得肩負保護的職責，不能再做出任何讓人起疑的表情和舉動，連夏朦也不行。

「沒事，只是有點餓了。我聽設計師說這家餐廳很好吃，料理種類也多，走，我們一起去看看有些什麼。」

夏朦沒有懷疑，純然相信她說的每字每句，點了點頭，兩人一起往自助吧走去。經過一面作為室內裝飾的鏡子前，她忍不住瞄向鏡中的她們。

設計師幫她打理的帥氣造型和夏朦成為反比，她如同忠誠的騎士，潛藏於黑暗中的黑影，守護著長年居住在城堡的公主；若她是黑夜，夏朦就是在夜裡綻放的血櫻，無人不被那潔淨的美吸引。凡是注意到她們的人們都不禁多看兩眼，但有她在旁誰都不敢駐足，避開她帶著警告的視線快速經過。

3

雖然還未品嚐，但光是看那琳琅滿目的自助吧，溫奈猜種類少說也有五十種以上。後來瞥見一旁貼在牆上的介紹，她才知道實際上有八十種，豐富的菜色超出她的預期。夏朦先拿了個盤子遞給她，才又拿了自己的盤子。

白色瓷盤的大小怎麼看都不適合夏朦，對有著正常食量的她來說也有些過大，看身旁的客人們都興高采烈地拿著一座座食物小山回到座位，她不禁對不怕賠本的餐廳感到敬佩。

溫奈點了點夏朦的肩，換了裝甜點的小瓷盤給對方。說是小瓷盤，也是在比較之下才覺得小，其實甜點盤才是正常盤子的大小。

她們沿著一道道料理慢慢逛著，經過生魚片區、沙拉區到熟食區，比起看菜色，她更仔細觀察夏朦的表情，一看到些微的變化馬上停住腳步，拿一點放在自己的盤裡。她不挑食什麼都吃，逛了一圈，自己的盤裡全都是夏朦「似乎」有興趣的料理，夏朦的小盤子裡則裝了沙拉和水果。

「不重嗎？」她們人手一杯冰咖啡走回坐位時，夏朦看她單手端著幾乎沒有多餘空間的瓷盤。

「不會，這一點重量不算什麼。」

是真的不算什麼，而且再重，在喜歡的人面前都不能說重。

自從她發現自己對夏朦擁有特別的情感，她才理解過去國小到高中的男生們為什麼總愛逞強耍帥。不管是男是女，都希望能在喜歡的人面前表現出最好的一面。

「想吃什麼盡量拿。」回到座位，溫奈將盤子往對面推，讓盤子擺放於兩人之間。

夏朦拿起叉子和湯匙，舀了個花椰菜，又挑了黃椒放進自己的小盤子裡。看夏朦開始如小松鼠一樣進食，溫奈沒催促夏朦再多拿一些，也沒有把盤子拉近自己，隨手叉了一塊骰子牛放進嘴裡。

鮮美的肉汁和恰到好處的鹹味挑逗著味蕾，分泌口水勾起食慾。蔬菜也清脆又新鮮，雖說是自助吧，但餐點完全沒有冷掉，依然如剛出爐般燙口。

試了幾樣菜色，認同設計師的品味不只在於頭髮，對食物也有相當的水準。

她微笑看著夏朦伸手拿了一片迷你披薩，燻雞和蘑菇上鋪滿金黃色的起司，咬下後起司沒有直接斷掉，而是牽出細長絲線。夏朦驚訝看了一眼藕斷絲連的起司，又看了看她，似乎覺得很有趣，微彎起笑眼，又拉長幾公分起司才斷掉。

「好吃嗎？」

夏朦點頭，將披薩遞給她。她在夏朦的注視下也吃了一口，燻雞不柴，煙燻香和濃郁的起司很搭，蘑菇沒有因為窯烤過而乾扁，依然飽含著水分。見她咬下後也牽出細長的絲線，夏朦輕笑出聲，為破紀錄的她拍手。

「奈奈吃掉吧。」

溫奈沒有拒絕，爽快解決剩下的披薩。一口也好，兩口也好，不求多，只要夏朦願意吃就好。她很喜歡跟小鳥胃的夏朦分享食物，也許一般人在餐廳沒有分食的習慣，不過她不在意旁人的目光，能好好享受與夏朦相處的時間才是最重要的事。

盤裡的食物緩慢減少，一種拿一兩口的份量是非常正確的選擇，夏朦的沙拉和水果也都和她一人一半。兩人就像進行了一趟小小的食物旅行，共享相同的味道，一起體驗未知的美味。而且她有個新發現，夏朦會因為她吃得津津有味的表情而對那道料理感到好奇，願意去嘗試原本沒有想去碰的食物。

她又找到自己可以為夏朦做的事——用表情和描述吸引夏朦吃東西。

雖然大部分的食物都還是由她解決，不過夏朦比平常多吃了好幾口，她再次在心裡感謝設計師，打算下次去染髮時好好謝謝他。

「要不要去拿甜點？」她問。

「吃飽了。」

「那等我一下，我很快就回來。」

夏朦對她擺了擺手，微微的擺幅和意外認真的表情讓她在腦海裡重播無數遍，她止不住嘴角的笑意，看到迎面有人走來不禁抬手稍微遮住嘴。那揮手的動作太過可愛，在不知道第幾遍的重播時，已從微笑轉為傻笑，經過鏡子前時還因為自己有點蠢的表情感到震驚。

愛情會讓人變傻，是真的。

好不容易收起氾濫的笑意，她拿著小盤子尋覓好吃的甜點，雖然夏朦已經吃飽了，但或許能用剛才那招再騙夏朦多吃一口。

拿了爽口的檸檬蛋糕，看到咖啡果凍，馬上毫不猶豫伸出手放進盤裡。夏朦還會喜歡吃什麼呢？她邊想著，邊瀏覽種類多達二十幾種的甜點，最後用水果千層蛋糕填補盤裡剩下的空位。

踏著愉悅的步伐往回走，還未抵達座位就看到夏朦對面坐著一個人。

誰？

心裡的警報響起，她大步流星走去，謹慎觀察夏朦的表情和不速之客的背影。夏朦沒有露出困擾的表情，看起來應該是熟人……

熟人？

越接近她越覺得那背影看起來很眼熟，她腦中突然冒出一個名字。經由她的判斷和觀察，準確率高達百分之九十，不會有錯，那是她們都認識的人。

「夏叔叔，你怎麼在這裡？」

乍聽之下很有禮貌，語氣卻很是不悅。她「問候」著擅自上座的不速之客，為了要擠出禮貌的微笑，嘴角有些抽動。

「剛好帶家人來吃飯，沒想到會遇到妳們。」

夏叔叔笑著回答，說到「家人」時怎麼聽怎麼刺耳，很想吐槽夏朦不也是家人，怎麼平常不會想到要關心一下自己的親生女兒。瞄到夏朦眼神一黯，心中馬上燃起熊熊烈火。夏叔叔很擅長惹怒她，當然，本人毫無自覺。

「請問夏叔叔今天又有什麼事嗎？」她將重音放在「事」上，希望對方聽得出她的諷刺。

她沒有拉過夏朦旁邊的椅子坐下，夏叔叔坐的是「她的」位子，她沒有道理要屈就於擺放包包的椅子。利用目前的高低優勢，她不覺得自己的氣勢矮人一截，就算對方是夏朦的親生父親，她也沒有要禮貌以待的意思。

「啊對，多虧妳提醒我，差點就要忘了正事。」

夏朦疑惑的看著夏叔叔，似乎和她一樣，對所謂的「正事」毫無頭緒。

「本來在猶豫要不要直接去店裡找妳們，碰巧在這裡遇到妳們，剛好趁這個機會先說。老闆要派我去美國的分公司，我會帶媽媽和妹妹直接搬家，如果處理好打算就在那裡定居。朦朦，妳要不要跟我們一起去？」

夏叔叔的話宛如一道疾雷，劃破屬於她們的寧靜，毀了美好的晚餐時光。不，準確來說，光是夏叔叔也在這間餐廳就是個糟糕的巧合，要是她早一步發現夏叔叔一家在裡面用餐，肯定不會帶夏朦走進這裡。

因為怕失去夏朦而感到恐懼的她，原來需要躲避的不是警察，而是更大的威脅——濃於水的血緣。

4

夏叔叔剛再婚不久，夏朦都還是會在夏叔叔生日時準備禮物，回到家裡一起慶祝，相簿裡的那幾張家族照就是這麼來的。過年時也會回到那個本該屬於她的「家」，和親戚吃團圓飯和拜年。溫奈知道夏朦早就期待那些日子很久很久了，可以說是一整年都在等待有正當理由可以回去，但每次回家一趟，夏朦都會低落一兩個禮拜，甚至是一個月。

「爸爸是不是已經忘了媽媽，也不愛我了？」某次慶祝完夏叔叔的生日，喝了些酒回到宿舍的夏朦眼神迷濛，悲傷地問她，那聲音好脆弱，微微顫抖著。是疑惑，也似乎是在向她渴求一個否定，否定那會狠狠傷了自身的事實。

看著還忍著淚的夏朦，溫奈心痛得直接將人擁進懷裡。那是她第一次擁抱夏朦，她到現在都還清楚記得，帶點淡淡酒味的清瘦身子不怎麼好抱，但卻足以讓她醉於夏朦的幽香之中。

「怎麼會，他是妳爸啊，怎麼會不愛妳。就算再婚，重新擁有新的幸福，也不會忘了夏阿姨。夏阿姨一直都會是妳爸深愛的妻子。」

她為了安慰夏朦，竟然幫她最痛恨的夏叔叔說話。

「那為什麼爸爸要我叫那個阿姨為媽媽，我的媽媽雖然已經不在了，但應該只會有一個。」

無助的聲音在耳邊響起，夏朦只是呆呆地任由她抱著，雙手自然垂在身側沒有回抱，下巴也沒有靠著她的肩。明明很想哭，卻依然直視她看不到的後方，繼續忍耐著。

她回答不出夏朦的問題，沒有類似經歷的她不知道普遍的情況，是否都會要求自己的孩子叫再婚對象為媽媽。她唯一知道的是，夏朦對此感到不解與抗拒，夏叔叔的要求和自己腦中的定義出現了差距，那個差距足以讓夏朦質疑夏叔叔對夏阿姨和她的愛。

「如果爸爸是這麼希望，我會叫媽媽。如果兩個都是我媽媽，又多了一個妹妹，我是不是應該感到開心？因為在這世界上我又多了兩個家人。」

溫奈想用雙眼直視夏朦，認真將「不需要勉強自己」這個訊息傳達給對方，然而當她將夏朦拉離懷抱，卻看到一個勉強撐起的笑容，笑得比哭還要哀傷。她喜歡夏朦每一個表情，唯獨不喜歡夏朦的強顏歡笑。

「妳可以哭沒關係，想哭就哭出來。」

「可是媽媽不希望看到我哭，沒有人會喜歡愛哭的女兒。」

那時的她還不知道，原來夏朦口中的「媽媽」，已經不再只有夏阿姨。

那次之後，夏朦像是認命接受了現實，乖乖照著夏叔叔的要求喚那個阿姨為「媽媽」，稱「媽媽」的女兒為「妹妹」。夏朦試著接受，並去討好新的家人，做出好女兒、好姊姊該有的模樣。

溫奈不曾參與過夏家的聚會，只能從夏朦的描述裡推敲出個一二，但她感覺得出「新家人」沒有試著去接納夏朦的意思。不記得夏朦的生日，也不會主動聊天，每次都是夏朦努力打破僵局去接近，但也僅限於一問一答，話題不會有所延伸。在夏叔叔離席時，甚至連普通的關心都不願給，懶得做出個形式上的樣子。

溫奈在很久之後才知道那天夏朦為什麼強忍著不哭，也是她在夏朦微醺時才聽到的真心話。原來那天在夏叔叔提出那個要求後，夏朦當場落淚，卻換來「媽媽」厭惡的表情。夏朦才驚覺，原來新的「媽媽」也不喜歡看到小孩哭。

彷彿是種輪迴，走了一個又來一個，同樣是不願去認真對待夏朦的人。

可恨的是那些人卻該死的稱之為家人，該死的擁有溫奈永遠得不到的那份關係。

她多想告訴夏朦，那個「媽媽」不是不想看到小孩哭，而是根本沒打算把夏朦當作自己的女兒。但她不能說，揭露事實只會傷了夏朦的心。

夏叔叔將重大決定說得輕描淡寫，連要不要跟他們一起移民到國外的問題，也如要不要來塊甜點般隨便，她差點衝動拿起盤中的千層蛋糕往夏叔叔砸去。

好不容易暫時壓下怒氣，她現在最關心的還是夏朦的反應。夏朦會答應嗎？要是答應，她們將會被迫分開。說被迫好像也不太對，和自己的家人比起來，她的順位本來就該排在比較後面。

夏朦似乎還在消化剛才的問題，水潤的眸裡充滿複雜的情緒，停頓了許久還是連一句話都說不出。夏叔叔也沒有要催促的意思，只是笑笑說「媽媽」和「妹妹」還在等他，他先回去了，想好再打電話給他，不打電話也沒關係，過幾天他會再去店裡拜訪。

又是乾脆的起身道別，夏叔叔似乎完全沒有意識到，自己說出的話語在她們心裡投下多麼巨大的震撼彈。溫奈轉頭往夏叔叔離去的方向看去，很快就在餐廳裡看到夏叔叔

「家人」的身影，她懊悔自己最初沒有看仔細一點，就算在人群之中，她也不會認錯那三張臉孔。

放下盤子，她沒有坐回原本的位置，而是走到對面，將手輕放在夏朦肩上。

她的心很亂，但夏朦的心一定比她更亂，她的女神沒有動靜，靜得似乎連心都忘了跳動。她蹲下身試圖查看夏朦的反應，撥開遮住臉龐的長髮，那雙清澈的眼眸看向她，眼眶裡已經噙著淚，處於只要一個小小的動靜，淚水就會掉落的危急狀態。

而她安慰的動作就是觸發細雨下降的開關，在淚水滑落的剎那，夏朦慌得往夏叔叔離開的方向看去，似乎想確認對方還有沒有在看自己。溫奈第一時間起身擋在夏朦面前，成為一道堅實的牆，為夏朦擋住所有人的目光。

看到夏朦的淚反而讓她冷靜下來，不管夏朦做出什麼樣的決定，她都沒辦法阻止。沒有資格阻止，也狠不下心留下想要追尋幸福的夏朦。

夏朦的幸福就是她的幸福，只要不是選擇離開這個世界，她都會全力支持。

既然這樣，溫奈能做的只有一件事，在夏朦做出決定之前，好好陪伴夏朦，在需要她時第一時間挺身而出。不管是當牆也好，手帕也好，她都無怨無悔。

背對人群的她只看得到綴著碎玻璃的牆面，不同於剛才整面的連身鏡，玻璃排出優美的流線型。她的五官映照於四散的碎片，與自己的左眼對視，堅定的眼神讓她放心。

若她擺不出這樣的表情，怎麼讓夏朦感到安心？她的女神總是太溫柔，就算無法給她渴求已久的感情，也會捨不得留她一個人顧店。

不過沒關係，沒關係的，只要她能知道夏朦好好地活在世界的某個角落，她都會好好顧店、照顧花草、照顧自己，默默等待某一天，也許，只是也許，夏朦會再回來看她。

溫奈面對鏡子的自己，只看得到永遠住在她眼裡的夏朦，在剎那間她們彷彿離開了店裡，身處只有她們兩人存在的空間。沒有人群，沒有時間，只有彼此。

時間……

她還有多少時間，能像現在這樣與夏朦獨處？她默想著，一下又一下地拍撫夏朦的背，在心裡哼歌，哼著她們兩人都熟悉的旋律。

5

溫奈從不浪費食物，但聽到那個消息後，就算盤中的甜點看起來美味可口，也無法引起她食慾。那天在餐廳，沒再和夏叔叔說到話，她等到夏叔叔一家離開後，才帶著夏朦走出餐廳。

她一路上沒有放開夏朦的手，緊緊握著，不讓擁擠的人潮將兩人拆散。她用最快的速度開車回家，將吵雜的都市拋在身後。現在夏朦最需要回到熟悉的地方安靜思考，唯有靜下心，才能聽到心裡的真正想法。

原本美好的約會化為泡沫，如綻放於夜空的煙花，只絢爛了短短一瞬。她比以往更珍惜那段回憶，因為在未來，她和夏朦的回憶很有可能只會越來越少。

等溫奈洗好澡，一整路都如失了魂般沒有生氣的夏朦早已進房。她沒有回房休息，而是轉身下樓走到店裡，只開了廚房的燈，坐在座位區凝視著平時自己身處的小小王國。

她們的店溫馨又舒適，不過也許對夏朦來說還是太小，如果夏朦有機會去到更遠更遼闊的地方，心裡能容納悲傷的空間是否也會變得更加寬廣？或是會有風將那些傷悲帶到遠方，減輕夏朦總是攬在身上的負擔。

她眉頭深鎖，思索著夏叔叔曾說過的話。如果說為了帶「家人」出國，提早過忌日其實只是個謊言，實際上根本不是要出國玩，而是為搬家做的準備，那說不定夏叔叔心裡曾想過要拋下夏朦，連選擇的機會都不捨得給予，直接帶著「家人」到國外展開新生活。

拋棄過去，展望未來，聽起來多麼積極上進，似乎懷抱著無限希望。但夏叔叔有想過他要拋棄的是血親、世界上唯一流著相同血液的女兒嗎？再怎麼喜新厭舊，或是想要重新開始都不該如此狠心。

一想到這冷血的可能性就不禁下意識握緊拳頭，要是事實真是如此，那她很後悔沒有替夏朦出氣，一拳也好，就算遠遠比不過夏朦這幾年來承受的委屈，至少能使她心裡舒暢一些。

不過又是什麼原因讓夏叔叔改變心意，願意把決定權交給夏朦？是因為掃墓時覺得對不起前妻和女兒？還是在餐廳看到獨自一人的夏朦突然良心作祟？還是覺得夏朦不會選擇跟他們走，至少有問出口，自己才不會良心不安？

她不知道正確答案，但不管是哪一個都沒有比較好。她很懷疑夏叔叔他們是否能帶給夏朦幸福，不讓夏朦難過就該偷笑了。

重重嘆了口氣，明明已經下定決心要尊重夏朦的決定，卻做不到完全的瀟灑。她苦笑站起身，走到荼蘼面前。荼蘼的盆栽裡還是只有綠葉，她上網查過資料，荼蘼要到六月才會開花，是春天最後開花的植物。

六月，那時夏朦還會在她身旁嗎？是不是已經不在這間店裡，也看不到期待已久的白花盛開？

「荼蘼，妳是命運女神送給我的玩笑嗎？」她喃喃自語。

荼蘼有著哀傷的花語，代表感情的終結，預言著即將失去生命中最刻骨銘心的愛，所以那時老闆才會開玩笑。

荼蘼，是不被祝福的花，也許荼蘼自己也知道，所以才試圖獨自凋零。如果那時放任不管，讓荼蘼慢慢衰弱而死，是不是就能逃過詛咒般的命運？

她馬上推翻自己腦中可笑的想法，夏朦付出了多少才救回這株小生命，敏感的心不會希望看到荼蘼因人類擅自定義的花語受罪，若知道親近且信任的她以異樣眼光與負面情緒去看待荼蘼，夏朦會對她有多失望？她太了解夏朦，自己的感情終生不果也沒關係，不能再徒增夏朦的憂傷。她願意獨自賞花，也許可以拍照傳給遠在國外的夏朦，現在科技這麼發達，即使見不到面，還是有方法可以聯絡。

在心中稍微安慰自己，她才起身緩緩踱步上樓，在進門前往隔壁緊閉的房門看去。門縫中透著光，她知道夏朦還沒睡。她很想走去敲門，敲個六下，問她可以進去嗎，夏朦說不定會答應讓她陪她度過難熬的夜晚。不過如果打開門時，看到桌上攤著那本相簿，翻到的正是貼有家庭照的那一面……

躊躇了許久，她還是打開自己的房門，在關門時輕輕闔上，不讓任何聲響干擾夏朦的思緒。現在是很重要的時刻，沒有人可以為夏朦做決定，必須由本人獨自面對。

她躺上床，放輕了呼吸聲，想著在街上牽著夏朦的手漫步、鏡子裡映照著的她們、一起享受美食旅行的驚喜、夏朦可愛的揮手舉動。她盡力去想前半段堪稱完美的約會，今晚的事，就像半場美夢，只要不去觸碰惡夢的開關，感覺她還能在夜晚延續未完結的篇章。

如果那個人沒有出現，夏朦也許會願意試一口水果千層派，然後說比較喜歡她做的水果三明治；也許她們離開餐廳後會再去看一場午夜電影，電影類型不能選看起來必哭的親情片，一定要選搞笑片；在所有觀眾此起彼落的大笑裡，也許她還有機會聽到輕盈的笑聲，就在她身旁響起。等她們走出電影院，她們說不定還不想回家，她會開著悍馬帶夏朦去看在夜裡發亮的血櫻。她們可以躺在草地上仰望星空，等待一閃而逝的流星，然後悄悄許下願望。

她的願望，此生唯一的希冀，就是希望她的女神不會被這個世界的惡意和罪惡感打倒，好好地、健康地活著。

她的女神，不知道會許什麼樣的願望。

世界和平？所有脆弱的小生命們都能得到溫柔的對待？一定是類似的願望。她知道夏朦一定會為別人許願，所以她的願望要為夏朦而許。

越是幻想那些美好的畫面，溫奈就越睡不著。她睜著眼凝視天花板，過了很久很久，她才聽到細微的開關聲和腳步聲。夏朦現在就在牆那一側，隔著一道牆，與自己緊鄰而眠。她將手貼上牆，只要她有些思念夏朦，就會忍不住這麼做。

夏朦今天大概也和她一樣難以入眠。

她想為她的女神唱搖籃曲，想用自己的聲音、自己的心跳、自己的氣息帶著夏朦進入夢鄉。在那裡，她會為夏朦創造一個種植著各種植物，還有許多小動物們快樂嬉戲的世界，無論會開花還是不會開花，無論是昆蟲、鳥兒還是小動物，大家都有一席之地。

那裡沒有傷害和恐懼，只有最和煦的陽光和微風，偶爾下點小雨灌溉大地。

雖然會下雨，但她們不需擔心，她會記得建造一座小涼亭，讓她們可以進去躲雨。一起欣賞雨點製成的珠簾包圍著四周，眺望植物們欣喜迎接雨水的姿態。

清涼的小雨沒有攻擊性，是甦醒、是新生，是迎接清澈藍天的使者。陽光也不會熱得令人難受，雨後，會在空中搭建起一道虹色橋梁，所有見到彩虹的生命都能獲得幸福。

在那裡，只會有她們兩個人類，不過若是夏朦希望，她願意讓夏朦恢復女神之身，而她將會成為女神所豢養的深海魚。等著雨水留下的水窪向外擴展，從池塘變成湖，再從湖流瀉成河，最後由河川匯集成海，而她就活在女神為她打造的，最溫柔的海裡。

6

原本溫奈才在為夏朦逐漸恢復健康而雀躍，夏叔叔隨口拋下的問題又讓夏朦鬱鬱寡歡，只要一閒下來就會看到清秀的眉宇蹙起，陷入苦思之中。

雖然溫奈希望夏朦經過深思熟慮後再做出決定，但這個問題顯然也成了毒藥，不像罪惡感會啃食心靈，卻也占據所有思緒與時間，一分一秒都沒有要放過夏朦的意思。

這個問題只有兩種選擇，去，或不去，不管選了何者，都會影響今後的生活，可以說是人生裡數一數二的重要抉擇也不為過。做了選擇並不是不能反悔，只是對當事人來說，每一步都必須帶著相當的覺悟。長大後，所有人都必須學著對自己的選擇和行為負責。她和夏朦也不例外。

她很清楚覺悟這個詞的重量，就如她在看到屍體時所做出的決定。即使未來發生什麼事也不後悔，願意此生背負這個決定直至死亡的那一刻。

夏朦的雙眼下刷上了顯眼的灰，那是與夜色相伴整晚的證據，寂靜的黑夜看似無害，卻會在睡不著的人身上留下痕跡，標註自己的戰利品。她很想用拇指抹去，警告黑夜別對她的女神出手，但她沒有與之抗衡的力量，只能擔憂盯著細緻皮膚上突兀的顏色，深刻體會到自己的無能為力。

三餐的時間與飢餓感也被煩惱奪走，看著夏朦有氣無力拿著澆水器為植物們澆水，因為精神渙散的關係，偶爾會不小心澆水澆了過頭。也許是夏朦聽到植物的叫喚，才驚覺自己犯下的錯誤，連忙扶正澆水器，邊對植物道歉，邊搶救險些淹水的災情。

上次，她可以嘗試用各種方法讓夏朦打起精神，陪在身旁度過難熬的分分秒秒，隨時為夏朦擦去淚水。這次，她只能等待，不能用討人歡心的小舉動影響思考。她還是可以陪在身旁，也能準備很多好吃的料理，可是這次不一樣。悲傷可以用陪伴治療，但煩惱，卻沒有她插手的餘地。

她多想幫夏朦做出選擇，直接強勢告訴夏朦不用再多想，從今以後就一直留在自己身邊，忘了夏叔叔一家，夏朦要什麼，她都會想辦法找來給她。

但不行，她做不到，也沒資格。

沒有命中註定將她與夏朦緊緊綁在一起的血緣，也不是得到甜蜜約束的戀人，她，只是朋友。友誼就算維持四年、六年，就算到了十年，也就只是朋友，沒有任何保證，一個轉身就能輕易斷絕的關係。

現在她唯一掌握在手的籌碼就只有「共犯」這個身分，她很想當個狡猾的人，用這個身分求她的女神留下來。若真的這麼做，她知道夏朦肯定不會拒絕，但從此她們之間也將多了道看不見的隔閡。

她是卑微的信徒，縱使偶爾會做些不切實際的白日夢，也不敢放任心裡的慾望橫行、以下犯上。

她承認成為共犯的當下，像是嚐到甜頭般，發現可以讓夏朦異常仰賴自己。她們之間的距離靠近到認識至今最緊密的距離，共享秘密，互相舔舐彼此的傷口。不過現在，她漸漸發現自己最大的心願非常純粹，想要保護夏朦，如此而已。

視線不想離開夏朦，不過每天一早還是有要事要辦。她打開手機準備瀏覽網路新聞，還沒點開網頁，就看到鴿子大叔從遠方朝店門而來，一打開店門就迫不及待對她們大聲宣布：「抓到犯人了！」

心一驚，溫奈低頭看網路新聞的頭條，果然「誘拐16名孩童的誘拐犯終於落網」的斗大標題立即跳入眼裡。

「這個犯人多可惡！把所有孩子都殺了，埋在豪宅的地下室，只因為她自己沒有小孩，就拐走別人的孩子來當自己的小孩養。結果一不乖就直接殺死，再去尋找下一個目標。沒心沒肺的女人，還是人嗎？這肯定死刑，要不是人只能死一次，不然多想殺她16遍啊！那些孩子的未來全都葬送在她手裡了！」

鴿子大叔激動大罵，好不容易停下來喘口氣，看到夏朦的表情才驚慌地安撫：「啊朦朦我不是故意要嚇妳，只是現在這個社會真的很恐怖，搞不好身邊就藏著殺人犯也不知道。還好政府有下令讓警察加強巡邏，才能即時抓到正要誘拐小孩的犯人，阻止了第17件悲劇的發生。誘拐犯好像是兒童心理諮商師，很懂孩子的心理，知道要怎麼接近落單的小孩、讓他們放下戒心。可怕啊！」

……埋在土裡的那個孩子呢？沒有被發現吧？溫奈忍不住想著。

她快走到夏朦身旁，讓顫抖的身子靠在自己懷裡，邊對鴿子大叔露出不好意思的表情：「抱歉，夏朦對這樣的事情比較敏感，可以等我一下嗎？」

「妳慢慢來，我今天提早出門，不趕時間。朦朦對不起啊，我真的不是故意要嚇妳。」

鴿子大叔像做錯事般畏畏縮縮坐到老位子，雙手也不知道該擺哪裡才好，拿出手機點開又放下，看了她們一眼，又拿起瀏覽，好讓自己看起來有事可忙。

該來的還是來了。犯人落網就表示警方將有可能發現疑點，失蹤名單裡其中一個孩子並不是由那個犯人拐走殺害。既然這樣，肯定會極力追查那孩子的下落，無論是生是死都要找出來，給家屬一個交代。

她不怕坐牢，也不怕死刑，也許以大局來看，夏朦跟著夏叔叔一家逃到國外才是最正確的選擇。她不是沒想過自首，但打從一開始，自首對她們來說就不是最佳選擇。刑罰、輿論、分離，她捨不得讓夏朦獨自承受，明明全都只是意外，憑什麼要她們背負所有痛苦？

她一手摟著夏朦，一手打開夏朦房間的門，拉著人坐在床上。輕撫著摸得到脊椎骨的背，伸手拿過放在床頭邊的衛生紙，以輕沾的方式吸取源源不絕的淚水。

「奈奈……」濃濃的鼻音喚道，那嗓音讓她心如刀割。

「別怕，不管發生什麼事，我都在妳身邊。」

她不知道夏朦要對自己說什麼，但她必須好好將這句話傳達給她的女神。現在的她們身處於危險之中，必須步步為營，然而最重要的是，確保任何一方不會先被恐懼壓垮。

「我們做了很過分的事，是不是該去接受懲罰？」

「妳沒有錯，沒有錯喔，那都只是意外而已。如果沒有妳，小艾現在也不會這麼有精神，這麼幸福地活著。」

「可是……」

夏朦欲言又止，淚眼愁眉抬頭望向她。她再次看到罪惡感渲染了清澈的眼眸，惡魔重新現身，磨刀霍霍準備將她最愛的人砍得支離破碎。

「不用擔心，不會被發現的。我們已經脫離命運女神的掌控，我們的樂章由我們自己譜曲，會發生什麼事已經不是由祂說得算。」

「奈奈，可是這樣真的好嗎？我還是會夢到自己的雙手沾滿了血，孩子和那個喝醉的人身上也全是血，就在黑暗裡瞪視著我。他們因為我失去性命，只有我擅自得到幸福真的好嗎？」

溫奈微微屈身，讓視線與夏朦平行，夏朦沒有抗拒，無助又脆弱的身心浸泡於罪惡感之中，滲透進思緒、血液和細胞，已經無法施力。

「想想他們做過的事，如果放任他們繼續殘害那些無辜的小生命，往後還會有多少性命因此犧牲？他們帶著惡意、依照自己的意識在行動，明知道小貓小狗會因此死掉，卻不當一回事。這樣相比，誰的罪孽比較重？」

夏朦因為她的話語感到迷惘，她抹去夏朦雙頰的淚，讓夏朦留在房裡休息，獨自下樓繼續工作。剛才離開房間前她順手拿走了插在筆筒裡的剪刀和美工刀，不是不相信夏朦許下的約定，但她還是會害怕。

美工刀和剪刀沾上了殘留於雙手的透明淚水，對物品沒有影響，只有身為人的她，才感受得到裡面的憂傷，而那透明的憂傷正緩緩被她的皮膚吸收。但就算知道淚水裡充滿哀傷，她卻無法真正理解夏朦有多痛苦，大概連百分之一都感受不到。

她回想剛才的對話，有些話她沒有說出口。

生命的價值應該同等，不分物種、不分貴賤。這是她對那些小生命的看法。

但相對的，這句話也可以套在那兩個人身上，罪孽的迴圈將不會有停止的一天。

她並不是不承認她們的錯誤，她們確實犯了罪，可是那又如何？人都是自私的，只想著自己、只想著自己愛的人，而她只不過是依照人的本性在行動而已。

7

夏朦的動搖反而讓溫奈冷靜下來，她為鴿子大叔煎了金黃焦脆的蘿蔔糕，再倒上一杯香濃的豆漿。微笑對關心夏朦的鴿子大叔說沒事，夏朦只是需要休息。

從早上到中午夏朦都沒有下樓，雖然店裡忙碌，溫奈依然獨自做好每份餐點，把工作處理得有條有理。她在適應著，未來沒有夏朦的店，也會是這樣的感覺。忙，對她不算什麼，撐一下就過了，最主要應付的還是心裡的空虛。每一次回頭都將看不到夏朦，會讓熟悉的空間也變得陌生。

店裡的熟客每個人都在討論那則新聞，七嘴八舌說著誘拐犯住在郊區的豪華別墅，是兒童心理學界數一數二的諮商師，儘管收費昂貴，還是有很多家長將自己的孩子送到她的診所。任誰都不會把誘拐孩童這個驚悚的可能性與那位親切的諮商師聯想起來，更別說是殺害。

網路新聞公開了那棟豪宅的照片，溫奈覺得眼熟，很快便回想起她的確看過，就是棄屍路上看到的那棟豪宅。當時她還納悶著怎麼會有人想要住在那裡，但沒想到正是犯人的家，而且還是犯案現場，怎麼想都覺得毛骨悚然。加上她們丟下海的那具屍體，一共是16具死屍，令人合理懷疑那裡是會吸引犯罪和死亡的不祥之地。

她祈禱警方去搜查的路上沒注意到那座懸崖，年輕人沉入海底的屍體還要一些時間腐爛，和土裡的孩子一樣，化為大自然的養分。

從熟客們的對話裡，她聽到很多不同版本的傳言，有些說諮商師因為離婚情緒不穩定，加上很想要小孩才會痛下毒手。也有其他說法是諮商師殺了第一個小孩後，便對殺人上了癮，所以當小孩反抗時毫不猶豫直接殺害，再去找下一個可能會聽話的孩子。

溫奈只是默默地聽，沒有加入話題。不會有人知道犯人真正的犯案動機，不知道當時的情況、心境，只能透過片面的消息去猜測。加上人們喜歡八卦的個性，很多傳聞都會一再被誇大，就算不是事實，傳廣了、傳久了，也會成為「事實」。

她其實不那麼好奇犯人為什麼要殺人，過去在心中曾燃起的怒火早已消滅，不是原諒，更不可能是同病相憐，她和夏朦雖也奪走性命，但心態絕對沒有任何相似之處。只是現在她顧不了別人，最在意的僅有一個——是否有「那孩子」不在豪宅裡的新聞。

她趁沒人點餐的空檔繼續查閱最新的網路消息，現在網路很方便，什麼事都傳得很快，各大媒體都爭先恐後搶著報導，標題一個比一個駭人。刷新無數次後，一則新的報導跳出，標題上的數字不再是16，而是15。果不其然，豪宅裡只找到15具屍體，大家都在問，第16個小孩去哪裡了？小孩的家屬瘋狂哭喊要犯人把他們的孩子還回來，就算只是具屍體也好，至少可以好好埋葬，讓他們有個地方能夠哀悼孩子的逝去。

沒有人知道屍體的下落，犯人也矢口否認自己抓過那個孩子。溫奈嘆了口氣，雖然早有心理準備，但被發現時還是備感壓力。如果犯人從一開始就保持緘默，也許還可以成功蒙混過去，可惜現在已經無法栽贓給誘拐犯。

店內因為最新消息再度引起轟動，有小孩的客人直嚷著沒辦法安心，大罵這個世界上有太多神經病，有病不去看醫生、關進精神病院，還要出來危害人。客人們並不知道，他們所說的神經病就在這間店裡，近在咫尺，他們還享用著「神經病」所做的料理。

溫奈其實深感愧疚，熟客們一直都對她們很親切，現在卻不得已隱藏了這麼可怕的真相，讓他們吃下犯人的手作料理。但沒辦法，她的首要原則，一直都只有夏朦。

她沒繼續把那些話語放在心上，現在她是世界上唯一知道那孩子下落的人，只要她不說，就沒有人會知道。邊滑著新聞，繼續留意有沒有其他起失蹤案件。從懸崖回來已經過了好幾個禮拜，到現在連則小小的尋人啟示都沒看到，雖然這對她來說是件好事，但她還是不禁感到好奇，為什麼有人憑空消失，卻沒人注意到。

那孩子和年輕人明明都是人，失蹤後造成的騷動卻是天壤之別。孩子的消失有如重石落入水裡，濺起激烈的水花，而年輕人連點漣漪都沒引起，直接靜靜地沉入水裡。

這之間的差異，是因為一個有深愛他的家人，另一個沒有嗎？

那如果換作是她和夏朦，是不是也不會有人來找她們？

這樣的她們該說是可憐嗎？可悲嗎？就像那隻小貓和其他被殺害的小生命，都是世界上可有可無的存在，悄悄地死去，不帶任何聲響。

她甩了甩頭，甩開不吉利的想法，看到客人叫喚急忙收起手機走出廚房。她現在還在工作中，必須連同夏朦的份一起努力，沒空胡思亂想。

到了下午時段，店裡只有之前帶月桂樹回去的年輕女子，現在已經可以稱之為熟客。不只常來，陸陸續續又帶走幾盆小盆栽，來店裡都會和夏朦聊聊植物的近況，像朋友一般值得信任。溫奈和年輕女子說聲暫時去樓上一下，很快就回來，便端著放有茶泡飯、沙拉、水果和咖啡的托盤上樓。

走到夏朦房門前，單手維持托盤平衡，另一手敲了敲門板。

叩，叩叩叩？

朦，醒著嗎？

門內沒有回音，她又用同節奏輕敲四次，才打開門走進去。

半拉起的窗簾遮擋了一半的光線，讓躺在床上的瘦小身軀被黑暗籠罩，她輕聲走到書桌旁放下托盤，憂心忡忡往床上看去。

夏朦背對她側躺著，躺在棉被上的身軀看起來就像枕著烏雲入眠。長髮流瀉於身後，腰身的曲線一覽無遺。裸露的手臂讓她看了都覺得冷，從櫃子裡找了條毯子幫夏朦蓋上，動作輕柔，深怕驚動了熟睡的人兒。

她瞄了一眼夏朦的臉龐，躡手躡腳走到門口，停頓了一下。

「餓了多少吃一點，不用擔心店裡，好好休息。」她像是在喃喃自語，但她知道夏朦有聽到，因為剛才的一瞥剛好瞥見眼皮闔上的瞬間。

沒有多做停留，溫奈走出房間輕輕關上房門。不只是眼皮闔上的瞬間，她也沒有錯過壓在夏朦手臂下的相簿。

8

在攤開的那一面，戴著墨鏡和草帽、以大海為背景的自己正對她燦爛笑著。

在短短幾天內經歷雙重打擊，無疑帶給夏朦極大的負擔，溫奈本來想讓夏朦休息久一點，隔天早上沒有去敲門叫起床，但那道稀薄的身影還是在開始營業前走下樓，只喝了咖啡就翻過店門的牌子。

「朦，還好嗎？不要逞強喔。」

並不是她的錯覺，夏朦身上的顏色看起來越來越淡，或許是心理壓力的影響，整個人如縷幽魂般，肌膚蒼白得嚇人。

「沒有逞強。奈奈，昨天……謝謝，明明是我犯下的錯誤，我卻躲起來讓奈奈一個人面對。」

「沒關係，不用道歉。」

看到夏朦一臉歉意，她著急想化開對方的誤解，大步走到夏朦面前。雙手放在稜角分明的肩上，認真看進對方的雙眸，想將自己最真實的心情傳達給她的女神。她這時好嫉妒植物們，夏朦可以聽見植物們的聲音，卻聽不到她的心聲，不知道她所有付出是多麼無怨無悔。

不過，要是能聽得到，她的女神還會像過去一樣對她撒嬌，安心倚賴她嗎？

還是，會不知道該怎麼面對那些如海藻般搖曳的情感，害怕被捲入從無聲轉為有聲的喧囂？

「如果是錯誤，那也是我們一起犯的錯，所以不用道歉。累了本來就需要休息，我之前也說過，妳做自己就好，我也只是做我自己而已。我很堅強，比妳還要堅強很多很多，所以不用擔心喔，交給我就好。」

千篇一律的話語，她願意說一千次、一萬次，只為了讓夏朦相信。

「嗯，奈奈真的很可靠，所以我也不能輸。」

「那妳要多吃一點才能變得可靠。」

她回頭拿了放在流理台上的蛋餅遞給夏朦，裡面放了玉米和起司，金黃色的組合和今天的天氣很搭，明亮、充滿朝氣，她希望可以成功將那些朝氣分給夏朦。

夏朦微微皺眉沒有要接過的意思，溫奈見狀，主動將其中一塊用叉子再對切一半叉起，遞到同樣無血色的薄唇邊。夏朦看著一口大小的蛋餅，乖乖張口吃下，在她期待的注視下仔細咀嚼。她盯著吞嚥時脖子的細微動靜，確認食物通過喉嚨進到夏朦身體裡。

她越來越像夏朦的媽媽、「理想中」的媽媽，總是在為夏朦不吃飯而操心。

「好吃？再吃一塊好嗎？」

見夏朦點頭，她又將剩下半塊遞出，滿意看著蛋餅消失。雖然兩口好像就已經是極限，不過有吃就好。玉米和起司果然是好拍檔，起司的香濃用玉米的清爽去做中和，口感也有層次。她要記起來，下次也許可以再用同一招，或是用類似的組合去做變化。

奶油杏鮑菇？焗烤馬鈴薯上面灑點煎得焦脆的碎培根？連構想店裡的正式菜單都沒

像現在這麼認真，這讓她不禁偷笑，愛情果然會讓人失去理智。

她看得出夏朦比上次更積極想要變好，除了恢復健康之外，也想變強、變可靠。溫奈猜測是為了自己，她成了夏朦的動機，比起被保護的那一方，也像和她站在同一個位置，一起分擔兩人共同的罪孽。

純粹因為是共犯、純粹為了她們的友情。她在心裡默念數次，試圖壓過快樂到要輕飄飛起的妄想。那個妄想的聲音太過嘹亮，不斷歌頌著「夏朦喜歡我！她為了我非常努力！一定是有點喜歡上我了！」的錯覺。

誤以為喜歡的對象也喜歡自己，是人類最常會有的錯覺之一，每個戀愛中的人們不分男女老少，全都可能因為一個眼神沾沾自喜很久，誤以為自己有了大好機會，殊不知那只是自己想太多。

這般道理，暗戀六年的她當然心知肚明，不過她還是好快樂，這次是大突破，夏朦的大突破。心愛的人為了她努力的身姿怎麼看怎麼迷人，她甚至可以自動過濾客人們嘰嘰喳喳討論事件的聲音，只為了好好將夏朦的聲音保存在耳裡。

本來擔心夏朦聽到客人們的討論聲又會感到難受，但除了送餐、做飲料、結帳外，夏朦都在照顧植物，專注於自己熱愛的事物似乎能有效排除周遭雜音。除了有幾次夏朦看起來真的快受不了，走進廚房蹲在客人看不到的角落，雙手捂耳蜷縮著身體。那時她也會蹲下身，輕輕抱住縮得小小的身軀，一下又一下拍撫背部，直到她的女神不再顫抖，氣息恢復平穩。

這一天，夏朦很少掉淚，也開始露出淺淺的微笑，儘管都只是一瞬，但每一個瞬間都帶給溫奈希望。然後她會回以毫無保留的燦笑，期待自己的笑容帶著力量，能逗笑對方、讓她的女神感到安心，知道無論何時，她都在她身旁。

兩人的狀況絕佳，合作無間忙到了傍晚，本來以為今天會是非常令人滿足的一天，卻被遠遠走來的三道人影狠狠地打碎了寧靜。夕陽將他們的影子拉得很長，倒映在地上像某種怪物似的，扭曲變形。

夏叔叔率先推開店門，帶著「夏阿姨」和「妹妹」踏進無人的店內。

「還在營業嗎？」

「爸爸……你們怎麼來了？」夏朦似乎不知道該擺出高興還是驚訝的表情，忘了招呼人坐下，困惑得提出疑問。

「想來看看妳啊，不行嗎？」夏叔叔也不等她們招呼，逕自挑了位置坐下。

短短的一句話，又成功讓溫奈額上浮現青筋，怒在心裡卻無法罵出口。

說得好聽，聽起來好像很關心女兒，但那是真的關心嗎？

她很懷疑，在她眼裡這個舉動不過是想要趕快知道答案，好讓他放心罷了。

她知道，作為旁觀者的她怎麼會看不出來，就只有她的女神察覺不出那陰險的心機。

夏朦遞上菜單，夏叔叔見另外兩人沒有主動接過，便一起接過三人的菜單，放到從進門就一臉不耐煩的兩人面前。

「夏阿姨」和「妹妹」無論是身材還是五官，連穿著品味都像是一個模子刻出來的。「夏阿姨」約莫三十歲上下，比夏叔叔年輕許多，「妹妹」大概還是國中生，看到臉上與「夏阿姨」相似的傲氣，不禁懷疑整個人的氛圍與個性是否也會遺傳。

「你們想吃什麼盡量點，奈奈做的料理真的很好吃。」夏朦主動招呼，輕柔的聲音裡帶著點平時沒有的殷勤。

但那兩人不領情，「夏阿姨」冷漠開口：「不用，我們不餓。」

夏朦肩膀縮了一下，不過沒有因此放棄，轉向「妹妹」，就算「妹妹」絲毫沒有要正眼看夏朦的意思，夏朦仍然好聲好氣地詢問。

「還是要喝點什麼？我記得妹妹喜歡奶茶，我可以幫妳準備喔，喜歡甜一點的對嗎？」

「不用。」

又是果斷的拒絕，連婉拒的謝謝都不願說出口。

溫奈礙於夏朦的面子，忍住不插嘴、不插手，然而每個人的耐心都有限，她已經快瀕臨極限。

最後一發引爆彈來自「夏阿姨」，用擦得豔紅的雙唇催促著夏叔叔：「不是只說幾句話就走嗎？等一下還要去聽音樂會，不快點會趕不及，這裡離市區又遠。」
夏朦僵在原地，溫奈沒有錯過那雙眸裡一閃而逝的失落。雙肩垂下，由晴轉陰，整個人如同被丟棄的小貓，明明站在家人身旁，卻孤伶伶地無法融入溫馨的「家」。

9

空氣因為那句無禮的話語而凝結，溫奈忍無可忍，才要跨步走到夏朦身旁，為她的女神擋下那一支支銳利冷箭，用她的聲音奮力回擊，但夏叔叔阻礙了她的行動。
「朦朦，上次的事考慮好了嗎？一直沒接到妳的電話，想說妳會不會忘了，這件事應該不難決定，可以給我答案了嗎？」
忘了？不難決定？
她已經衝到夏朦身旁，怒氣讓她顧不了人情世故，只想大聲咆哮。
夏叔叔是不是忘了自己前幾分鐘才說過的話？
「想來看看妳啊，不行嗎？」
那雙眼睛是瞎了？怎麼沒看出夏朦眼下的黑眼圈？怎麼沒注意到自己的女兒比上次還沒精神？怎麼沒發現造成這一切的始作俑者就是自己本人？

無論是過世的夏阿姨，還是現在就在眼前的夏叔叔，都沒人想過要好好注視夏朦，沒有人試著去聆聽夏朦的心聲，不去了解夏朦想要什麼，全都只為了自己方便。

溫奈很想拿過放在一旁的水壺直接往他們頭上倒，看看清澈的冷水能不能澆醒他們的大腦，找回不知道忘在哪裡的良心。

夏朦很了解她，似乎早就算到她會為自己出氣，伸出手臂擋在她身前。溫奈愣住，雖然那手臂細得根本沒有力氣阻擋動怒的她，但她還是踩了煞車。

「爸爸，可以再等我幾天嗎？不用太久，很快就會給你答覆。」夏朦的聲音堅定，表示了立場，不會因為任何拜託或威脅改變心意。

夏叔叔見狀，也沒強迫夏朦現在就給出答案，微笑說了聲好。但這倒是惹「夏阿姨」不高興，臭著臉睨視她們。

「不過就是說好或不好嗎？有那麼難決定？為了妳跑這一趟，妳有沒有想過妳爸爸的苦心？」

「好了好了，不是還要去音樂會嗎？走吧。」夏叔叔馬上安撫險些爆炸的火山，率先起身，好消母女兩人的火氣。「朦朦，抱歉，我們還有事先走了，反正也不是說明天就要搬家，還有時間，改天再來品嚐妳們的手藝。」

母女倆一看終於可以離開，如同掃墓那天，連再見兩個字都不願留下，頭也不回直接起身往門口走去。太過猛力拉門，還導致玻璃門上的小牌子撞得門哐啷作響。

「那就先這樣，妳知道我的手機號碼，隨時都可以打給我。」

夏叔叔意思意思揮了手，小跑步趕上「夏阿姨」和「妹妹」的腳步。看著他的背影，溫奈彷彿看到未來那個拋開所有過去，毅然決然朝機艙走去，奔向新生活的夏叔叔。

菜單沒有被翻開，像是被遺忘似的躺在桌上。夏朦這次沒有目送爸爸一家的背影，反而低頭凝視著那三本菜單。溫奈從背後抱住夏朦，剛才的怒火數次被阻止，她已經不想再忍耐，必須立刻將沒有人願意給予擁抱的身子擁入懷裡。

冰涼的肌膚沁得她心寒，她看不到夏朦是不是在哭，但如果在哭她也不會說聲別哭，反而想叫夏朦盡量哭，把所有的委屈都化為淚水流出，好好哭過，才能繼續前行。

她多想叫夏朦不要再猶豫了，不要走，選擇留在她身旁。看到今天那三人的態度，她再次肯定夏朦若是跟去，只能像以前一樣躲在無人看到的角落哭泣。最難過的是，一個人待在國外無依無助，還必須在不愛自己的「家人」面前強顏歡笑。

結果其實，所有人都在追逐自己的幻想，都希望別人是自己心中期望的模樣。

就連那對母女都希望夏叔叔拋棄夏朦，好過上沒有「外人」干擾的幸福生活，而夏叔叔也樂於滿足她們的幻想。

「朦……」喚了自己最愛的人，話語就此停住，溫奈不知道該說些什麼，能說些什麼。

這大概是第一次，明明人就被她抱在懷裡，卻感覺彼此的距離好遠好遠。她的女神變得遙不可及，終於，她這個追隨者也有追不上的一天了嗎？

夏朦也就任她抱著，兩人站了好久，直到夜幕低垂，發現已經過了打烊時間，才安靜地離開彼此，著手收拾店裡。

偶爾分心偷瞄正在擦桌子的夏朦，溫奈都會想到開店時，她們兩人一起挑選裝潢和家具的場景，所有杯碗瓢盆也都是經過兩人一致認同才決定。不過她們不曾出現意見分歧的時候，因為只要是夏朦喜歡的，她都喜歡。所有杯碗瓢盆連同廚房全是簡單大方的純白，夏朦喜歡，她更喜歡。

不知道這間小店有沒有思緒，如果有的話，會不會為其中一個女主人的離去感到悲傷？

如果夏朦離開了，從此身邊沒有她在，那以後誰要幫夏朦畫畫？誰會認真盯著夏朦吃飯？又有誰會陪夏朦哭泣？

她有些煩惱，那個人如果不是她，會讓她感到嫉妒。不過若沒有那個人，夏朦該怎麼辦？

擦拭著洗乾淨的杯子，她看向屬於她和夏朦的馬克杯。她們早上都會用它們來喝咖啡，一起度過了在這裡的每一天。如果夏朦離開了，會不會把杯子帶走？那她的杯子就會變得形單影隻。她得記得，要好好安慰杯子，雖然一開始會有點難過、或許會哭個幾天，但之後一定能習慣。

當溫奈忙完手上的事，她無意識尋找那道白色身影，很快就在植物區的角落找到她在找的人。夏朦還是蹲在荼蘼前，雙臂抱著膝，眉頭深鎖盯著荼蘼的葉片。她猜測，夏朦是不是也在想著以後如果住在國外，就看不到荼蘼開花的模樣。

夏朦對夏叔叔說的那句話，是不是表示，對於決定已經有了大概的想法？

再過幾天……夏叔叔和她將會知道夏朦的最後選擇，夏朦會選誰，她完全沒有頭緒。

晚上，側躺在床上的溫奈一樣面對著牆，將手貼上牆面，試著感受對面的呼吸與心跳聲，或許還可以偷窺到夏朦的夢境，不知道夢境裡會不會有答案的提示。

她其實沒辦法去想像隔壁變成空房的模樣，如果夏朦離開，她好想哀求夏朦將所有東西都留下，除了讓她不那麼孤單，也讓夏朦隨時都能回來。這裡是夏朦的家，想回來，就回來，無論回來又離開一次、兩次，無數次，她都會守在這裡耐心等待可能有，也可能沒有的下一次。

窗邊的那些植物，還有那盆蒲公英，一定也都希望房間能維持原樣，畢竟已經是她們習以為常的環境。

想到蒲公英，就不禁想到那些一吹就散、飛到遠方扎根的毛絨小球。蒲公英也有著另一種花語，黃花代表開朗，而離去的小毛絨，則代表無法停留的愛。

她所愛之人將離她而去，失去愛的她，是否只會剩下一具空殼，找不到自己的重心？

但她想相信夏朦擁有著像蒲公英不斷前行的勇氣，就算未來沒有她陪在身旁，也能自己好好生活。沒錯，她無法阻止風將人帶走，可是她可以送上祝福，就像那天夏朦所做的，舉起雙手，讓蒲公英飛往寬廣清澈的藍天。

10

溫奈突然聽到牆的另一側傳來極細微的腳步聲，雖然現在已是深夜，但夏朦大概也和她一樣無法入眠。她改成正躺面朝天花板，思考著要不要去幫夏朦熱杯牛奶，好讓黑眼圈不再污染那純白的肌膚。聽到隔壁的開門聲，她從床上坐起，打算去實行她的熱牛奶計畫。

還沒踩到地面，突然又有另外的聲音從外頭傳來。

叩叩。

兩下不緩不急的敲門聲在黑暗中響起，起初她以為是自己聽錯，直到她又聽到相同的叩叩聲，她才下床前去開門。

門一打開，就看到夏朦抱著枕頭站在門前。她的雙眼早已在時間的流逝中習慣黑夜，就算沒有開燈，還是可以清晰看到她的女神。

「奈奈，可以跟妳一起睡嗎？」

她的女神輕聲地說，輕到她以為是夢神的呢喃。她的大腦還未反應過來，身體就已經先有了動作，點頭側過身讓夏朦進房，看著纖瘦的手臂將枕頭擺在她的枕頭旁，雪白的身軀躺在她一直以來睡覺的位置。

溫奈悄聲走到床邊坐下，每個動作都是那麼小心翼翼，深怕她的美夢會不小心被她嚇跑。她凝視著平躺在床內側的夏朦，靜靜地看著濃密的眼睫毛隨著眨眼輕搧，視線走過鼻梁至嘴唇的輪廓，平常被長髮蓋著的耳朵也只有此刻才能看得清楚。

「朦，睡不著嗎？」

「嗯，睡不著，奈奈不也是嗎？」

夏朦側身面向她，拍了拍身旁的空位，要她躺下。溫奈有些遲疑，偷捏了一下手確認這不是夢才鑽進棉被裡。但她不敢側身，現在和夏朦的距離突然變得太近，甚至還能感受到對方的鼻息。雖不是落在自己頸邊，仍觸手可及。

「奈奈，還記得嗎？我們以前也像這樣一起睡過。」

「是嗎？」她含糊地回。

當然記得，她怎麼會忘。

「應該是大三的時候，那天也是睡不著，為什麼睡不著我有點忘了。妳叫我去妳那裡睡，說呼吸聲有催眠效果，只要聽著妳的呼吸聲就能入睡，結果真的很快就睡著。奈奈很厲害，知道很多事，也有讓人安心的神奇能力。」

她們大學時雖然住在學校宿舍，不過都是單人房，就像現在，兩人的房間彼此相鄰。最初她還沒發現，直到她主動去跟夏朦搭話後，才發現兩人早被神秘的緣分牽起。不過說呼吸有催眠效果那是騙人的，她只是希望夏朦留下來睡，而天真的夏朦也相信了她的話，很快就在她身旁進入夢鄉。那天她一夜無眠，一整夜都以欽慕的目光注視著她的女神。

正因為如此禁忌的距離，才讓她連伸手觸碰秀髮的勇氣都沒有，面對神祇，只有仰慕，其餘邪念都不被允許。

「跟奈奈在一起的這段時間我真的很幸福喔，好高興能認識妳、還一起開店。奈奈很溫柔，帶給我很多我缺少的快樂。」

她沉默聽著，觸動內心的話語幾乎要逼得她落淚。她用牙齒咬住嘴巴內側忍住淚水，在這麼近的距離掉淚一定會被夏朦發現。

「奈奈，如果我跟著爸爸搬去國外，妳一個人會不會很孤單？」輕輕柔柔的語氣試探問道。

「雖然會孤單，但不管妳做出什麼樣的決定我都會支持妳，也會為妳做的決定感到開心，因為那是妳煩惱很久才做出的選擇。孤單只是一下下而已，不用太擔心我。」

開心是真的，孤單只是一下下是假的。

怎麼可能只有一下下，可是沒關係，她能和所有的植物，還有被留下的杯子一起習慣。

「真的嗎？」

「真的。」

「我也想過，如果唯一的家人離開了會不會很孤單，媽媽過世後，一直很怕再次失去。就算那個家不是我想像的樣子，還是想緊握著不放。」

「如果朦想要，那沒有必要放手。」

「可是萬一奈奈被警察抓走，我卻逃跑了，我不就變成了更壞的人。」

溫奈終於還是側身轉向夏朦，兩人距離彼此的鼻尖，似乎連十公分都不到。她看著夏朦眼中倒映著的自己，有種自己看著的不是夏朦，而是自己的錯覺。

「妳永遠都不會成為壞人，如果我們之中一定要有一個壞人，壞人由我來當就好。」

「奈奈，有時候太溫柔不是也會傷到自己？」

她才想反問夏朦，可不可以不要再做只為他人著想的女神，她記得女神有很多種，也有個性惡劣的，就像她們最熟悉的那一位。

「別想了，快睡吧。」

她擅自結束了對話，闔上雙眼好讓夏朦放棄繼續用各種想法苛責自己。當壞人也好，好人也好，為了夏朦，她一向都不介意各種定義。所謂的定義，只有對她有意義的詮釋，她才願意接受。

聽到一聲小小的嘆息，不久後，夏朦的呼吸逐漸變得規律且平靜。她偷偷睜開右眼，確認對方已經入睡才敢完全睜眼。

就如時空倒流，她重返了大三的那一晚，在夜裡凝視著夏朦直到清晨。她沒有偷窺到夏朦的夢境，也無法透過對話猜到關鍵的決定，但她的心非常平靜，能在最後的最後獲得珍貴的相處時間，她已經非常滿足。

11

溫奈直到早上七點才悄悄下床，一整夜未闔眼讓她感到疲倦，用冷水洗了好幾次臉才總算清醒。下樓到店裡做了每日開店的例行準備，幫自己煮了杯濃縮咖啡，坐著眺望夏朦用心照料的植物們。她必須記得問夏朦照顧植物的注意事項，每一盆都有不同的需求，不能只是澆水曬太陽。

她不希望夏朦離開後，這些植物因為她的照顧不周而生病、死亡。雖然沒有綠手指，也聽不到那些細細低語，但勤能補拙，用夏朦留下來的筆記，加上植物醫生的幫忙，她一個人應該也能照顧得來。

打了個哈欠，睏意突然湧上，連咖啡因都無法戰勝睡魔。

一下就好，就睡一下就好。聽說熬夜後只要短短的補眠就能恢復精神，希望有效。她心想著。

意識逐漸模糊，她也沒有反抗，讓睡魔將她拉進和緩的睡眠。

她夢到自己又變回一隻小小的深海魚，在她的女神身邊悠遊。她暢快擺尾，享受游泳的自在，雖然雙眼看不見，但她能感覺到女神也和她一樣快樂。

啊，真好。

就停留在此刻，不要讓她醒來吧。

變成深海魚的她也知道自己在做夢，意識清晰，身體輕盈，大概是只有大腦在運作，身體其他部位都進入休眠的關係。她很想問她的女神，願不願意就跟她一起留在夢裡，可惜現在她失去了聲音，沒辦法好好將話語說出。

不過，她的女神擁有特殊能力，在這裡，連她的心聲也聽得到。

她的女神對她微笑，輕輕點頭。

動作帶動海流，傳達到她每片魚鱗、魚鰭與魚尾。她喜悅追隨在海裡自由來去的女神，接近海面時因為太過雀躍，衝出海面跳躍翻滾，畫了個圓弧，帶動點點水珠。

但她忘了，衝出大海的保護就會將自己暴露在危險之中，她還沒回到海底，就被海鷗一口咬住。她痛苦得想要呼吸、想要回到她的女神身邊，但或許距離太遠，女神聽不到她的呼喚，就這樣被海鷗帶到岸上，囫圇吞入腹中。

溫奈猛然驚醒，看到夏朦就在面前著實讓她鬆了口氣。夏朦笑盈盈看著她，那熟悉的感覺有點像剛才夢中快樂的女神。

「早安，昨晚沒睡好嗎？」

「早，應該是太晚睡了。」

她沒有說自己一夜未眠，太晚睡某種意義上也是讓她想睡的原因。

「幾點了？我睡很久嗎？」

「沒有很久，大概才二十分鐘左右。今天放假怎麼不多睡一下？」

直到夏朦提起她才驚覺今天是公休日，果然不睡覺會影響大腦的運作，變得遲鈍，產生時間的錯覺。不過睡了一下讓她恢復了精神，不再打哈欠，看來那個補眠的方法真的有效。

「沒關係，都醒了，我來做早餐。」

「早餐我做好了。」

她低頭看向桌面，果然擺著兩個盤子，盤子上盛裝著對切的三明治。她很是驚喜，沒記錯的話，這是夏朦第一次做早餐給她吃。

「怎麼突然想要做早餐？」

「因為一直都是妳做給我吃，烤吐司再放上配料其實也不會很難，奈奈吃吃看？」

看著夏朦期待的表情，溫奈二話不說馬上開動。她先好好欣賞三明治的外觀，雖然表面烤得有些微焦，大概是夏朦還不太會調整溫度，不過完全在可接受的範圍內。從斷面可以看到火腿、起司、生菜，細心堆疊，豐富飽滿。她雙手拿起三明治，如同報復夢裡的鵜鶘般大口咬下。

「怎麼樣？好吃嗎？」夏朦迫不及待地問。

當她嚐到隱藏在其中的草莓果醬，驚訝看向夏朦。三明治的味道普通，依舊不減她心中的感動，這是她吃過最完美的三明治。夏朦不只為她做早餐，還記得她做的三明治裡都會抹上草莓果醬。只是一道步驟，就能知道夏朦平常都有牢牢記住這些小細節。關於她的小細節。

糟糕，為什麼要對她這麼溫柔，再這樣下去，只會讓情感持續堆積，然後在必須分離的剎那分崩離析。

「好吃！」她大力點頭，這兩個字還不足以表達她內心的激動，但卻也足以讓夏朦露出甜美的微笑。

夏朦也拿起三明治小口咬下，咬到微焦的部分似乎是因為苦味而皺了眉頭。

「還是有點烤焦了。」

「沒關係，第一次做已經很棒了。」

她毫不吝嗇給予肯定，其實再焦她都會全部吃完，重點不是料理的味道，而是心意。看著今天也穿著一身雪白的夏朦，她突然發現最近夏朦都不太需要她去叫起床，是不是下意識漸漸養成自己起床的習慣，等到某一天，不再有人敲門叫起床時，才能靠著鬧鐘或生理時鐘自然睜眼？

再次回想剛才的夢境，不禁悲從中來。這些舉動，連同今天的早餐，是否全是離開前的訊號？

「奈奈。」

「怎麼了？吃不下了嗎？」

見夏朦放下三明治，她預測是要她幫忙吃的請求。

「不是，還可以再吃個兩口，不是這個，等一下可以陪我打電話嗎？」

「打電話？」

「嗯，我要打電話給爸爸，跟他說我的決定。」

溫奈也放下手上的三明治，怔怔望著夏朦。夏朦看起來十分平靜，沒有激烈的情緒起伏，眼眶沒有盈滿淚水，眉眼間安靜恬然。她知道她的女神定了心，擺脫了前幾日的憂愁與煩惱，做了有自信且不會後悔的選擇。

她知道這一刻遲早會到來，但沒有想到會是如此突然。

吞嚥了口水，溫奈點頭答應，一想到這頓早餐後就得面對事實，頓時感到五味雜陳。

毛躁如小蟲般搔癢著她的全身，她快速解決自己的三明治，再幫夏朦吃剩下的另一半，洗好盤子，等待夏朦拿出手機撥號。夏朦蹲在荼蘼和蒲公英面前，一手將手機貼近耳朵，另一手對溫奈招了招手，讓她更靠近身旁。冰涼舒服的小手主動握住她的手，乖巧待在掌心裡，她微微收攏手指虛握。

夏朦認真注視著蒲公英，手機裡傳來的響鈴聲連她也聽得見，耐心等待鈴聲重複數次，直到進入語音信箱只好掛斷。看來夏叔叔所說的，隨時都可以打電話也是個謊言。

「爸爸大概在忙吧，不然我傳簡訊好了，爸爸也想趕快知道。」

沒因此輕易放棄，看來夏朦的決心如同堅石般牢固。小手從她手裡抽離，她探頭想在第一時間看到打字內容，好讓還懸在空中的心穩穩落下。不管是安心落地，還是繼續墜入深淵都好過現在的懸浮感。

但夏朦側過身擋住，不讓她看到螢幕：「我傳出去再給妳看。」

溫奈只好繼續忍耐那些讓她焦躁的小蟲。唯有這時覺得度秒如年，時間就像被她的不安影響，每一秒都在逐漸擴大，秒針需要花費比平常更多時間才能抵達下一秒，繼續接棒跑下去。

是哪一邊？

留下？還是離去？

離去？還是留下？

夏朦按下傳送鍵後，終於拿著手機轉過身，在綠意盎然的背景裡，夏朦對她綻放微笑。

但溫奈注意的不是那令她心醉的笑容，而是夏朦身後被暴力打開的玻璃門。木牌撞擊門板反彈好幾次，哐啷聲響訴說著來者不善。瞳孔瞬間緊縮，她反射性將夏朦護在懷中，防止她的女神受到任何一點傷害。

手機脫手墜地，又是另一聲沉悶的，哐。

螢幕面朝地面，但現在的她已經沒有多餘的心力去撿起。

12

闖進門的是昨天才剛見過的「妹妹」，臉上沒有溫奈看慣的傲氣與不耐，取而代之的是怒髮衝冠的氣焰。雙眼因怒氣充血，手裡拿著極具危險性的榔頭，儘管只是五金行販賣的普通大小，金屬製的錘頭仍足以稱得上利器。

「妹妹」發瘋似的揮舞榔頭，用力砸向一旁的盆栽。陶盆應聲碎裂，陶片往周遭飛濺，眼看就要朝夏朦白皙的小腿肚劃去，溫奈趕緊抱著人狼狽後退，盡速遠離榔頭的攻擊範圍。

「妳在幹什麼？還不快住手！」溫奈大吼，試圖用聲音嚇阻持續砸毀植物的「妹妹」。

「妳為什麼要破壞我們的家庭？昨天爸爸媽媽吵得很兇，一定都是因為妳，所以他們才會吵架。以前從來沒看過他們生氣……我還以為全家就要去國外過幸福快樂的生活，我期待很久了，為什麼妳要出現毀壞這一切？為什麼爸爸要問妳要不要跟我們一起去！妳才不是我姊姊！不是我們的家人！不要影響爸爸媽媽的感情！」

「妹妹」歇斯底里地喊著，毀壞盆栽還不停手，死命往倒地的枝葉踩去，樹枝在暴力對待下斷成無數段，樹葉和土塊散落於潔淨的地板，如同被殘忍分屍的屍塊。

溫奈懷裡的夏朦倒抽口氣，急著想掙脫她的懷抱往植物奔去，只為了阻止更多的生命慘死於暴徒手裡。

「住手！」夏朦沉痛尖叫，彷彿榔頭攻擊的目標不是植物，而是往自己身上砸來。

「除非妳答應不要跟來！不要再破壞我們的家庭！媽媽好不容易找到不會喝酒打我們的爸爸，我們好不容易又有家了，不要再把我們的爸爸和家奪走！」

「我答應妳！不會跟去！拜託妳快住手……」

哀求聲帶著鼻音為植物求饒，溫奈感覺有水滴在自己手上，低頭一看，透明的淚水不斷從夏朦盛滿淚的眼眶中潸潸落下，沿著臉龐到下巴，再紛紛落在她攔住夏朦的手臂。肝腸寸斷的悲痛揪起溫奈的心，她看向稍微停下動作的「妹妹」，轉身將夏朦推進廚房，在夏朦還沒反應過來時早一步往「妹妹」衝去。

「妳騙人！一定是妳說要跟，死纏爛打不放棄，所以媽媽才會生氣，跟爸爸吵架！要是妳不在就好了！」

高亢刺耳的尖叫聲幾乎要穿破溫奈的耳膜，伸出的手本該要觸碰到榔頭的握柄，再差幾釐米就能搶下，「妹妹」卻猝然抬起手，猛力往她身上砸去。雖然她反應不及，無法在瞬間改變撲向前的動作，但她抬手護住頭部，成功避開頭破血流的危機。

「奈奈！」

她聽到夏朦的聲音在身後響起，右手臂傳來的劇痛讓她連聲「別過來」都喊不出口。原來榔頭用力敲擊人體會這麼痛，一個不過是國中生的少女使用起來也十分有殺傷力。右手又痛又麻，無力垂下，她目前只剩左手可以用。不過她的舉動成功讓「妹妹」轉移目標，將憤怒集中，全往她身上砸。

該說「妹妹」年輕氣盛，還是說已經毫無理智可言，害怕失去家的恐懼讓「妹妹」化身為復仇的惡魔，持續胡亂揮著榔頭，想將所有阻礙幸福的障礙物全數清除。

為了找時機搶下兇器，就算不是慣用手也必須先保護好左手，才能有效阻止發瘋的「妹妹」。儘管拼了命左右閃躲，她的右臂還是又被榔頭揮到。疼痛使她暈眩，她踉蹌後退撞上桌椅，椅子禁不起撞擊而倒地，少了支撐的她平衡崩落，視線急速墜落，跌撞地面。

「不要傷害奈奈！」

飄逸白裙出現的剎那，她彷彿真的看到女神降臨，一個強大、美麗，為了拯救她而降臨凡間的女神。

夏朦飛奔到溫奈身前，沒有因為「妹妹」手上的武器而退縮。淺棕長髮擋住她的視線，她想拉住夏朦，卻在伸出左手之前，聽到來自「妹妹」淒厲的尖叫，隨之而來的，是榔頭落地的重擊聲。

儘管夏朦身材嬌小，但還只是國中生的「妹妹」比她們矮許多，溫奈在夏朦身後看不到發生什麼事。她用左手撐地掙扎爬起，卻在想把夏朦往後拉時，注意到滴落於地板的血紅。一滴、兩滴，數不清的血液不斷落下，如同血雨，染紅了純白。她瞪大雙眼，心臟差點在看到鮮紅的剎那間停止。

她邁步到那兩人中間，想把兩人強行分開，可是她做不到，不是因為剛受的傷，而是物理上的「無法」做到。

「妹妹」胸口插著一把刀，夏朦正緊握刀柄，從旁溢出的鮮血染紅了持刀的雙手。

瘦弱的身子正在顫抖，卻無法將雙手從刀柄上移開。

溫奈最害怕的憾事還是發生了，但看到中刀的人不是夏朦，她頓時感到安心。甚至還覺得太好了，她的女神沒有流任何一滴血。

驚嚇、恐懼與失而復得的歡欣融為鼓譟不已的激情，心裡的琴鍵敲擊著李斯特的「狂想曲」，同時也為自己沒能早一步阻止「妹妹」，或是讓她替夏朦殺了「妹妹」感到懊悔。她的選擇一向秉持著相同原則，當有人要死，絕不能是夏朦；當有人被殺，她們兩人之中有人必須成為殺人犯，她希望那會是自己，因為只有身為深海魚的她承受得了那份罪孽。

溫奈稍微施力，將夏朦握刀的手指一根根扳開，「妹妹」向後倒去，她急忙伸手緩衝，讓刀子不會因為撞擊地面而掉出。直擊心臟的致命傷怎麼看都救不回來，探了氣息後確認「妹妹」一刀斃命，她又將些微離開胸口的刀刃小心翼翼插回去，完全沒入胸口只剩刀柄在外，防止血液大量流出。

她轉頭看向成功保護她的夏朦，夏朦還沒回過神，站在原地迷茫看著她，像是在尋找救援的繩索，帶自己離開即將淹沒頭頂的大海。

人類的鮮血在純白之上應該只能用怵目驚心來形容，但她仍像過去一樣著迷於那鮮紅帶來的魅惑。她早已是女神石榴裙擺下的囚徒，無論是完全的聖潔，還是被血鏈纏繞的罪惡，她都甘願付出自己的心。

溫奈拉過濺上點點血滴的夏朦，用左手摟著對方，柔聲在夏朦耳邊低喃：「謝謝妳救了我。」這是死去的小貓、受傷的小狗無法說出口的話，她用人類的語言，將話語直接傳達給她的女神。

她知道「妹妹」雖然會把她打成重傷，應該還不至於殺了她，不過為了拯救夏朦，防止對方像前兩次一樣崩潰，尤其這次死的又是夏家的人，她必須將夏朦的行動合理化。她很害怕，第三條人命重壓在夏朦身上的負擔，是否會成為最後一根稻草，狠狠壓斷脆弱的脊椎，碎裂一地。

單手摟著夏朦轉了個身，兩人方向調換，讓夏朦的視線沒有機會越過她的肩，看到倒在地上的屍體。懷裡的顫抖不曾停止，淚水在她的衣服留下逐漸擴大的水漬。雖然她很想等夏朦冷靜下來再處理屍體，但現在是白天，店門甚至還敞開著，就算這裡是鄉下，也難保不會有人突然經過。

溫奈讓夏朦離開自己的懷裡，這已經是第三次，可以說是很熟悉夏朦的反應了。夏朦眼神空洞，像是失去繩線的木偶無法自行活動手腳，再過不久就會進入慌亂和之後的罪惡感反噬。她沒辦法保證夏朦這次也會因為救了她的性命而感到喜悅，如果跳過喜悅明亮的階段，那惡魔很快就會再次找上夏朦。

先將夏朦暫時安置在椅子，她迅速拉上鐵捲門，從後門走出，將悍馬開到後門方便搬運屍體。在還沒完全清除後車廂的血跡前，買來暫時遮蓋的防水布剛好派上用場。她還未決定棄屍地點，至少現在能做的就是先把屍體綁好、藏好。

少了右手幫忙，一切的行動都變得艱辛，所幸右手還未完全殘廢，雖然不太能施力，還是可以稍作輔助。處理好屍體後才帶夏朦上車，單手轉動方向盤出發尋找棄屍地點。

13

在氣氛凝重的車上，溫奈想起和小貓一起埋在山洞裡的孩子，那裡是非常隱密的埋屍地點，而且如果將「妹妹」也埋在山洞裡，那孩子是不是就不會寂寞了？

經過熟悉的道路，將悍馬開上山，這次沒有暴雨影響視線，山路變得容易許多，但主要只靠單手控制方向盤的她還是不敢開快。沒有空閒去關心夏朦的狀況，她只能猜想著，那沉默的哭泣大概暫時不會停止。

現實世界的暴雨早已停止，夏朦心裡的暴雨卻永遠不會停息。

她想了很多次，事情怎麼會演變成這樣，命運女神連平凡的幸福也不願施捨給她們，她們終究還是被玩弄於命運女神的手掌心，像愚昧的小丑賣力演著令人發笑的鬧劇。

山路顛簸，她可以聽到後車廂屍體滾動的聲音，她希望刀子不會掉出，之後會變得難以收拾。右手的傷口還是隱隱作痛，她開始擔憂等一下可能無法順利埋屍，加上抵達後又要走一段路，她真的有辦法把比那孩子高出許多、又重許多的「妹妹」搬到洞穴嗎？而且還是在右手受傷的情況下？

考慮到自己的傷勢和實行的可能性，她開始注意路旁，尋找是否有合適的地點直接推落山崖。可惜都沒有發現好地點，一路開上山頂直到盡頭，她才將車停下。

溫奈轉頭看向夏朦，布滿淚痕的小臉無神迎向她的視線，雙唇顫抖著，似乎想對她說什麼卻沒辦法順利出聲。

「慢慢來，我在聽。」

「奈奈……為什麼……為什麼我會殺了『妹妹』？」

說出「妹妹」兩個字時，看得出夏朦崩潰得幾乎要發狂，溫奈用同樣染血的手握住夏朦的手。習慣是一件很恐怖的事，除了最初的震驚與悲痛，現在她已經平靜許多，甚至覺得兩人手上相同的血色使她傾心。

「不是妳的錯，都不是妳的錯，是我不好，來不及阻止她，妳只是想救我而已。我都會處理好，妳等我，害怕的話閉上眼睛數到一百，等妳睜開眼睛時我就回來了。」

夏朦順從閉上雙眼，溫奈微笑看著她最愛的人給予她完全的信任，隨後打開車門下車，走到邊緣往山下看去。雖不是萬丈深淵，但峭壁也足以媲美海邊的懸崖。底下一整片茂密樹林延綿至下一個稜線，這裡不過是座無名山，沒有登山客會來，她不需擔心被發現。

試著握緊右手，雖然尚未完全恢復，但還是可以派上用場。她拆開防水布，架起「妹妹」的雙臂使勁抬起，放在一直都在後車廂裡的小推車上，載到邊緣奮力推下。

小刀依然穩穩插在胸口。夏朦刺下的第一刀，還有她最後讓刀刃沒入的第二刀，「妹妹」可以說是由她們兩人一起殺害。

這一次，她不再是事後才匆匆趕到，她終於參與了女神的罪行，不再只擔任最後的收拾角色，而是見證採收性命的那一刻。

明明是犯罪，但為什麼卻讓她感受到至高無上的喜悅？

是因為她又找到和夏朦的共通點，更接近女神一些？

是因為在做決定的今天發生這場悲劇，讓夏朦終於永遠離不開她？

是因為夏朦為了救她殺了「家人」，證明了她的重要性？

還是因為，她早已為愛發狂？

「妹妹」直直向下墜落，投入樹海的懷抱。她希望「妹妹」下輩子不要再投胎成人，不用去煩惱自己的親生爸爸是不是個爛人，也不用擔心自己的媽媽是不是需要依附另一個男人，好讓她們能有一個幸福的家，更不用害怕新的爸爸會不會某一天改變心意拋棄她們。

可憐，很可憐。其實「妹妹」也只不過是個想要得到幸福的可憐孩子，但「妹妹」做了錯誤的選擇，想用威脅夏朦來確保自己的幸福，讓憤怒帶她走向地獄。

溫奈目送小小的身影完全消失，將推車放回後車廂，開門坐上駕駛座。

夏朦剛好數到一百，緩緩睜開雙眼，溫奈回以微笑：「我回來了，妳看，我沒有騙妳吧。」

淚眼迷濛的夏朦點頭，傾身給了她一個很輕、很輕的擁抱，她這時才注意到，夏朦頸肩的梔子花香。那束花香蘊含的意義，是過去、現在、未來的她都堅守的信念。

她願用一生，去守候她的女神。

一生的守候。

「奈奈，我們回程可以再去看血櫻嗎？」

「好，要去看幾次都可以。」

「三月底了，花期應該也快過了，就看最後一次就好。」

「好，一次就好，如果妳明年還在的話，我們再一起去賞櫻。」

明年……嗎？說起來，她還不知道夏朦的決定，那封寄給夏叔叔的簡訊上面寫著什麼？

其實溫奈的理性應該要拒絕夏朦的請求，她們身上的衣物都濺著血，雙手被血染紅，店裡也還等著她去收拾，但那一聲「奈奈」比平常更甜，那束花香打亂她的心跳，讓她不忍心說不。

這一次的爬坡不只夏朦走得吃力，她也感到力不從心，突然覺得小山坡上的血櫻似乎遠在天邊，休息了數次仍遲未看到夢幻的純白。

「手……還好嗎？」夏朦擔心看向她垂在身側的右手。

「嗯，好很多了。」雖然疲憊，她還是揚起嘴角想讓夏朦放心。

夏朦主動伸出手要牽她的左手，似乎是發現手上的血跡，又有些瑟縮。她反牽住猶豫不絕的小手，兩人手上的血跡已經乾涸，原本應該擁有不同觸感的肌膚，現在卻因乾涸的血變得相似。

「再加油一下，應該快到了。」

才剛說完，一片雪色花瓣隨風飄來，夏朦伸出空著的手要去接，微風像是發現夏朦的渴望，輕輕一吹，將花瓣送進夏朦掌心。夏朦凝視著血跡裡的無瑕，抬起頭對她微笑：「嗯，快到了呢。」隨即伸長手臂，讓風帶著花瓣繼續旅行。

兩人緊握彼此的手，一步一步緩緩向上，雖然緩慢，但每一步都踏實踩在地面。她不時回頭，看看被淚水沖淡顏色的夏朦是不是還在她身後，還好，每一次轉頭都還在，她也能透過血跡、梔子花香、手裡的觸感來確認對方的存在。

當血櫻映入兩人的眼簾，她們彷彿置身夢境。每一朵花苞都已甦醒，綻放小巧的花瓣，樹梢宛如被蓬鬆雪花溫柔覆蓋，隨風微微搖曳。這不是溫奈第一次看到櫻花紛飛的光景，但遍地的雪白與將她們包圍的漫天花瓣，要不是夏朦的手還牢牢握在手掌心，她肯定會被如夢似幻的景色迷惑，誤以為自己身在夢中。

她的女神突然鬆開手，朝血櫻走去，仰頭的剎那透明淚水滑落，為每一朵櫻花的逝去哭泣。她怔怔凝望淡泊的身影，每一滴淚，都是那麼安靜，像是正默默帶走夏朦虛弱的心與生命力，站在花瓣裡的夏朦，似乎也要隨著櫻花的殞落一起消逝。

14

溫奈在還沒意識到自己的行動前，已經張開雙臂將夏朦擁入懷裡。她有些哽咽，但卻不知道自己為什麼難過。

「可以告訴我妳的決定了嗎？妳傳給夏叔叔的簡訊。」

「我跟爸爸說，我要留下，留在奈奈身旁。」

「真的？」

她最喜歡的聲音，說出了她最想聽到的話語。她甚至還一瞬間懷疑，是不是自己太想聽到這個答案而出現幻聽。可是梔子花香聞起來卻是那麼真實，融合了髮香與溫度，刺激著她的感官。夏朦肩胛骨的形狀也深深印在她懷裡，這又怎麼會是夢。

溫奈將人轉過身面向自己，她欣喜若狂，喜悅的淚水已經不受控的落下。夏朦看著她的淚，伸出手指掬起，卻露出悲傷的微笑。

「但現在都無所謂了。」她的女神這麼對她說。

溫奈再次愣住，她不懂夏朦在說什麼，她以為夏朦是出於自己的意願主動留下，早上那抹微笑，不也是這個意思？為什麼現在卻突然改口？還露出無比悲傷的神情。

「奈奈，我受不了了。我殺了人，不只一個，殺了一個孩子，還有那個年輕人，又殺了爸爸重要的家人，我沒辦法若無其事繼續活下去了。」

「不是！妳只是為了要救我，那只是意外！」她忍不住大吼，像是想用吼聲喚醒雖然醒著，卻即將被透明的悲傷引誘入眠的女神。

「不，看到妳被傷害，我是真心想殺了『妹妹』，不像之前……這次是帶著惡意想要置她於死地。醜陋、卑劣的殺意，想要讓傷害妳的她也嚐到痛苦，讓她知道那些落在妳身上的榔頭，帶給我多麼錐心的痛。而且她明明是我妹妹、我的家人，雖然沒有血緣關係，也算是姊妹，她卻這麼恨我……我害她學會怎麼憤怒，我也因她學會怎麼恨人。我沒辦法……我……真的沒辦法，我連什麼是愛都不知道，卻學會恨，為什麼人類要擁有這些惡毒的情緒？」

淚水如涓涓溪流，怎麼止也止不住。溫奈焦急得想抹去那些該死的透明淚水，阻止它們繼續傷害夏朦，甚至試圖帶走她的女神。

但她的手滿是血跡，就算已經乾涸，卻全是夏朦口中的「惡意」，不該污染那純淨的肌膚。

她很愛她的女神，很愛、很愛，可以說是這世界上最愛的人也不為過，可是她的愛沒辦法教會夏朦怎麼去愛。她只是一隻小小的深海魚，能給予的，只有陪伴。

夏朦從白裙的口袋裡拿出某樣東西，當溫奈看清楚是什麼時，幾乎是瞬間就從夏朦手中奪走。那是原本放在夏朦房間裡的美工刀，她預防萬一拿下樓後就沒有物歸原主，而是一直放在廚房裡。是什麼時候？夏朦什麼時候拿的？

但不管是什麼時候拿的都不重要，重點是，它現在出現在這裡。

「奈奈……」

「不行！」

就算是甜如糖蜜的撒嬌嗓音，她也不能答應，不可能答應。不管她的女神怎麼哀求，她都不會答應。緊握手裡的美工刀，溫奈閉起雙眼，逼自己不去看眼前的夏朦。她怎麼會猜不到，現在夏朦想要請求她做什麼。

「奈奈，拜託，我真的受不了了。」

那道聲音這麼對她說，冰涼的糖蜜逆流而上，附著於她的肌膚，沿著手臂緩緩盤上直至臉龐。她最熟悉的掌心捧著她的臉龐，就像她曾經做過的一樣。

「奈奈，拜託……如果妳不讓我自己動手，那奈奈動手好嗎？因為奈奈是很重要的人，這個世界上最重要的人。」

溫奈因為這句話睜開雙眼，儘管淚水模糊了視線，連那雙澄澈的眼眸都看不清。

「奈奈……」她的女神一次又一次呼喚她的名字，悲傷、哀求，絕望地呼喚著她的名字。

「殺了我好嗎？」

淚水滑下，堆積的情緒瞬間崩塌成了散沙，她像個孩子一樣大哭，狼狽地用袖子胡亂擦去淚水，只為了想好好看清楚夏朦。

夏朦也在哭，流著透明的淚，像是為了洗刷自身的罪孽，將自己也變得透明，但卻仍然對她微笑著。輕柔恬靜的微笑，她最愛的微笑。

「奈奈要好好活下去，像奈奈這麼溫柔的人，應該要獲得幸福。」

夏朦踮起腳尖，輕輕拍了拍她的頭，停頓的間隔是那麼熟悉。望進夏朦的雙眼，在極近的距離裡，儘管雙眸依舊乾淨得如雨水洗淨的藍天，但卻只剩下死寂。

她，很過分嗎？

她，是個殘忍的人嗎？

強迫想要離去的人留下，緊緊抓著不該被重力束縛的女神留在凡間，讓她的女神繼續以淚洗面。

這樣的她，是不是很殘忍？

她此生最大的願望是夏朦可以得到幸福，但現在，夏朦剩下的，只有無盡的痛苦。

最後一次的呼喚，伴隨著漫天的花瓣飄落，鮮血從白皙的脖頸噴灑而出，染紅了她的女神，也染紅了雪白的大地。

「奈奈……」

她的女神對她微笑，想用最後的力氣伸手觸摸她的臉，卻軟軟垂落。溫奈抱著纖瘦到令人心痛的身子，雙膝跪地，凝視著安詳的臉龐。

夏朦看起來好幸福，閉著雙眼，看起來就像是在做著美夢，一個沒有她的美夢。透明的淚自眼角滑落，帶走夏朦身上最後的色彩，她低頭靠近，輕輕吻上那滴淚珠。親吻，是她過去只敢偷偷地想、不曾做過的親暱動作，但即使在此時，她仍無法親吻一直渴望的瑰色唇瓣。那是專屬於戀人的位置，沒有得到允許的她，不能擅自跨越界線，就算她的女神早已不會有所感覺。

她的吻，是虔誠、是愛憐、是傾注她所有感情與溫柔的一吻。唇瓣觸碰到的肌膚，彷彿是柔軟的花瓣，清香溫柔繚繞在周圍，她能感覺自己似乎正在被擁抱著。

從舌尖進入她體內的淚水，將她也化為透明，她從來沒有如此接近夏朦，心臟彼此貼合，共享同樣的頻率，品嚐所有夏朦所感受到的悲傷、罪孽，還有最後的，解脫。

溫奈輕柔將夏朦放置於花毯上，順了順她最愛的淺棕長髮，自己也側躺在旁。往天空望去，她無法在雪白裡看見任何藍天，能看到的，只有純淨的白。

「寶貝，抱歉……」她低喃著自己在心中偷偷呼喚夏朦的暱稱，有些無奈地看向熟睡的夏朦。她知道，這個暱稱太過通俗，不適合夏朦。但她何嘗不羨慕普通的情侶，可以如此親密呼喚彼此。

而現在只剩下她，她被單獨留下，她最愛的那個人，已經永遠聽不到她所說的任何話語。

「妳能原諒我這一點任性嗎？」

她總是順著夏朦，所有請求她都會答應，但對方先做出最殘忍的事——讓她親手殺了她，所以她這一點點的任性，應該也能被原諒。

溫柔的確會傷到自己，她失去了此生最重要的寶物，少了月球的地球會因為寂寞引發災難，將自身侵蝕殆盡走向毀滅。幸福？早就在她眷戀的氣息消逝那刻成了無意義的音節。

溫奈讓夏朦依偎在她溫暖的懷中，她抬起已經不再顫抖的手，朝自己的脖子劃去。視線逐漸模糊，她嗅聞著最後一絲梔子花香，任由花瓣為她們蓋上棉被，追隨著她的女神進入夢鄉。

在闔眼前，她朦朧地想著血櫻的花語。血櫻的故事早在時間恆河之中迷失了方向，消失無蹤，但現在，她們親手寫下了新的故事、新的花語。

對她們來說，血櫻的花語，就是「她們」。

無法被世界上任何詞彙所定義的「她們」。

在最後，她做了個夢。

她夢到，自己又變回那隻小小的深海魚，在她的女神身旁自在悠遊。但這一次，沒有鵜鶘，她也不會興奮得忘我，她會和女神一起留在夢中，屬於她們的大海裡，直到永遠。

15

年輕女子懷裡抱著月桂樹，一手打開後門走進店裡，按下鐵捲門的開關，為室內帶來明亮的日光。她將神采奕奕的月桂樹放在其他植物旁，或許月桂樹也還記得自己曾經住在這裡。

家裡其他盆植物她打算繼續放在家裡，不過她有種直覺，月桂樹會想再次回到這間店裡。雖然她不懂植物有沒有意識，但在她眼裡，月桂樹對那個位置感到懷念。

放下背包環視店內，經過她努力打掃和整理，原本一團亂的小店已經恢復原本乾淨的模樣。她朝擺著數個畫框的桌子走去，拿起其中一個尋找適合的牆面，繼續進行昨日尚未完成的工作。

畫框裡裱著各種植物的插畫，每一張都栩栩如生，彷彿只要拿到陽光下就會開始行光合作用。其中也有她帶來的月桂樹，不過和當時相比，月桂樹又更茂盛了些，全都多虧了那張親筆寫下的照顧事項。

為數驚人的畫框中，只有一張是小黃狗的插畫，水靈靈的大眼和熟客養的小狗——小艾如出一轍。這並不奇怪，因為畫中的模特兒本來就是小艾。

當最後一幅畫被掛上牆，白色牆壁幾乎被畫框占滿，整家店都被植物包圍，好不熱鬧。從樓上房間找到的那本日記得知，這些都是由溫奈親手繪製，只要送走一盆植物，溫奈就會畫一幅畫送給夏朦。其實還有更多幅，可惜店內的牆壁有限，剩下的她打算掛在樓梯間和二樓。

年輕女子走到植物區開始澆水，不時朝玻璃門外看去。她在等的人還沒來，也許是被什麼事情耽擱，又或許原因是出自某隻可愛的小動物，她已經準備好等一下又會聽到許多那隻小可愛的趣事。

又等了一會，她終於看到一道熟悉的身影慌慌張張走來，一進門看到她，馬上連聲道歉。

「抱歉抱歉，小艾又咬著我的褲管不放我走，那孩子真是，怎麼這麼愛黏人啊！等一下再給妳看牠可愛的照片，我的手機現在全都是牠的照片了哈哈！」中年大叔爽朗大笑。

「好，等一下再看，現在是不是要先去準備食材比較好，再過不久就要開店了。」

「喔對對對，還是妳精明。啊，讓我想到奈奈也和妳一樣能幹，總是把店裡打理得很好。也多虧了她，我才能幸運和小艾相遇。沒想到再也吃不到奈奈煎的蘿蔔糕……朦朦那孩子也是，總是那麼細心在照顧植物，溫柔得像在照顧自己的孩子一樣，送走時還會千叮嚀萬叮嚀，照顧時要注意什麼。唉，為什麼這麼善良的她們會……」

聽著大叔的嘆息，年輕女子也不禁感到悲傷。時光飛逝，離事件的發生已過了一年，熟客們無一不想念這間店原本的兩位女主人。

當時的事件造成人們不小的衝擊，鎮上的人們發現血櫻樹下的溫奈和夏朦時，兩人早已斷了氣，臉上卻都掛著幸福的微笑。警方送去檢驗分析後，發現是由溫奈先動手殺害夏朦，再刎頸自殺。熟客們都很震驚，誰也想不到開朗的溫奈會做出那種事，尤其任誰都看得出兩人生前十分要好。

兩人合開的早餐店被警察仔細搜查，除了發現店裡一片狼籍，又從二樓的臥房查獲兩件染血的白裙，還有夏朦的日記。

儘管日記裡的字跡多處因為點點水滴而暈開，但還是能從字句裡發現不為人知的事件。警察循著日記裡的文字，翻遍了那座山，最後終於找到埋在山洞裡的屍骸。但不管在懸崖附近的海域怎麼打撈，也潛入深海搜索，就是找不到年輕男子的屍體，至今還未查清男子的真實身分。

警方也從店裡的血跡和小山丘旁的悍馬軌跡一路搜尋，經過好幾個月大面積的搜查，幸好最終找到夏家的小女兒，讓她能好好下葬，入土為安。

因為那本日記，讓所有人知道事件的真實經過，雖然溫奈和夏朦兩人有著苦衷，卻依舊掀起軒然大波，抨擊著兩人不自首選擇棄屍的冷血作為。但犯人已自殺身亡，人們的焦點很快就被其他新的事件引走，小店也就被溫奈的親戚賤價拋售，急著想要趕快脫手。

當年輕女子看到拍賣訊息，便決定要買下繼續營業，她原本就是接案的網頁設計師，工作時間自由，沒客人的閒暇時間也可以繼續做網頁。加上她也是熟客，對店裡的餐點和客群可說是瞭若指掌，雖然獨自一人經營會比較辛苦，但對這間店的喜愛和那兩人的懷念，使她想要克服一切輿論，繼續為大家帶來日常的溫暖與療癒。

大叔也說假日會來幫忙，只要星期日繼續營業，他就能整天都待在店裡。為了大叔，原本週三和週日的店休改成週六一天，大叔平日早上也能每天來吃蘿蔔糕配豆漿，好彌補因為思念和習慣而空白快一年的早餐時間。

本來年輕女子和大叔並不是那麼熟，在溫奈和夏朦的喪禮上，是大叔主動來跟她搭話，因為去參加喪禮的人只有店裡的熟客，溫奈和夏朦兩邊的父母和親戚全都缺席。沒有人願意跟殺人犯扯上關係，甚至還有媒體想來湊熱鬧，連最後一點可以賺收視率的機會都不放過。

在這世界上，唯有熟客們知道那兩人比誰都還要溫柔，也願意相信那本日記裡所寫的都是事實。

大叔雖然對她想要買下小店的想法感到訝異，卻也全力支持。對她說，只要是他能幫上忙的地方儘管跟他說，不需要客氣。

大叔曾問她，不忌諱嗎？

她毫不猶豫地搖頭，也許她不能說是完全認識那兩人，但她很喜歡她們。她還記得那兩個蹲在月桂樹前的背影，也還記得遞照顧事項給她的手，雖然冰涼，對植物著想的真心卻讓她感到溫暖。

她沒有清空溫奈和夏朦的房間，將所有被警察翻亂的東西想辦法歸回原位後，只做了最低限度的打掃保持整潔。因為她總覺得那是屬於溫奈和夏朦的空間，不該去亂動，應該要讓她們兩人的回憶靜靜沉睡於此地。所有東西都原封不動，除了那兩件被作為證據帶走的白裙，還有她閱讀日記後才發現的圖畫。

「妳看，開花了！」大叔興奮地對她說道，手裡還拿著等一下要煎的蘿蔔糕。

年輕女子往植物區看去，那盆名為荼蘼的植物開了許多可愛的白色小花。

幸好雖然當時店內一片混亂，但荼蘼還好好的佇立於其中，在她急著買下這間店，好讓她可以繼續照顧植物們的第一年，順利開出純白花朵。然後在事件完全落幕，各種手續也都辦妥的第二年，照常在花期安靜綻放。

她感覺到眼眶一陣溫熱，連小花都變得模糊。
春天已逝，唯有荼蘼獨自盛開，和他們一起迎接這間店的新生。
又如同喪禮上的白花，和他們一同哀悼隨著櫻花凋零的兩人。

番外

夏日的海與夜晚的向日葵

白裙隨海風輕輕飄盪，雪紡白紗和浪花有些相似，順著風兒的邀請參與了遊戲，捲起漸層裙襬。在夏日豔陽的溫度裡，海面閃爍著歌頌青春的粼粼波光，看海的背影融入景色，成為畫面的一抹純白。

夏朦手拿相機站在岸上，偶爾看著拍打岸邊小石子的浪；偶爾將目光放遠，眺望無盡的海藍；偶爾因同學們的歡笑而分心，視線追隨沙灘排球於空中來回飛躍。她抬手遮擋陽光，瞇起眼，一瞬思緒放空，遠觀身著白洋裝，頭戴軟編織草帽，站在浪前的自己。海邊、同學、玩耍，好青春，好不像她。

若在平時，她會以各種理由拒絕系上的各種活動。若有通知，直接勾選不參加；若有活動招集人來詢問，則客氣婉拒。一次兩次的拒絕，那些只見過面不記得名字的同學們看她沒意願，之後便索性放棄，不再主動邀約。系上有三種人，盡情享受專屬大學的青春，熱愛參與活動的人；兩三個朋友組成小圈子，大多和固定朋友一起出遊，但會參加大型活動的人；獨來獨往，安靜到所有人都敬而遠之，沒人有興趣主動靠近或搭話。除非學分必要，只出席課堂不參加活動的人。

夏朦屬於第三種，安靜到像是不存在，迎新、烤肉、唱歌、社團、聯誼、跳舞，她一項也沒參加過。

她不想去，也沒有心力去。

但最近，夏朦身邊多了一個人。一個常待在她身旁，和她一起上下課，還能令她面對邀請有些猶豫的人。

「要不要一起去海邊？」

那天下課，溫奈在她收拾東西準備回去時，突然提出了邀約。

「海邊？」

「最近在群組裡不是有看到消息？有人提議說暑假一起去海邊玩，增進同學間的交流。幾乎全系都會去，我們系主任特別愛湊熱鬧，好像也說要跟。夏天到了，大家都想去玩水，不玩也沒關係，看看大海也好。」

其實夏朦一時對海邊的提議沒有頭緒，雖然加入了群組，但她關了靜音，也沒有回去讀訊息的習慣，讓那綠圓圈的數字不斷增加。聽溫奈提起她才隱約記得，系上布告欄好像也有貼類似的傳單。她下意識想婉拒，不是她不喜歡這些活動，也並不是排斥與人交流，而是她不知道自己跟去能做些什麼，被動、話少的她不適合團體。不過邀請的人是溫奈，這讓她難得沒有直接拒絕。

「不急，妳慢慢想，還有時間考慮。」溫奈露出她熟悉的爽朗笑容，陪她一起走出教室。

最後，夏朦還是來了，接受的原因，全多虧了溫奈再次提起，因為她並沒有重啟話題的勇氣。要是溫奈沒有問第二次，她可能只能眼看季節入秋，依然沒能開口，說出自己其實有一點點想跟溫奈去看海。

順著溫奈的貼心，她準備好一天的簡便行李，和溫奈一起坐上遊覽車。在車上，她們選了中間的座位比鄰而坐，遠離最後方熱愛喧鬧的群體，和最前方人們上下車來來去去的腳步聲。溫奈讓她坐窗邊，這令她很有安全感，能在抵達海邊前閉眼休息，也不怕自己不小心陷入睡眠，無人叫她。

感覺自己很久沒出遠門了。於高速公路上奔馳時，夏朦想著。失去媽媽後的日子，眼裡的世界全是冷灰色調，聽到的聲響是小調的啜泣，嗅到的氣味是凋零的雨水，嚐到的味道是淡薄的哀愁。她沒有繼續面對人生的動力，看著最後一片落葉飄落，她流淚迎來春與夏，外頭陽光璀璨，她的心仍種著一株嶙峋枯樹。

「夏朦。」

聽到叫喚，大海前的夏朦轉身，瞇眼看向從陽光裡走來的人。溫奈也戴著草帽，但不像她頭上繫著白蝴蝶結的款式，是個簡單，沒有任何裝飾的草帽，平頂、大帽緣，很適合溫奈中性的打扮。她注意到一個小小不一樣的地方，草帽底下戴著一副墨鏡，剛下車時還沒有。

「記得多補充水分。」一瓶水遞到面前，水閃著海面上的光。她的手指撫過快門，沒按下，僅以眨眼來紀錄、收納於視網膜裡。

夏朦接過，認出是自己常買的牌子，想拿錢包付水的錢，溫奈早已開了自己那瓶，仰頭灌了一大口，束起的馬尾垂下，在帽子的陰影外瞥見色澤飽滿的檀棕。溫奈關上瓶蓋，滿足地嘆息，對她搖手表示不用。炎熱天氣裡暢飲的模樣，看的人似乎也能感覺到清爽。

「一瓶水而已。」

「那下次換我請妳。」對方不願接受，夏朦換個方式還。

「好啊。」溫奈笑了，沒再拒絕，

「太陽眼鏡，」手指向對方，「妳戴起來很好看，很適合。」

溫奈一聽，比豔陽燦爛的笑容綻放，這次她忍不住單手拿起掛在脖子上的相機，按下快門捕捉那一瞬的喜悅。

好亮眼。溫奈擁有吸引人目光的特質，如果不是因為待在自己身旁，應該會有更多朋友，成為系上的焦點。

「喜歡？等我一下，很快回來！」

溫奈沿著剛走來的路往回跑，跑了幾步還轉頭保證自己真的很快就回來。不遠處有幾間小店，掛有冰字樣的布簾，還有幾塊色彩繽紛的衝浪板，看來溫奈是去那裡買水的。偶爾聽說大學生暑假常去海邊打工，也許就是在那種小店，販賣清涼飲品，為進室內避暑的學生們端上沁涼剉冰。

夏朦放下舉起的相機，確認螢幕裡的背影。黑色坦克背心和卡其色休閒褲，繫了條黑色皮帶，短版衣服下，隱約看得到背中央的弧線，被陰影襯得顯眼。髮尾隨動作奔放甩動，一抬眼，畫面裡的髮梢躍入眼簾，人回來了，還戴著另一副太陽眼鏡回來。

「妳戴起來一定也好看。」

她愣住，沒想到自己的一句話就讓溫奈特別回去買送她，見她沒伸手，溫奈微彎腰，歪頭探進帽緣下的雙眼，輕柔為她戴上。世界瞬間降了幾個明度，隔著鏡片看出去，她看到溫奈的鏡片上映著戴著相同太陽眼鏡的自己。

「果然也適合妳。不是多貴的東西，送妳，不用還。」

適合嗎？夏朦看不太習慣不一樣的自己，不過多虧鏡片隔絕刺眼的光線，眼睛終於不用瞇起，看得舒服許多。夏日的大海，普通大學生的暑假，都是相同的刺眼與喧擾，對於大部分時間都只與植物對話的她，還是太大聲了點，少了眼睛的刺激，心也平靜一些。

不遠處同學朝她們揮手，夏朦不認識對方，似乎也不是溫奈的朋友，踩著沙朝那群人走去，才發現他們在找隊友玩遊戲。

「去嗎？」溫奈問。

「奈奈去，我看妳們玩就好。」她特意喚了奈奈，這是她最近為溫奈取的綽號，她發現溫奈似乎很喜歡。

溫奈也不勉強她加入，而且聽到那聲「奈奈」果然奏效，放下背包、脫去帽子，加入沙灘排球的戰局，眼鏡則交給夏朦保管。溫奈手腳修長，躍起像隻跳羚，跳得好高彷佛要飛向天空，拍球氣勢如虹。球在兩邊來回飛，溫奈這隊與敵方交手兩球，在第三次由溫奈控球之下輕鬆殺球得分，換來同學們的歡呼。溫奈朝她的方向一瞥，嘴角勾起笑，才回去與同學拍手擊掌。

夏朦記得那眼神，當初贏得百米賽跑時，溫奈在衝過終點線後，第一件事就是找她，同樣在人群裡，同樣目光瞬間就對焦於她，然後得意地揚起笑容。

夏朦為溫奈感到驕傲，覺得自己真的很幸運，能認識願意奮不顧身去努力，才華洋溢的朋友。先天身體優勢不是全部，勤奮的練習令她感到敬佩，要不是本人的堅持，不會有那天的勝利；沒有之後每週定期鍛鍊的習慣，今天也沒辦法一上場就贏球。溫奈是她看過最有行動力與毅力的人。

下半局因為隊友頻頻失誤，溫奈那隊丟了幾分，雙方目前同分打成平手。只見網子後一位高壯的男生猛地扣球，夏朦看得心急，要是這球落地，分數就會被追過。好險溫奈另一個隊友在觸地前跑上前，千鈞一髮之際將球救起，但力道沒控制好，球往場外直飛，朝她的方向飛來。

她愣住，球的方向已經失控，如果不躲，按照預測，應該直接往她砸來。溫奈一個箭步跳躍，伸手一勾，救回差點於場外落地的球，也讓她免於被球擊中的危險。那幕太驚險，拍回場上的球打到對面，再次被擊回。溫奈早已在網子前就位，蓄勢待發地等著球來到上空，以瞬間爆發力跳躍，成功攔截並猛力下扣，一連串動作流暢，漂亮殺球得分，為隊伍贏回分數。

溫奈下場後往她跑來，頻頻問她沒事吧，有沒有被嚇到。球都沒出場外，卻好像她被球砸中般擔心。

「我沒事。」

「那就好，下次站在安全的地方看，球不長眼，亂飛很危險。」

儘管夏朦覺得自己應該沒有太多機會能在場邊親眼觀賽，還是順著話點頭。同學喚了溫奈的名字，興奮又約了一局。看溫奈因為顧慮她打算回絕，夏朦連忙輕推對方。

「妳去吧，再贏一場，我等妳。」她退了幾步遠離場邊，催促溫奈上場。

「那就再一場。」

第二場，溫奈也是場上的主力，兩隊王牌互相廝殺，在陽光下揮灑汗水，心理戰與球技巧妙運用，又是一場精彩的比賽，還引來遊客的觀戰與吶喊。溫奈的呼聲最高，也回應了大家的期待，取下第二場勝利。

同學找溫奈合照，夏朦迎上前，抬了抬手裡相機。

「我幫妳們拍。」

她沒去數按了多少次快門，畫面裡，相機對焦著所有人，而她的眼僅對焦著溫奈。平穩的情緒難得因興奮而激動，她已經好久沒有感傷之外的情緒起伏，溫奈帥氣的勝利使她的血液隨之奔騰。

她與她，是屬於不同世界的人。如果不是彼此擁有家人已逝的共同點，嗅到彼此的哀愁與寂寞，將她們以磁力吸引至鄰座的距離，沒有認識她的溫奈或許會在系上最顯眼的團體裡活躍，身邊時常也會有許多朋友包圍，一起出遊、一起唱歌、一起打球、一起玩耍，一起揮霍青春。是誰將溫奈帶給了她？給了每堂課裡都沒有存在感的透明人，是不是有點浪費？如果溫奈去其他朋友那裡，大學生活一定會留下更精彩的回憶。

但當一群人說要去吃冰，由輸的那隊請客，溫奈沒答應，禮貌婉拒了邀請，撿起帽子和背包走向她。好似凱旋的英雄，帶著一身榮耀歸來，卻又謙虛得遠離群體，沒享受眾人的推崇與仰慕。

溫奈站在她面前，沒說話，看了她拿在手上的太陽眼鏡一眼。夏朦察覺到對方在等什麼，勾了勾手，示意溫奈稍微低下頭，讓她能捏著鏡腳，將彎勾掛上溫奈的耳。鏡片重新安置於高挺的鼻梁，溫奈笑得開心，說了聲謝謝，聲音仍像剛才的海灘球般，輕快飛揚。

「不去嗎？」

「不去，邀妳來的是我，卻都讓妳在旁邊等。而且還讓妳當攝影師，抱歉。」溫奈懷著歉意說道。

夏朦搖頭：「不會，我很高興能幫妳們拍照，比起被拍，我還是比較喜歡按快門。」

「除了人，妳還喜歡拍什麼？」

「什麼都拍，大海、天空、植物、動物、貝殼，每一瞬都能成為美好的畫面，只是有想留下作為紀念的我都拍。」

溫奈突然神秘一笑：「希望今天妳能裝滿一整個相機的回憶回去。」

那笑容裡似乎藏著秘密。

夏朦脫下涼鞋，試著踏進海裡，看浪花捲上自己的腳踝，炎熱的溫度使浸泡於海裡的雙腳滿足於冰涼，彷彿能滲透至全身。溫奈走在前，差了幾個腳印的距離，也和她一樣踏著海水漫無目的前行。也許只有在學生時期，才能將無所事事的悠哉視為理所當然，每一步不需有目的，就是享受此刻，這個夏日，這片海洋。

溫奈的腳印在她眼前延伸，她一時興起，腳踩進未被海水完全抹平的印子，觀察兩雙腳的大小差距。她知道溫奈的手比她大一點，有一次美術課的題目是「自己的手」，她曾隔空比對溫奈畫紙上的手。素描出的手在白紙上留下灰色的輪廓，手一比，她的手似乎能完全被包覆在其中。而踩在柔軟細沙上的雙腳也被溫奈的腳印包圍，看起來，比她鞋子的尺碼大上一號。

低頭時發現沙裡的貝殼，夏朦彎腰撿起，用撫上腳踝的浪洗去貝殼上的沙。遠看大面積的顏色分布似虎紋，近看觀察，發現表面像是有人用極細的畫筆，一筆一畫勾勒出不規則的紋路。虎紋之間點綴細碎純白，令她不自覺看得入迷。好特別的貝殼，她從未見過。大自然總是能帶給她驚喜，沒經過修飾，渾然天成的美，用任何言語去形容與修飾都是多餘。

「溫奈。」她想叫溫奈來看，不過聲音被浪聲與人聲淹沒，很快就沉入滿載歡笑的空氣裡。溫奈仍走著，沒停下，她的聲音太小、太微弱，溫奈無法在喧囂之中察覺。

「奈奈！」這次她稍微提高音量，想將聲音傳到溫奈耳邊，攔住越走越遠的人。

為什麼？明明小跑步追上就好，但腳遲遲不敢邁出，白皙腳趾彎曲，埋進沙裡，似乎離不開腳印。溫奈總有一天會離開的吧，去到可以一起開心玩耍的團體裡，想必學生生活會過得更快樂。那裡將充滿歡笑，不需去顧慮幾乎是伴隨著她每分每秒的敏感情緒。她有些寂寞地想著。和她待在一起完全不有趣，連自己的親生母親都不喜歡她，畢竟她大部分的時間都被哀愁佔據，若不將所有淚水都藏起，她不知道這世界上還有誰會願意待在她身旁，接受最真實的她。

她沒打算再叫第三次，緊握貝殼的手逐漸鬆開，虛握著，下一秒就會墜回海裡。海現在是什麼顏色？隔著鏡片，她有點想哭，想起媽媽不在的家，想起冬天逝去的落葉，想起曾住在貝殼裡的生命。她仍記得，自己心臟的容量就這麼小，也許就一個貝殼那麼大，裝不進太多的情緒。所以沒關係，沒關係，就這樣放手，別固執得想去握緊。

手指鬆開，貝殼離開指尖，奔向地心引力的召喚。但行進中的墜落被中斷，貝殼就這樣消失於誰的手裡。

「怎麼了？是不是我走太快？還是哪裡不舒服，太熱嗎？我帶妳去休息。」溫奈手扶著她的肩，像是怕她隨時會昏倒，另一手握著本該回到海裡的貝殼。

「貝殼……」

「這個？」溫奈注意到，攤開手，她想拿給溫奈看的貝殼乖乖靜躺於上。「還好我剛好接到，被浪沖走就很難撿回了。身體還好嗎？是不是太熱沒力？可以去休息區休息一下，這天氣很容易中暑。」

夏朦輕輕搖頭，再不回應，溫奈應該會直接把她帶回今晚的民宿休息。

「只是剛剛想拿給妳看。」

溫奈收回放在她肩上的手，仔細觀察那顆貝殼，像是欣賞博物館的展品，或是什麼稀世珍寶，那認真的表情令夏朦忍不住偷笑。淚，一瞬間消失，她也跟著低頭凝視那顆貝殼，想著，曾淤積在裡面的沙，是不是也和她一樣，被清澈的海水洗過後，變得乾淨空曠，小小的空間又恢復一點餘裕。

「我第一次看到這麼漂亮的貝殼，謝謝妳。下次我走太快記得叫我，我會馬上回來。」

貝殼又落回她的掌心，這次還殘留著溫奈的溫度。夏朦沒提自己叫了兩次，只是淺笑，回了聲「好」。這微笑，是為了讓溫奈放心，還是，為了讓自己放心？因為溫奈最終還是聽到她的聲音，在這吵鬧的世界裡，聽到如此細小無力的聲音，回頭找到落在身後的她。
　　夏朦和溫奈走累了，便找一處海水追不到的地方坐下看海。兩人沒有特別聊些什麼，只是靜靜地坐著，看漸漸落入海面的太陽，也看在海邊追逐嬉戲的孩子們。溫奈順手拿了一顆扁石，疊在另一顆石頭上，隨後又找了一顆稍微小一點的，一顆顆往上堆疊。夏朦也坐在原地，低頭尋找周圍是否有適合的石頭，跟著溫奈輪流疊上。
　　越上面的石頭越難找，需要更小，再更小，不能大過上一顆石頭，也越難維持平衡。新放上的石頭容易造成整座塔的傾斜，搖搖晃晃，使夏朦不敢鬆開剛擺上的小石頭，另一手隔空在旁預備。塔若倒了，或許還能救到一部分，不用從頭疊起。溫奈的手從兩旁扶上塔，從歪斜的部分開始攏絡，耐心調整每一個造成傾斜的原因，等塔不再搖動，給了她一個放心的眼神。
　　夏朦小心翼翼放手，最後拿起那顆虎紋貝殼，作為終點放在頂端。她與她的石頭塔大功告成，她用相機取了不同角度拍下，溫奈的手也因她的構圖而入鏡，位於畫面的一隅，作為兩人合力完成的紀念。
　　石頭塔在她和溫奈中間，一起遙望斜陽餘暉，陪伴著太陽完全沒入海裡。觸動靈魂的景色，一天的消逝，若有似無的惆悵拂過心臟。她又不自覺落淚，太陽眼鏡遮住被夕陽染紅的眼眶，淚從邊緣滑落。但她不怕被溫奈發現，溫奈是這世上唯一接受她淚水的人。

「謝謝妳邀請我來。」夏朦輕聲說。

現在周遭很安靜，而且溫奈就在觸手可及之處，用不著慌張呼喊。

「我才要謝謝妳願意來，我今天很開心，能和妳一起來真是太好了。」

直到最後一道光芒穿越地平線，夏朦才喃喃回道「我也是」。姍姍來遲的細語，像是說給自己聽，但她知道溫奈有捕捉到順風飛去的回答。

開心……嗎？她好久沒有打從心底感受到喜悅，但今天是她平淡無味的生活裡特別的日子。平時只與植物對話的她，踏出了校園和日常的生活範圍，溫奈帶著她，來到好遠好遠，她沒想過自己能抵達的地方。她的世界不再只有她自己和植物，相機裡裝了花草與貓狗之外的照片，小小的心裡，又裝進了夏日的大海、貝殼，還有戴著太陽眼鏡的溫奈。

「喂——妳們要不要一起去吃飯？」遠方傳來叫喚，是剛才一起打球的那群人。

「要去嗎？如果妳不想，我就去拒絕她們。」溫奈問她。

「不用，我們一起去。」

溫奈對她的回答感到驚訝，也是，她的訝異不亞於溫奈，但感覺有溫奈在，她多了點力氣和勇氣，也對沒接觸過的人事物感到好奇。

離開前，溫奈問她要不要帶走那顆貝殼，她搖頭。

「還是讓它留在海邊比較好，離大海太遠說不定會寂寞，因為它本來就是來自海裡。海浪會帶它去旅行，離開這片海灘，也許去到世界的某處，遇到一個比我更需要它的人。」

雖然有點擔心旅行途中不會那麼順利，又會淤積泥沙，但她想，應該不需她擔心，貝殼有海流幫它清理。

「好，妳說好就好。」溫奈不反對，已經習慣了她有些獨特的想法。

回頭看了最後一眼，夏朦想像著漲潮時，石頭塔會像太陽一樣沒入溫柔的大海，也許沉到底部，也許被一波一波的浪送往其他國家。夏日的晚風微溫，她聆聽大海的說話聲，為她們的石頭塔許願。

希望它們都會去到它們想去的地方，希望貝殼能容納更多來來去去的海水，不再埋沒於沙裡。

玩了一整天，消耗不少體力，同學們都成了飢餓的猛獸，不需投票要吃什麼，直接選了最近的餐廳解決晚餐。餐廳靠海，店內裝潢也走海洋風，刷上藍與白的油漆，裝飾船錨與船槳。一個角落灑上碎沙、貝殼和吉他，牆上還掛著大黑鮪魚的魚拓。

輕快的木吉他旋律迎接他們入座，似乎是某首流行樂的吉他版本，同時有幾個同學跟著哼唱，聊起最近那一位歌手還出了什麼新專輯。夏朦沒聽過，但見他們入座話就沒停過，只是看著也覺得有趣。她偏愛純音樂，雖然平時聽古典樂居多，不過純吉他的樂曲她也喜歡，也剛好緩和她有些緊張的心情。

她好久沒和這麼多人一起吃飯，能想起的經驗，也只有跟親戚的聚餐。她想像不出同學們都會聊些什麼，因為她人類裡能稱作朋友的僅有溫奈一人。要是大家都能和她與植物一樣，不需開口就能讀取彼此的心聲，對她來說會容易許多。

大家都成年了，看到除了菜單外還有酒單，各自點了調酒與啤酒，酒精還未入口，光是討論要喝什麼就能炒熱氣氛。下午到處都沒看到身影的系主任現在也融入學生之中，手拿生啤酒跟大家乾杯，要他們好好享受剩下的每一個暑假，等出了社會，就沒有兩個月的長假可放。

夏朦因為有些疲倦，怕自己只沾一口就想睡，溫奈便替她點了無酒精的雞尾酒，自己則用檸檬沙瓦和她輕碰玻璃杯；知道她吃得少，用分裝的小盤，先幫她各拿一點派對套餐裡的沙拉和海鮮，讓她能慢慢吃，不需去煩惱該怎麼在一群猛獸裡搶食。

同學的焦點全在溫奈身上，稱讚剛才那場打得好，平常有沒有在練習，想不想加入排球社，或是其他球類社團。從四面八方丟來的球不得不接，自己成了主角，溫奈依然對應自如，掛著和煦的微笑回答。

夏朦盤裡的食物沒動幾口，雙眼忙著看溫奈與其他人的互動，耳朵也閒不下，專心聆聽他們的對話。大學的活動原來是這種感覺，輕鬆、微醺的氛圍，大家盡情聊天，趁所有人都在的好時機認識彼此。溫奈有禮應對著來自同學們的問題，她看到了平時看不到的溫奈，同學也說，溫奈在學校都獨來獨往，與所有人都保持著距離，是個同學之間偶爾會討論起的神秘角色。尤其大一的運動會，奪得冠軍的成績亮眼，有段時期成了話題，沒想到真正相處後，才知道是個開朗、跳得高、善於聊天的人。

「妳們怎麼認識的？好像常看到妳們一起出現，不知道從什麼時候開始……運動會結束後嗎？兩人看起來感情太好，原本想說溫奈終於擺脫一匹孤狼的形象，結果還是插不進妳們兩人之間啊。不過最意外的是夏朦……是叫夏朦沒錯吧？我的印象是上課時默默出現，下課時又默默消失的人，沒想到某一天突然發現身邊多了一個人，而且還會笑，太佩服溫奈，融化了系上的高嶺之花。孤狼和花，到底是誰先融化誰？我猜……是孤狼！對嗎？」一位同學突然問起，有人推他的肩膀，說不記得別人的名字也太失禮，另外幾個人則嘻笑說道，這問題也太直接，是不是喝多了。

不少視線聚集在她身上，像是鎂光燈的照射，對方是問溫奈，但她仍然有點緊張，這也是第一次知道，自己在同學眼裡是個什麼樣的人。同學們的目光裡帶著好奇，畢竟大家對她一無所知，想必也有不少疑問。

「這題目不用猜，答案太明顯了，當初就是我主動去搭話。某天在學生餐廳看到夏朦，那時她一個人在吃飯，我不小心敗給自己的好奇心，想去認識夏朦，最後很幸運成為了朋友。」溫奈言簡意賅地講了來龍去脈，說完馬上就笑著宣布這話題結束，並且隨意丟了一個問題回去，讓群體的注意力轉移到系主任身上。

夏朦沒說什麼，只是在溫奈回答時，微笑點頭附和。雖然簡短，不過確實就如溫奈所說，她們兩人認識彼此的契機很簡單，並不是多戲劇性的開始。從馬上換話題能感覺得出溫奈不想多說，剛好，她也不想被多問。

回想她們兩人的相遇，她至今依舊不是很懂，到底是什麼樣的好奇，讓溫奈主動走來，手裡端的餐盤擺放在旁，坐在她隔壁一起吃午餐。但她仍記得很清楚，溫奈拼命說了許多話，像是為了不讓她覺得無聊。那時的她沒多想，只是有些困惑。

沒想到便成了她們認識的起點，即使同科系、上同一堂課、坐在同個教室裡，以前都不曾注意到溫奈，如果不是溫奈的主動，或許兩人就不會牽起現在的緣分，視同陌路，沒有交集。曾經，她身旁的座位一直都是空的，上課時，吃飯時，一直都是。而從那天起，都有溫奈填補了那個空。

那時的她還不習慣生活裡突然多了一個聲音，會關心她，和她上下課，學校生活就像多了過去未曾看過的色彩。

自己獨自一人多久了？仔細去算的話，大概從國中時期就是近乎透明的存在，她下課都往學校的花壇或是有樹的地方鑽。她在意植物被忽視的聲音，自告奮勇去當園藝小幫手，那是她生活的重心。不過她找不到任何一個與她相似的朋友，同年齡的孩子對花沒興趣，與她最相像的，只有懂得如何照顧花草的志工阿姨。

多虧溫奈，她第一次知道什麼叫朋友，知道為什麼每個階段的同學們都在追求友情。她慢慢卸下心防，喜歡、也習慣對方的陪伴，甚至在溫奈身上得到媽媽以前給不了她的關愛、包容與理解。好不可思議的一個人。對於溫奈，夏朦是這麼想的。有對方在的日常，全都施加了魔法，帶走她一點點的憂傷，帶給她不只一點點的撫慰。

「走，我們先溜。」溫奈和夏朦找機會先去收銀台付了兩人的錢，走出歡樂到有些升溫的店內。

外面空氣比裡面涼爽許多，夏朦雖沒喝酒，但在人多的店裡還是感覺到悶熱，不禁深深吸進幾口新鮮空氣。氣息裡，有海洋的味道。

「不是要回民宿嗎？」注意到她們前往的方向與民宿相反，夏朦提出疑問。

「想給妳個驚喜，不會很遠，我們散步過去。」

驚喜？夏朦對溫奈口中的驚喜完全沒有頭緒，不過很有溫奈的作風，她生日時溫奈也準備了驚喜給她。那是她人生中第一瓶香水，對強烈的氣味敏感，與各種香精、香水無緣的她，難得喜歡那瓶清香。溫和、優雅，灑一點在身上，閉眼就能浮現花兒惹人憐愛的倩影。

「會不會累？」配合她踏出的步伐，溫奈問道。白天的太陽眼鏡掛在衣領，儘管海邊路燈少，但朦朧夜色裡，她依然能看見到溫奈眼裡的關心。

「不會。」

「沒有勉強？」

「沒有，我很開心能跟妳一起出席，因為妳在，我才有機會去。」
「累了要說，雖然轉換心情也好，有時怕我太遲鈍，不小心讓妳感到壓力。」
「妳的溫柔怎麼會是壓力。」她馬上反駁。
溫奈頓了一秒，像是有點不好意思，伸手將垂下的長瀏海塞到耳後，回了聲「那就好」。
浪聲近在耳畔，雖然實際上還隔著一段距離，不過她知道，只要轉個方向，就能看到大海。
又走了數分鐘，溫奈帶她轉進岔路，這裡沒燈，腳底的地面變得鬆軟，她猜大概是沙，她們已經來到海邊。溫奈怕她跌倒，伸手牽她繞過幾顆大石，來到空曠的地方，見月亮露臉，有柔和光芒作為指引才放開手。
「妳看。」
夏朦順著溫奈指的方向看去，她向前走幾步，驚訝得佇立於前。
是向日葵，而且不是一株，是一整片向日葵田。
雖然現在因夜色顯得黯淡許多，但花瓣在白天應該是有朝氣的鮮黃。數不盡的向日葵全挺直著腰桿，面朝同個方向，仰望天空，彷彿耐心等待著太陽下一次的照耀。此地與世隔絕，無人知曉的秘境裡，就只有她和溫奈，如夢似幻，令她懷疑自己或許像愛麗絲一樣，不小心踏進不可思議的國度。

她走進比她還高的花海，入神凝視筆挺的花莖，重疊的花瓣，向陽綻放的身姿。向日葵是有恆心的花朵，於原地仰望太陽，那份癡情有如永遠的暗戀，得不到回報，依舊默默追逐，與大地上所有物種一起分得生命的養分，因為太陽從來不屬於任何人。神話裡仰慕阿波羅的仙女，也正是因此被變成向日葵。

向日葵的花語——沉默的愛情，溫暖、忠誠、愛慕與勇氣。

同一種花，有複數的花語，各種詮釋，深層的含義。人類是擁有複雜情緒的生物，喜歡賦予悲淒的故事，使人動容，也令她落淚。淚和海風一樣鹹，停不下，止不了。

「明明知道等不到，為什麼向日葵還要等？」她忍不住為向日葵感到委屈與心疼，為等不到的她們抱不平。其中一部分，或許也投射了得不到母愛的自己。

「不是等不到，太陽明天就會升起，向日葵會再次沐浴於陽光之中。」

溫奈不知道她心裡想了什麼，誤會了等待的意思。不過也沒有錯，即使太陽都已入睡，向日葵依然維持著等候的姿態，不分晝夜，等了一輩子，等同於每朵向日葵的永恆。

「夜很漫長，不會寂寞嗎？」

「也許會有一點點寂寞，但那是能忍耐的寂寞，因為向日葵知道能再看到太陽一眼。過了今晚就能相見，到了明晚，也知道還有下一個明天。只懷有這一點希望，就能繼續等下去。」

「即使向日葵永遠無法擁有太陽？」

「仰望也是一種幸福，至少每天都能相見。」

「雨天或陰天就見不到了，天空會拉上窗簾，將太陽關在雲層後，再怎麼等也盼不到一束陽光。」

「如果是雨天，就多忍耐一天，就算是兩天、一個禮拜也沒關係，因為不會見不到的，對願意等待的人來說，這段時間也是種幸福。不用為向日葵悲傷，她們都願意等，等過一整個黑夜，然後迎向能帶來溫暖的明亮。我們也是，也許有些時候很苦，苦到覺得在日子裡找不到任何希望，但可能只是剛好天黑了而已。」

「所以要等太陽升起？」

「是啊，我們可以一起等，同一個黑夜一人分擔一半，就不怕孤單了。」

溫奈遞出手帕，夏朦還記得當初無預警在對方面前掉淚時，溫奈慌了手腳，翻遍口袋和背包都找不到手帕。而現在溫奈已經養成隨身攜帶手帕的習慣，隨時都能借她擦淚。

也許現在的生活，剛好是在暗夜，她確實看不到希望，失去親人的傷無法癒合，白天她想哭，入夜更是浸濕了枕頭。獨自度過幾個失眠的夜晚，她已經數也數不清。

手帕懸在空，她沒接過，哭到有點失神。溫奈將手帕放入她手裡，小心翼翼伸手摟著她的肩，輕輕地以掌心摩挲她的肩。動作溫柔，像是要幫她拂去孤寂。溫奈有太陽的味道，像是向日葵，曬了一整天的太陽。如果溫奈是花，花語應該會是溫暖與堅強。即使失去雙親，依然踏著堅定的步伐走下去，並將自己的溫度和微笑也分給了她。

「奈奈好像向日葵呢。」

「嗯？為什麼？」

夏朦笑而不語，用手帕抹去淚痕，輕按眼角吸取多餘的水分。

「謝謝妳的驚喜，我很喜歡。」

「喜歡就好。」

溫奈的手離開她的肩，似乎是感覺到她已經不需要自己的安慰。夏朦抬頭看溫奈，除了剛才語氣裡的喜悅，臉上也掛著滿足的燦笑，在夜裡和向日葵一起綻放。

那晚，兩人在向日葵花田裡像走迷宮般散步許久，直到兩人都睏得打了呵欠，才依依不捨和向日葵道別。晚上的鄉間道路只有夏朦和溫奈兩人，她們像是偷偷地享有了整個世界，漫步在馬路正中央，有一搭沒一搭聊著天，說起白天的大海、比賽和石頭塔，還有那顆現在不知道漂流到何方的貝殼。回民宿前，夏朦拍了最後一張照片，柏油路上，並排走著的兩雙鞋像是好朋友般，要伴隨彼此走到黑夜盡頭。而相機裡的上一張照片，是那片等待太陽的向日葵田。就如溫奈所說，她裝了一整台相機的回憶，作為今年夏日的紀念留存。

先回民宿的同學們已入睡，她們匆匆拿著換洗衣物去洗澡，再躡手躡腳爬上通舖的角落。那裡擺著兩人份的枕頭和棉被。兩人比鄰躺著，夏朦聆聽溫奈的呼吸聲，回想海邊的向日葵田，有著預感，今晚會做夢，做一個在向日葵迷宮裡散步的夢。那夢裡，溫奈也會在，這次說不定會是白天，她、溫奈和所有向日葵都會等到太陽升起，金燦燦的花瓣將會比夜晚看到時更加耀眼。

番外

褲管上的口水痕

外頭傳來小小的嗚噎聲時，鴿子大叔剛下床，踩著拖鞋，嘴裡唸道「來了來了」，拉開窗簾讓自然光照亮房間，也照亮他的一天。雖然他每天都在同個時間睜眼，但他的專屬鬧鐘依舊盡責，習慣他起床的規律，來到門邊小聲地和他道早安。不會太大聲，彷彿在小聲問著，「是不是已經起床了呢，我在外面等你喔」。

鴿子大叔開門，一隻黃狗就坐在門口仰首等他，一見他來，雙腳撲上他的腿，興奮地汪了一聲。

「早啊，小艾，妳今天也好有精神。」他笑呵呵地蹲下，抱了抱小艾，任粗糙的舌頭熱情舔拭自己的臉頰。

「好了好了，謝謝妳幫我洗臉，我來幫妳準備早餐。」

他拍拍小艾的頭，扶著牆站起身。最近蹲下時膝蓋都傳來抗議，人老了，身體狀況也急轉直下。就像老舊機械，受損的零件還因為停產無法更換，只能補些營養品做日常維護，延長使用期限。

拿出小艾專用的碗，倒出定量的營養配方狗乾糧，放在餐桌旁的塑膠地墊上。小艾跟在鴿子大叔腳邊，對他咧嘴傻笑，儘管已經坐在乾糧前，但沒大口開始享用，而是定定盯著他看。

「這孩子真是……又要等我才吃？我這就去準備，妳等一下喔。」

「汪！」小艾回應，目送他走進廚房。

雖然來到廚房，但鴿子大叔發呆了幾秒，拿不定主意要吃什麼。打開冰箱又關起，最後才拿了吐司放進烤箱。以往的上班日他有溫奈的蘿蔔糕可吃，老婆去世後，那就是他對生活的期待，每天早上都能吃到現煎的蘿蔔糕。就像以前老婆在他出門前準備的一樣，總是冒著煙，燙口卻停不下。

當溫奈和夏朦也已不在人世，他開始對吃早餐這件事感到消極，說過要練習煎出好吃的蘿蔔糕，但僅限於去店裡幫忙時才有動力下廚。要不是有小艾等他吃早餐，他會連早餐也省去，就拿著熱豆漿，坐在陽台的藤椅發呆。

嘆氣溜出鴿子大叔的嘴，沉重的心好像要直墜空蕩蕩的胃裡，他這把老骨頭活到這個年紀，沒有什麼比白髮人送黑髮人更難過了。他的歲數比她們都年長，為什麼先走一步的人是她們？尤其溫奈和夏朦，人生才正要開始，世界上還有很多風景等她們去看、去體驗、去享受……他不時會想起往事，被捲入回憶便會伴隨著嘆息，感嘆世事難料。如果可以，真想把自己所剩不多的壽命分給那兩人，三年、五年都好。但他也知道，有些東西是無法分人，還有些東西，是不能強迫塞進別人手裡要對方收下。

瞥見小艾不知何時站在廚房門口，歪頭盯著他瞧，一雙烏黑大眼看起來很是擔憂。

「妳來啦。沒事，只是又想起過去的事。妳看看我，又來了，老頭子就是這樣，常回憶過去。」他彎身拍了拍小艾的頭，要牠別擔心。

小艾用頭磨蹭他的手，他用微笑讓牠知道，他沒事。不像剛退休的時候，一個人在家裡，第一次發現原來家這麼空、這麼安靜，安靜到像是有股重量，使他動彈不得，只能靜靜地呆坐在陽台，直到夕陽西下，又是必須上床入睡的時間。他想念妻子，想念溫奈和夏朦，想念可以用工作填補思念的日子。身體想出門上班，卻哪裡都找不到自己的員工證。

他變得不知道該怎麼一人過日子，活下去的動力一點一點地，在無事可做的沉寂裡消逝。當小艾的嗚噎聲叫醒了他，他才終於回過神，發現到這個家不是只有他一人。

小艾用盡各種方式吸引他的注意力，咬球到他腳邊，扯著他的褲管，要他帶牠出去玩。他起初無動於衷，但小艾沒有放棄，一直纏著他，直到他終於離開椅子，拿出狗乾糧餵飽小艾，也經由小艾的提醒餵飽自己。將長長的鬍子刮乾淨，梳洗整潔，穿上外出服，帶小艾出門散步，也帶小艾一起去溫奈和夏朦的早餐店。他變得常出沒店裡，幫忙煎蘿蔔糕、招呼客人、洗碗打掃等雜事，包括照顧植物。有事做能讓他恢復精神，小艾很乖，不會吵他工作，店裡也不缺喜歡小艾的客人們。

小艾是他生活的光，溫奈和夏朦救了小艾，再由小艾來解救他。

以前他是個以工作為重的人，覺得男人就是要扛下整個家的責任，賺錢回來，帶給唯一的家人溫飽。現在憶起，總後悔當初怎麼不多留點時間陪老婆，每天加班到很晚，一忙起來，眼裡只有事業，顧不了家人和自己的健康。但即使一週沒和老婆說到多少話，每每拖著疲憊的身子回到家時，時間再晚，老婆都會起床幫他加熱飯菜，餐桌上的每一道菜都是用心製作的手作料理。

他很感謝她，因為有她，才能讓他全心去拼事業。可惜這份愛與感謝，已經沒有親口傳達的機會。

「汪！」

見鴿子大叔又在發呆，小艾用叫聲提醒，他才驚覺烤箱裡傳來一陣焦味，趕緊旋緊旋鈕。打開烤箱一看，吐司邊緣焦黑，他搖搖頭，笑著夾起吐司給小艾看。

「還好有妳提醒我，差點就全焦了，焦的地方切掉還能吃。雖然我做得不怎麼好，但還算過得去吧。」

在切好邊的吐司上抹了果醬，熱了杯豆漿，和小艾回到餐廳，在各自的位置開動。妻子的相框一直都擺在餐桌，坐在他對面，妻子原本的位置。他將相框轉向自己，讓照片裡的她能像生前一樣對他微笑。她笑起來很美，是他此生遇過最美的人，也是他見過最有耐心的人，獨守於家中等他回來，不曾和他說過半句怨言。

「不用擔心，我會照顧好小艾，小艾也會照顧我，雖然好像是小艾照顧我比較多。」鴿子大叔笑了，在生活方面，若沒有他們的照顧應該會一團糟。

小艾聽到自己的名字，吃到一半回過頭看他，擺了擺尾，又繼續埋頭享用，吃得喀滋喀滋，清脆的聲音聽起來可口。

「有小孩就是這種感覺吧，真想讓妳也當孩子的媽。小艾是我們的乖女兒喔，我會連妳的分一起寵她。」

他邊和妻子的照片聊天，邊吃完吐司和豆漿，聊起最近店裡不僅有植物小教室，還有多開了繪畫課程。雖說是課程，但沒那麼嚴格，就是讓大家有個可以輕鬆畫畫的時間。

「今天剛好有畫畫課，妳覺得我是不也該去畫畫看？畫隻小艾來給妳瞧瞧，不知道我這雙笨拙的手畫出的小艾會變成什麼樣。」

回想掛在店裡的畫，溫奈畫給夏朦的作品由現在的老闆娘掛上，將那間店布置成一間小畫廊。在他眼裡，所有插畫之中，小艾的畫像最為生動。但那還是小狗時期的小艾，和現在大不相同，現在的小艾都已經成長為一隻健康漂亮的成犬。

「既然有小時候的畫像，也要有長大的畫像，小艾妳說對不對？」

小艾一聽鴿子大叔叫牠，歡快跑來，碗裡已清空，沒留下任何一顆狗乾糧。

「汪！」吃飽的叫聲，比先前更有精神。

一一確認門窗、瓦斯爐都關上，鴿子大叔拿起桌上的錢包和手機，嘴裡唸著「手機、錢包、鑰匙」提醒自己。人老了，記憶力也不如從前，都要反覆檢查好幾次才不會漏掉。他拿了鑰匙，坐在玄關門口穿鞋，不用穿鞋的小艾則叼著自己的牽繩乖乖在旁等待。穿好鞋後，他故意坐著不動，小艾等急了，牙齒鬆開放下牽繩，改咬他的褲管往外扯。他好喜歡小艾這個習慣，小艾還是幼犬，他也還在上班時，小艾常在門口咬住他的褲管不讓他去上班。而現在，他不需去公司，不會一整天都不在家到晚上才回來，換成小艾咬著褲管拉他出門，幾乎每件褲子上都沾過牠的口水印。

鴿子大叔將那視為愛的表現，小艾用行動來證明，牠是多喜歡和他待在一起。

「我們出門了。」出門前，他回頭打了聲招呼。房子裡沒人，回應他的只有寂靜。

儘管他聽不到妻子說「路上小心」，但他回到家依然會說「我們回來了」。等他回家的不再是妻子，而是這個家本身。

「天氣很好呢。」鴿子大叔遠遠就能在透明的店門口看到欣欣向榮的植物，每株生命都在吸收陽光的能量。老闆娘接手溫奈和夏朦的店後，自學了不少，終於也成為照顧植物的專家，彷彿繼承了夏朦的綠手指。

「早安！我帶小艾來了！」他一進店便朗聲打招呼。

「小艾！」老闆娘從廚房探頭，一看到小艾，馬上放下澆花器迎接。「妳今天也要來幫我們看店嗎？」

「汪！」小艾開心地搖尾巴，舔了舔她手指回應。

「乖，晚點再給妳吃點心。鴿叔，今天下午我顧店就好，反正平日也不會多忙，你之前不是說想一起畫畫。」

「對對，妳記性真好！是啊，完成一幅畫是我今天的目標。」

「小艾不知道有沒有興趣，可以用狗腳印作畫，裱框裝飾在牆上一定很可愛。」

從看過夏朦的日記後，才知道原來她們幫他取了個綽號，現在老闆娘也跟著叫，只是覺得四字拗口，便從原本的「鴿子大叔」，縮短為「鴿叔」。他倒也喜歡，覺得像個吉祥物般親切。

鴿子大叔圍上自己新買的圍裙，打開水龍頭仔細洗手、擦乾，拿出冰箱裡的蘿蔔糕切片。新圍裙上有白蘿蔔的圖案，太適合專門煎蘿蔔糕的他，當時看到瞬間心動，太過興奮，直接拿去結帳。他很久沒那麼衝動購物，但他圍上後充滿幹勁，再次認為自己買到了好東西。

「鴿叔，真的不用嗎？」老闆娘走進廚房，手裡拿著一個信封袋問他。

「不用不用，跟妳說了多少次了，要經營一家店不容易，一個月扣掉水電瓦斯和食材成本也沒剩多少，妳留著吧。」

鴿子大叔說什麼也不肯收下。當初來幫忙是因為不想看這間店消失，同時也是想念過去在這裡的時光。現在他不再是第一名的客人，但他可以當第一名的店員，而且不限週末，只要想來都能來。哪裡還有這麼好的地方，願意收留他這個無妻無子，只有一隻黃狗作伴的孤獨老人？

「我老了，平常就照顧小艾而已，其他也沒什麼地方可以花錢，退休金就很夠我用了。把這些錢拿去維持這間店，讓奈奈和朦朦的店也成為其他客人的心靈綠洲，這是我現在最大的願望。妳平時邊做設計還要顧店辛苦了，每分錢都是妳的心血，要是資金吃緊了一定要跟我說，我會全力來支援。」

「鴿叔……」信封袋被捏出皺褶，老闆娘的眼眶微微泛紅。

「客人等一下就來了，我們得準備好熱騰騰的早餐餵飽這些學生和上班族，吃飽才有力氣去工作和上課啊！」鴿子大叔露出慈愛的目光笑著催促，讓老闆娘趕快收起信封。老闆娘也年輕，大概跟溫奈和夏朦差不多年紀，他都把她們當作孫女在看，知道她們對這間店有多用心，遇到困難出錢出力都不是問題。

「有鴿叔在，溫奈和夏朦一定也很放心。」老闆娘走進廚房，和他一起準備食材。

「若是這樣就好了呢。」他看向植物區，回憶著那兩人的身影。

經過一次次失敗的經驗和努力不懈的練習，鴿子大叔的蘿蔔糕煎得還算不錯，他也自認進步了不少，雖然還是不像溫奈煎的蘿蔔糕，有著近乎完美的黃金色澤，咬下去脆度恰到好處，外脆內軟，口齒留香。有不少熟客來捧場，指定要吃他做的蘿蔔糕。以前曾搶過他第一名寶座的年輕爸爸偶爾也會說要來一份，不過年輕人的口味較難伺候，不隨機搭配薯餅、香腸，玩點花招的話，很快就會吃膩。現在他正在開發各種新組合，打算累積一定的種類，要來做張「蘿蔔糕特別菜單」，裡面最經典的當然還是原味蘿蔔糕配熱豆漿的「鴿叔套餐」。

「小艾！」來吃早餐的學生一進門看到乖乖坐在植物區的小艾，馬上往那裡飛奔而去，對人氣店狗又摸又抱的，小艾則以口水攻勢熱情回應。陸續上門的客人也是，都先對小艾打招呼才入座。小艾店狗的架勢十足，粉絲服務做到最好，沒冷落到任何一人。

和鴿子大叔懷著祈願所取的名字一樣，小艾被大家所愛著，也愛著他們所有人。無論過去曾受到多殘忍的對待，現在所擁有的幸福讓牠沒時間想起過往，也絕對沒有機會二次體會當時的痛苦。牠會一直都是如此地可愛，也是值得被愛的。

在廚房裡環顧熱鬧的店內，他現在最喜歡的風景，是從廚房看出去的早晨。看著溫奈和夏朦曾天天看的日常景色，他心裡感到平靜和滿足，身體勞動著，心靈同時被療癒、盈滿。

人們的笑聲，輕快的氛圍，美味的料理，生氣蓬勃的植物。

一個最溫暖，聚集所有生命力的地方。

「鴿叔你去休息吧！畫畫課快開始了，剩下的我來就好。」老闆娘接過他收回的碗盤放進水槽。

「那就麻煩妳了。」鴿子大叔脫下圍裙走出廚房，迫不及待想親手拿起畫筆，在畫紙上畫出小艾。

下午的店裡是悠閒的緩慢步調，音響裡放著輕盈的古典鋼琴曲，他說不出曲名，但那也是以前店裡就有的收藏之一。好幾張桌子上擺了色筆、水彩筆等繪畫用具，參加者有和他差不多年紀的奶奶，也有媽媽帶著小孩來，還有剛好來店內的熟客，臨時知道接下來是畫畫時間，便也放下雜誌，拿起畫筆一起加入。

雖說是畫畫小教室，但沒有指定的老師，在這裡，所有人都可以是老師，互相討論，互相學習。有時當學生，有時當老師，沒有太多規矩。鴿子大叔選了個位置坐下，那是他特定挑的座位，因為牆上就掛著溫奈畫的小艾。小艾走來，躺在他腳邊睡午覺，看來是早上招呼客人累了。不過也剛好，小艾在睡覺就不會動來動去改變姿勢，是個能讓他仔細觀察慢慢畫的好機會。

太久沒碰畫筆，他拿著打草稿的鉛筆，隔空比劃臨摹了小艾的輪廓，才正式下筆。歪歪扭扭的鉛筆痕跡像毛毛蟲，畫不出他想像的模樣，不過經過的奶奶看到，要他先別急著擦，慢慢畫就會抓到手感。那位奶奶是畫畫課出席率最好的學生，常看到她，完成的作品獲得許多人的稱讚，他也很喜歡那些畫裡奔放的色彩。聽老師的話準沒錯，他放下剛拿起的橡皮擦繼續增加灰色的線條。

果然如老師所說，起初雖然不怎麼滿意，但他越畫越順手，十幾分過去，一隻頭有點大的小艾就睡在他的紙上。比例很難抓，不過他也不太在意，拿起黃色色筆著色。有幾個小朋友經過一看，和他說「多點顏色才漂亮」，順便多拿了橘色、紅色和咖啡色給他。他交換著色筆，輕輕在紙上塗了一層又一層，看色彩逐漸豐富飽和。

「小艾妳看，我畫了妳！」他得意地將完成的圖畫拿給小艾看。

張。

小艾將原本枕在腳上的頭抬起，看了看圖，搖搖尾巴湊近想聞，鼻子差點沾濕了紙

「畫得還不錯吧。」他將手伸長，把畫拿遠瞇眼欣賞。

鴿子大叔看了一會，才想問小艾他下一張要畫什麼，低頭往腳下看去，小艾已經不在桌旁。去哪了？他左右張望，環顧店內一圈，想著小艾大概是看到哪位客人對牠招手跑去玩了。

還沒找到狗影，就聽到某張桌子傳來小聲的驚呼。他轉頭，一個女孩低頭扯著自己的褲子，而他在找的小艾正咬著女孩的褲管，嗚嗚地叫著。

他趕緊跑去將小艾拉離，小艾沒咬太緊，鴿子大叔不用出太大的力氣，一拉項圈就讓小艾鬆口。

「沒事吧？對不起小艾嚇到妳了。」

他知道小艾不會咬人，實際上被咬的的確也只有褲管，可以看到女孩的褲管留下一圈小艾的口水印。但他不懂為什麼一向乖巧的小艾會突然調皮，帶牠來店裡這麼多年，從小狗成長為大狗，從沒像這樣去咬過客人的褲管，善解人意的個性也不會主動接近較為內向的孩子，以免嚇到對方。

女孩搖搖頭，用和螞蟻一樣小的聲音回了聲「沒事」。

「那就好……」才想多說幾句，搭話一向是他最擅長的事，他什麼沒有，就話最

多。但當他看到女孩空白的畫紙，便忘了原本要說的話。
他想起，以前雖然曾看過女孩在店裡，等媽媽下班來接她，但不曾見過她參加植物或繪畫小教室，這次還是老闆娘鼓勵女孩參加，女孩才來到放有紙筆的桌子。女孩很安靜，他沒開口時也沒出聲，默默盯著桌上的白紙發呆。
「怎麼不畫呢？是想不到要畫什麼嗎？」鴿子大叔坐到女孩對面問道。
女孩遲疑半晌才搖頭，手裡捏著筆，但似乎沒有打算動作。鴿子大叔才正苦惱該怎麼打破僵局，小艾先有了動作，把頭枕在女孩腿上，一雙無辜的大眼盯著女孩看。
「小艾好像很想看妳畫畫，如果還沒決定好要畫什麼，要不要畫牠？」
小艾這次的動作很輕柔，女孩沒有再被嚇到。
「我可以摸小艾嗎？」女孩問。
「當然可以，小艾最喜歡被人摸了，妳願意摸她一定很高興。」
她小心試著觸碰小艾的頭，小艾有耐心地等她適應，從指尖碰觸毛的尖端，再用掌心順毛撫摸。
「我也想畫畫看小艾，但我畫得很醜，手一點也不靈巧，美勞課的作業全被我搞砸。同學說我畫什麼都不像，亂七八糟的，明明已經升上高年級了，還畫得像小孩的塗鴉。我畫不出小艾可愛的模樣，一定會被我畫成四不像的怪物。」
鴿子大叔為女孩感到心酸，好像不管在哪間學校、哪個班級，都會有這些喜歡欺負人的同學，專戳人的痛處，以打擊他人為樂。他要小艾留在這，跟女孩說等一下，回去拿了自己的畫，放到女孩面前。

「妳看，我長到這個年紀還是畫成這樣。我的手也不巧，以前好討厭美術課，常常冒冒失失打翻水，自畫像被說像外星人，剪貼時用了太多膠水，把同學的作品都黏在一起。人總有一兩件不擅長的事，嗯……或許很多件。我除了蘿蔔糕，其他料理都不會做，早上的吐司還不小心被我烤焦呢。」他想起早上的糗事就想笑，「但有不擅長的，肯定也有擅長的。如果還沒有，就再更仔細找，先從妳喜歡的事情開始。」

「如果喜歡但做不好該怎麼辦？是不是乾脆放棄，換做別的比較好？」女孩怯生生地提問。

「喜歡的話不用放棄啊！能樂在其中最重要。能找到自己的興趣是一件很棒的事，這間店以前的老闆娘們也是，兩人都有各自的專長。妳看牆上這些畫，都是其中一個老闆娘畫的。另一個老闆娘很會照顧植物喔！不管是什麼植物都能照顧得很好。因為喜歡所以會想去做，那就是妳持續下去的動力。如果覺得自己做得不好，就努力多加練習，一天一天慢慢累積經驗，總有一天就會發現，那件喜歡但不擅長的事已經能做得很順手，變成妳的專長，令人刮目相看。」

「可是同學們都那麼說……而且不只畫畫，其他事我也做不好，考試成績普通，體育課常跌倒被大家笑。是不是因為我太沒用，所以才沒有人願意跟我當朋友……」女孩垂頭，小艾嗚嗚嗚地出聲安慰。
「絕對不是！是他們沒發現妳的好而已！」鴿子大叔馬上反駁，女孩這次換成被他嚇到，連小艾也豎起耳朵。「交朋友需要緣分，現在的班級沒有，但不代表以後不會有啊！未來會發生好多事，那些妳想都想不到的事，只是需要點耐心等待，當緣分到了，妳會發現對方，對方也會發現妳。像我遇到我最愛的妻子，和她結了婚，攜手走過幾十年的歲月。還有偶然發現這間店，遇到之前的兩位老闆娘，再透過她們，領養了小艾，成為我的新家人。我啊，在這間店裡認識了很多朋友，雖然有一天會必須面對離別，但別灰心，也會有新的相遇。就像今天我不是認識了妳嗎？還有小艾呢！妳一天就多了兩個朋友，等以後，妳說不定能在這裡與更多人成為朋友。」
「我們是朋友了嗎？」女孩不太確定地問。
「當然！我們的褲管上都有小艾的口水，這是友情的象徵。」
鴿子大叔伸出早上被小艾咬濕的褲管，皺巴巴的角落有塊顏色較深的痕跡。
女孩笑了，臉上的寂寞已經被微笑驅離。
小艾聽到女孩的笑聲，也好開心地「汪汪」兩聲，加入快樂的氛圍裡。
「那我也要畫一隻小艾，等等就可以拿著畫告訴媽媽，今天我交到了新朋友。」女孩重新拿起畫筆，要小艾不要亂動，專注觀察，邊用色筆開始畫出小艾的頭。
鴿子大叔欣慰地看小艾乖巧坐著，動也不動，當個盡責的模特兒。女孩則拿了好幾種顏色的色筆，輪流使用，用繽紛的色彩填滿空白。

也許，小艾敏感地發現女孩的寂寞，和叫醒剛退休，還失魂落魄的他一樣，咬著褲管想叫醒女孩，也讓他發現那張空白的圖畫紙。

他對女孩說的話，也在他自己耳裡迴盪。人事已非，很多人離開了，他送走了心愛的妻子、善良溫柔的溫奈和夏朦，但還未到結束的時候。這間店依然還在，成為一個能聚集緣分的地方。只要這個地方一直都在，就能認識更多新的人，在植物小教室裡認識更多新的植物，並在畫畫課上，畫出更多新的作品。

他和小艾的新生活，才要從這裡開始。

鴿子大叔拿了一張新的圖畫紙，畫下埋首畫圖的女孩，還有端正坐在旁，咧嘴傻笑的小艾。

後記

謝謝你看到這裡。在茫茫書海中拿起這本書，閱讀了溫奈和夏朦的故事。讀到最後，或許會有點沉重，有點難過，如果你為了溫奈和夏朦眼眶泛紅，請再讓我說一次，謝謝你心疼她們，她們能獲得你的淚水，是再幸福不過的事。

人類的心細膩且複雜，能將無法用三言兩語概述的情感化為話語、文字和行動，一百個人就有一百種表達愛的方式，而這一連串的事件開始到落幕，都是由溫奈所有無法說出口的告白、愛慕所編織而成，獻給夏朦最浪漫的情書。如果這本書有味道，我想，會是淡淡的梔子花香吧，就如溫奈送給夏朦的香水，代表著一生的守候。

這本書的靈感來源，是２０２１年３月29日在日本看到的混色櫻花樹，淺粉中帶著深粉的花瓣形成鮮豔對比，彷彿被濺上了鮮血。溫奈和夏朦在我仰頭瞥見那棵櫻花樹的瞬間誕生，最初的最初，腦中先浮現最後在血櫻樹下的那幕和書名，之後才回溯她們的故事，用情感賦予兩人血、肉與靈魂，並在當年７月完成初稿。

那棵櫻花樹是我的血櫻，而故事裡的血櫻，則是日本的白櫻花樹。

旅居日本多年，每年三四月都會去賞櫻，無論看了幾次，依然被櫻花樹的壯麗，還有那纖細之美深深觸動心靈。最適合的形容，還是日文裡的「儚い（はかない）」，脆弱短暫，如夢似幻。

飄落的白色花瓣似粉雪，獨自一棵也絲毫不覺得孤單，在樹下仰望，天空都能被延伸而出的枝枒與雪白占滿。如果有機會，真的很推薦在櫻花季親自來日本走一趟。

就如溫奈和夏朦的店裡保留著兩人與熟客們的記憶，這篇故事對我而言，也存放著約莫三年的回憶。從故事的開始、完結到現在，細數時間的流逝與人的緣分，再次體悟到人生的不可思議。

而且不曾想過，她們的故事能有幸獲得角角者創作大賞的銀賞，進而有這次的出版機會。從現實汲取的靈感化為幻想，再從幻想，以新的姿態回歸現實，每每想起，都忍不住泛淚。能迎來本書誕生的這一天，要感謝的人真的太多。

謝謝第一頁想獻給的那棵櫻花樹和兩個她，相信每篇故事都有屬於它們的繆思女神，她們，就是讓我寫下這篇故事的繆思。

謝謝當時鼓勵我去參賽的魚兒，如果沒有妳鍥而不捨的鼓勵終止我的猶豫，應該怎麼等都等不到能親手將她們擁入懷的一天。

謝謝曾在網路上留下心得感想的所有讀者們，你們的話語一直都是我前進的動力，讓我知道，她們的故事有人閱讀。因為有你們，她們和我都不再感到孤單。

謝謝來跟我說恭喜的每一位文友，到了在寫後記的當下，依然懷疑自己是不是仍在夢裡。眼前的道路雖崎嶇不平，但人生中充滿驚喜，願我們都能繼續投注熱情在寫作上，持續書寫我們的所愛。

謝謝評審老師和角川團隊，在這次的比賽中找到溫奈和夏朦，聽到我說故事的聲音。藉由這次出版的機會，讓我能在番外中，再次與回憶裡的溫奈和夏朦重逢。直到敲下第一個字的瞬間，我才發現自己有多想念她們。

謝謝溫柔又有耐心的編輯憶綾和郁晴，角角者的訪談是好深刻的回憶。事前收到訪談問題，準備了快一萬字的講稿，當天原本沒有勇氣把所有話都親口說出，因為妳們的鼓勵，才試著用自己的聲音去傳達內心的想法。兩位溫暖的肯定給了我信心，帶走我的不安，讓我不再因自我懷疑而感到徬徨無措。十分珍惜那次的緣分，短短的兩個小時成為了珍貴的寶物。

謝謝喬編，被我視為英雄的人。聽起來有點誇張，但對我來說就是如此驚天動地的一件事。來到這個歲數，夢想都不太敢再從心底拿出，因為再怎麼想，全都像是妄想。已經習慣了安逸，總待在自己的幻想世界裡做夢，不曾想過某天會有一扇門突然出現在面前，一打開，便從幻想連接到了現實。出版提案的那天也是我正式出社會的第一天，交出大綱，緊張等待結果，當天就收到您凱旋歸來的郵件，感動到險些在公司大門外落淚。謝謝您不厭煩地回答我的各種疑問，願意閱讀每封落落長的回信，幫我找到＋1老師並耐心在兩邊之間作為聯繫的橋梁，也讓溫奈和夏朦有機會以漫畫的方式呈現。您的用心，我、溫奈和夏朦都感激在心。

謝謝＋1老師畫出溫奈和夏朦，從最初的草稿階段已經深深愛上她們，中間收到新的進度都再次被驚豔。也悄悄地設成手機的桌布，讓老師筆下的兩人成為我上班的動力。看到最後完稿的成品激動到不能自己，真的好喜歡＋1老師細緻的畫風和唯美浪漫的用色。那光線、紛飛的花瓣、夏朦的淚，我似乎都能感受到微風吹拂，回到書寫的當時，跟著兩人一起爬上小山丘，來到血櫻樹下……

謝謝認真幫血櫻推薦封面繪師的覓覓，知道妳用心地在和喬編討論真的好感動，沒想到兩人竟然認識，這巧合令我嚇一跳呢。

謝謝為溫奈和夏朦畫四格漫畫的漫畫家老師，寫後記的現在還未見到成品，十分期待能看到Q版的她們，相信一定非常可愛。

謝謝為血櫻設計書衣和書腰的設計師，從字設裡的花瓣和微風般的線條能看出小巧思，配色和排版也很舒服，與＋1老師的書封攜手呈現出完美的畫面。

謝謝最初的編輯Amy，當時因為得獎通知被歸類到垃圾信件，若不是您特地透過ＦＢ找到我，可能就不小心錯過重要的期限。緣分雖短，但一直都很放心將奈奈和朦朦交給您。

謝謝我的家人，從小培養我看書的習慣，開啟我寫小說的契機，並成為我最忠實的讀者。一直告訴我不需放棄夢想，做自己就好，也只有做自己才會快樂。我會永遠記在心裡，因為寫小說的快樂是那麼地純粹，能使我化為自由的風，與幻想飛馳到時間的盡頭。

最令我惋惜的是，因為人在日本沒辦法親自去書店尋找溫奈和夏朦，也無法第一時間將她們抱在懷裡，但依然翹首盼望那天的到來。想必在那不遠的未來，愛哭的我，大概會抱著書激動到落淚吧。

最後，是否能在我的第一本書裡寫下那句話呢？

奉文字為信仰，視小說為聖地。

這是我的信念，我的勇氣，此生最確信的一件事。

無論未來如何，人在哪裡，我都要說一輩子的故事，寫一輩子的小說。

燃燒生命，繼續追尋屬於我的聲音和自由。

溫奈，夏朦，謝謝妳們來到我的生命裡。

能寫出妳們的故事，有妳們陪伴，我真的好幸福。

定價
NT$300
HK$100

夏日計劃 1

Irene309 / 作者　梨月 / 插畫

KadoKado百萬小說創作大賞・戀愛小說組金賞得獎作品
穿梭於光明與黑暗，跨越時空的百合愛情物語——

天資聰穎卻不擅長表達感情的「機械使」陳晞，與活潑開朗、充滿謎團的「無能力者」林又夏偶然邂逅，在平凡的日常中，遇見一連串不平凡的事件。她們不計代價、賭上靈魂，一切只為了再次相遇——在命運的盡頭，迎接兩人的會是什麼樣的結局？

國家圖書館出版品預行編目(CIP)資料

在血櫻樹下親吻妳的淚 / 風說作 . -- 初版 . -- 臺北市 : 臺灣角川股份有限公司 , 2023.10
面 ; 公分
ISBN 978-626-378-060-6(平裝)

863.57 112013378

在血櫻樹下 親吻妳的淚

作　　者　風說
插　　畫　+1

2023 年 10 月 11 日　初版第 1 刷發行

發 行 人　岩崎剛人
總　　監　呂慧君
編　　輯　喬齊安
美術設計　吳乃慧
印　　務　李明修（主任）、張加恩（主任）、張凱棋

台灣角川

發 行 所　台灣角川股份有限公司
地　　址　台北市中山區松江路 223 號 3 樓
電　　話　(02) 2515-3000
傳　　真　(02) 2515-0033
網　　址　www.kadokawa.com.tw
劃撥帳戶　台灣角川股份有限公司
劃撥帳號　19487412
法律顧問　有澤法律事務所
製　　版　尚騰印刷事業有限公司
I S B N　978-626-378-060-6